奇遇之旅

子初 著

民主与建设出版社
·北京·

©民主与建设出版社，2022

图书在版编目(CIP)数据

奇遇之旅 / 子初著. --北京:民主与建设出版社，2022.10
 ISBN 978-7-5139-3979-9

Ⅰ.①奇… Ⅱ.①子… Ⅲ.①游记－作品集－中国－当代 Ⅳ.①I267.4

中国版本图书馆CIP数据核字(2022)第182521号

奇遇之旅
QIYU ZHI LÜ

著　　者	子　初
责任编辑	郝　平
封面设计	青年作家网
出版发行	民主与建设出版社有限责任公司
电　　话	（010）59417747　59419778
社　　址	北京市海淀区西三环中路10号望海楼E座7层
邮　　编	100142
印　　刷	三河市嵩川印刷有限公司
版　　次	2022年10月第1版
印　　次	2022年10月第1次印刷
开　　本	710毫米×1000毫米　1/16
印　　张	14
字　　数	215千字
书　　号	ISBN 978-7-5139-3979-9
定　　价	68.00元

注：如有印、装质量问题，请与出版社联系。

作者寄语

本书的内容是我二十年来在世界各地游历的过程中，所遇到的离奇故事、奇人异事和有趣经历。

二十年前，在那个通信不如今天发达、交通不如今天迅捷、网络不如今天普及、签证难办的年代，我独自在世界各地游历。在资讯不济、囊中羞涩的条件下，我以苦为乐，只身在异域他乡，甘冒风险，孜孜以求，深入挖掘和探索，只因不知疲倦的好奇心和强烈的求知欲。那些与众不同的经历，那些不期而遇，那些形形色色的人，使人感觉新奇、有趣，令人唏嘘、慨叹，引发人们对人生命运的感悟和思考。

生活好似一扇紧闭的大门，只有奋力打开它，才可能窥见那些灵魂的密室和那些丰饶的景象。人在旅途，不仅是看到了风景，更重要的是遇到了哪些人，听到了哪些故事，悟出了哪些人生哲理。

以旅行为载体，将生命里的一段离奇经历记录下来，与读者分享。

目 录

序　言　何以照行旅　游女兴亦深 ·· 5

第一章　埃及奇遇 ··· 9

第二章　意大利——集现代风情与古老文明于一身 ···················· 65

第三章　走进印度 ··· 101

第四章　俄罗斯——美丽的国度 ·· 127

第五章　德国奇趣 ··· 145

第六章　美国奇葩房东与房客 ·· 179

第七章　没落帝国葡萄牙 ·· 189

附　录

《奇遇之旅》读后感（文/计红芳）·· 213

见闻与邂逅——评《奇遇之旅》（文/安静）································ 214

读《奇遇之旅》，开启你的环球之旅吧（文/毛信礼）················ 216

跨域旅游中的文本记忆的意义——读《奇遇之旅》（文/冀贞）········ 218

《奇遇之旅》是作者痴心探求认知世界的笔迹（文/汪昌琦）········ 220

作者 1999 年在美国佛罗里达

作者 1994 年在新加坡

作者1993年在日本冲绳

作者1993年在法国巴黎

作者1993年在加拿大尼亚加拉大瀑布

作者2003年在丹麦哥本哈根

作者 2006 年在悉尼

作者 2006 年在巴塞罗那

序言

何以照行旅　游女兴亦深

文/陆卓宁

　　子初将其始于二十世纪末以来游历世界数十个国家所写下的文字汇编成书，名之《奇遇之旅》。世俗意义上的理解，"奇遇"者，出乎意料的、不同寻常的相逢或遇合，甚或还颇有几分惊险和莫测。作者也表明，该书是她"二十年来在世界各地游历的过程中，所遇到的离奇故事、奇人异事和有趣经历"。但是，她还这样说了："生活好似一扇紧闭的大门，只有奋力打开它，才可能窥见那些灵魂的密室和那些丰饶的景象。人在旅途，不仅是看到了哪些风景，更重要的是遇到了哪些人，听到了哪些故事，悟出了哪些人生哲理。"如此看来，在子初的"奇遇之旅"里，奇遇是实实在在的；只是，这些"奇遇经验"如何能够渗入自我的人生中，从而丰富自我、完善自我才更是作者所属意的。

　　当然，很大意义上，这也都是行旅者及其行旅文字大抵一致的诉求。尤其是在旅游产业已经高度发展的当下，不管人们旅行的初衷是什么——满足"到此一游"的欲望？寻求高压生活下精神的愉悦、心灵的放松？无疑，只有那些最终能够返归自我本身并诉诸文字，以体现自我认同与主体的再建构，才能在高度发达的资讯社会，包括"旅游小作文"已然成为民间热流，甚至成为市场行为的当下获得独特的价值。

　　换言之，与其说《奇遇之旅》呈现了作者行旅中的"奇遇"，莫如说，这一个极具个人经验的"奇遇之旅"，如同一个"他者"，作者希冀在与其"相遇"的过程中得以探索自我、形塑自我。或许也包括我们。

　　首先令人称"奇"的是，在那个通信不如今天发达、交流不如今天便捷、网络不如今天普及，甚至签证难办、人们囊中羞涩的年代，小女子子初就已经独自一人出门远行，恣意洒脱地游历世界的东西南北中。她当然也在精心盘算身上的盘缠,也在警惕遇人不淑,也在防备不可预测的危险,当然也会产生孤独感,但这一切最终还是被她因对这个纷繁而又未知的世界充满好奇、充满求真的渴望而弃之不顾。

于是,她竟可以为着省下一点出租车费用,在危机四伏的夜间独自一人从郊外的观光点步行回到城里的饭店,一路上"我浑身的神经绷得紧紧的,汗毛竖立,仿佛脑袋后面也生出眼睛,眼观六路,耳听八方,感觉自己就像一只原野里的野兔一样警觉,稍有动静就会拔腿开跑……"。

她的行程也可以常常节外生枝。譬如只因在埃及时读到余秋雨的《千年一叹》中提到卢克索和阿斯旺这两个小城分布着埃及最大最重要的神庙,便冒着赶不上飞机、找不着夜宿饭店的风险,要去赴一场突发奇想的诱人的神庙之约。她说:"此时我的心里像有一团火在燃烧,说干什么就得马上行动,不容拖泥带水、瞻前顾后……"

这是怎样的一个奇女子——美丽与热情共生,胆识与智慧同在。正是这样,当她独自一人在一个个神秘而又深邃的历史文化遗址里徜徉、放飞,或与陌生却热情的异国好客人家结伴同行,交谈一席又一席之于世界文化瑰宝的心得与见识,生发出的对人类文明历史的折服与敬畏便是从未有过的强烈,生命也体验到了从未有过的丰盈。她说,"在历史的长河中,我们都是过客,微不足道得如一粒尘埃"。她说,"别人或许觉得这样是吃苦受累,可我自己却浑然不觉,乐在其中,每日心情无比舒畅和愉快"。

世界之大,何处情有独钟?或许是很可以显出一个人的品性和情怀的。子初"奇遇之旅"的游踪,极少是缤纷繁华的现代都市,更鲜见五光十色的人造胜景。固然,埃及金字塔、意大利古罗马、印度泰姬陵、俄罗斯克里姆林宫、"蓝色多瑙河"、今昔葡萄牙……因它们深不可言地承载着人类文明的灿烂与智慧,也辽远厚重地映照着世界历史的兴衰与更替,已然成为了当今世界人们最为心向往之的"诗和远方"。趋之若鹜的人们,忘我朝圣、虔诚洗礼者有之;然而,不讳言,或许更多的是从众从俗、满足"我去过"心理的真实的人们,而如果一定要从这个意义上说子初也未能免"俗"的话,其间却也显示出她的"奇"来。

身临那一处处、一座座鬼斧神工、也让现代人不可思议的世界文化历史遗址和古城，子初也激动，也陶醉，当然也没忘了立此存照，情不自禁地发一番思古之幽情。然而，这并不是她来到这里的全部。她是怀揣着成长岁月的时光梦想，怀揣着对希冀的热切而来的。在《埃及奇遇》篇，她说，"我一直感到，仿佛有一条神秘的纽带将我和埃及连在一起。我始终都知道，终有一天，我会踏上埃及的土地……"；在《俄罗斯——美丽的国度》篇，她说，"俄罗斯的文学和艺术对我的青春成长和世界观的形成，有着至关重要的影响。……而对于诞生了这些文学艺术巨匠的俄罗斯，自然地就令我产生了一种向往，随着岁月和时间的推演，这种向往也慢慢在心中发酵，变成一种情结。"……

于是，像我们熟悉的那类旅游盛况，人们欢呼雀跃地在美景胜地前叹为观止、闪光灯忙乱地闪烁一番，便又心满意足地奔向下一个观光处，如此一再地循环往复，子初则不然。她"每天就以双脚丈量每座城市的每个角落"，或者"常常会倚在栏杆上，痴痴地看着两岸的古城风貌，流连忘返，有时候我会坐在围墙上远眺，任由自己浮想联翩……"甚至，"我常常会从市中心一直向外走，越走人越少，越走越偏僻……我常常喜欢独自去这种偏远地带探古寻幽"。于是，她还好奇心极重地踏进异国民居探访，不畏怯萍水相逢者之邀入住古城堡，走进当地集市体验别样的烟火气……

正是这样，子初走进了它们的前世今生，也走进了自我生命的内心深处，她全身心地体验着感悟着所经历的一切，并带着女性特有的精细，在不经意间表露辅洒出这些深邃的文化历史所给予的主观感受。没有刻意的升华，也没有造作的渲染。譬如，她感慨历经沧桑而后定的罗马："而今，这里的人们在为过往感到骄傲的同时，仿佛已经看穿了这一切红尘，表现出一种超然物外的洒脱气质。"穿越了同为东方古国的印度的今昔，她喟然而叹，"如今我仿佛看到这个东方巨人正在步履蹒跚地前行，她前方的道路还很长很长"。平白如话却余味无穷，由此及彼，令人感同身受。

别有意味的是，走着走着，子初的身份便也多重起来：北京人——中国人——海外华人，进而还嫁作了"洋人"妇，这完全属于作者个人经验的"奇遇"，随之也带来了《奇遇之旅》的多重视域。作者在穿行于不同地理、历史、文明、宗教、种族、政治空间的同时，在互为他者的身份转换中,总是不由自主地试图对"他者"文化进行描述、理解、阐释和批判,它内在于作者主体重构的过程,并作用于作者对文化身份的再确认。其间,有对世界发展中的不同民族国家差异性实存的体验与价值取向,有对文明和与之对立的蒙昧、野蛮的观察与思考,有之于不同文化传统与现代发展中女性性别与位置、角色与属性关系的考察与辨析……。这些散落在不同篇什中的字里行间的思绪与判断,或者说这些文化与理念信息的多重性,不论是寻根究底,还是浅尝辄止,某种意义上形成了一个跨种族、跨语言、跨地域的文化多样性样本;也因着都无不渗入了作者强烈的代入感,因而,来得那么具体、生动,或也引人共鸣。譬如,每到一处,因自己亚洲人的面孔,往往都被误判为亚洲其他发达国家的来者,作者下意识地"又来了",一丝看似无奈的心理活动之后,便毫无犹豫地回应一句短语:"我是中国人。"——明彻通透而又意味深长。

　　如果说,《奇遇之旅》是子初凿凿实实地游历在地球经纬线上的一场"奇遇之旅",它又未尝不是子初的一场精神飞跃之旅,一场生命绽放之旅!

　　是为序。

陆卓宁
广西民族大学文学院教授
中国世界华文文学学会名誉副会长
2022.6.19

第一章　埃及奇遇

2006年11月10日，我坐在黑暗的机舱里，听着飞机发动机的隆隆声，不时地望向窗外漆黑的夜空，仿佛要望穿这茫茫无际的黑夜，望见那浩瀚无垠的沙漠。我仿佛看见在广袤的大漠中，金字塔就像几个闪烁着金光的小方块镶嵌在苍茫无际的黄沙中。多少年的向往啊！金字塔，我终于来了！埃及，我来了！

我对埃及的全部印象，几乎都来自那部好看的英国电影《尼罗河上的惨案》。那是20世纪70年代末少有的几部进口侦探片之一，情节缜密紧凑、环环相扣，故事自始至终在尼罗河沿岸如画的异国风光中展开。日落时分，静谧的尼罗河上，豪华游轮沿河而下，沿途所经过的气势雄伟的神庙、高耸的方尖碑、林立的神柱、古老的吉萨金字塔、神秘的狮身人面像，所有这些都深深地印在了我青年时的记忆中。我对古老神秘的埃及的向往之情也油然而生。时光荏苒，这向往如同陈年佳酿，日渐醇厚，愈加浓烈。冥冥之中，我一直感到，仿佛有一条神秘的纽带将我和埃及连在一起。我始终都知道，终有一天，我会踏上埃及的土地，我在默默地等待着这一天的到来。

二十多年之后的新千年，终于，该是我得偿所愿的时候了。我却未曾料到，在这里竟然会有许多奇特的经历和一段离奇的故事。

一

一踏上埃及的土地，我便有一种异样的感觉。机场到处乱糟糟的，杂乱无章。在这里，无论是边防警察还是机场保安，都有一种警觉、戒备的眼神。在海关排队等候通关时，我看到边防警察的目光来回巡视，仿佛在队伍中搜寻着什么可疑迹象。这使我想起曾经看过的一部电影，四个女孩儿去旅游，在边界被边防警察陷害栽赃，以私藏毒品为由抓进监狱受尽屈辱的故事，我心里不禁有些担心起来，生怕会发生什么意想不到的事。

当终于顺利通过海关时，我不禁长舒了一口气。我坐上出租车，随即又意识到眼下的情形也不乐观。现在是晚上十点多，出租车行驶在道路上，可这并不是高速公路，道路和两边的街道都破旧不堪，没有一座像样的楼房。路上车辆很少，更不见行人，我顿时为自己的安全担心起来。在这荒郊野外，假如司机起个坏心的话，那可太方便了。

想到这里，原本松弛地坐在后座上的我，马上警觉地直起身来。我朝那司机看了一眼，黑暗中他的侧影是我完全不熟悉的面貌和表情。我伸手把背包拉近，紧紧地握住肩带，心想，如发生不测，我要伺机而动，紧急关头抢起背包也可以抵挡一下。

我的眼睛不住地观察着窗外的情形，祈祷平安，直到出租车停在了饭店大门口，我才意识到自己安全了。

当我拖着行李走进饭店大堂时，眼前却赫然站着几名荷枪实弹的军人，他们在例行公事检查每一位进入饭店的客人。旁边是安检机器，每位客人必须打开背包等行李接受检查。这也太煞风景了，有必要这样吗？然而随后几天我很快就习惯了，因为这种情况到处都是。

第二天起床后我去四层餐厅用早餐，看到这里的服务生都是小伙子。我被领位带到餐厅中间的座位就座后，环顾四周，除了几个日本人，大部分看上去像是欧美人及阿拉伯人，也分不清他们是哪国人。早餐很丰盛，是典型的欧式自助早餐。我先选了番茄焗黄豆——这是我的最爱，又取了两块剥皮的杧果、日式鸡蛋沙拉和桃仁面包。我从来不按通常的先后顺序而是随心所欲地取食。我回到座位上坐下来，经过一夜好的睡眠，我现在食欲旺盛，打算好好享受一下在非洲的第一餐。

从餐厅敞亮的大玻璃窗望出去，外面就是著名的尼罗河，它并不湍急，而是缓缓地流淌着。若不是天气凉，客人们会坐在餐厅的露台上享用早餐，那该多惬意啊！我一边吃着食物，一边观察着周围的人们，猜想这些人是干什么的，为什么会在这里。这时候离我不远处一张桌子上坐着的两个阿拉伯男人吸引了我的目光。他们看起来三十来岁，都穿着西装打着领带，其中一位的着装非常考究，梳着一个大背头，两人正热烈地交谈着。再仔细看，大多时候是那位大背头在讲，另一位在听，我猜想他们大概是商人。忽然，大背头注意到我在看他们，我的目光避让不及。为了避免尴尬，我微笑了一下，然后低头继续进食。当我再次望向他们的时候，发现大背头正在朝我看着，我心想坏了，本不想引人注意的，但转念一想，也没什么，若是聊上几句还可以满足一下我的好奇心。这么一想，我也就不再避让他的目光，已经预感到将要发生的事情。果然，他们当中不怎么说话的那位起身走到我的桌边，用英语问我是否愿意与大背头交谈，我说可以。他转身回到他们的桌子边与大背头说了几句后，只见大背头起身向我走来，我心想这下可有好戏看了。

他坐下来笑容可掬地开口说话："嗨，你好！你是日本人吗？"老生常谈，那些年无论去哪儿，都被误认为是日本人。"你好！不是，我是中国人。你是哪国人？"我问他。

"我是约旦人。"

嘿，这可太好玩了，我走南闯北遇到过很多国家的人，还从未遇到过约旦人。和大多数中国人一样，我所知道的唯一的约旦人就是约旦国王侯赛因，他的传奇故事我依然记得。一位被敌方派来的美女杀手，在用枪瞄准他准备扣动扳机的一刹那，竟然神奇地爱上了他，这人得有多大魅力啊；而侯赛因呢，自己差一点儿就死在她枪下，非但不问罪，反而不计前嫌地迎娶了这位女杀手，这段传奇佳话就是我对约旦的全部了解了。

"我叫纳迪尔·扎哈比，"他说，"很高兴认识你。"他伸出手来。

我们握了手，就算正式认识了。

这时候我看清了他的西服是深灰色格子的，可以看出是非常考究的料子，领带是深灰色暗纹的，头发一丝不苟地梳向脑后，整体看上去是一副典型的商人打扮。他皮肤很白，并且不像大部分阿拉伯男人那样蓄着浓密的胡须，反倒是剃得干净。他的眼睛和眉毛也不像沙特人和埃及人那样浓黑，我在试图寻找他外貌特征上的不同。他是约旦商人，做埃及与约旦之间的贸易，每年在埃及居住八九个月，主要是在开罗，而每次他都会入住这家饭店。另一位男士是埃及人，是他在开罗的朋友，叫穆斯塔法。他还告诉我前不久刚刚结婚，娶了一名约旦少女，现在妻子已怀孕五个多月。

这时候穆斯塔法也走了过来，加入了我们的谈话。由于我的桌子是两人桌，我们三人便起身走到餐厅尽头的沙发坐下来，继续我们的谈话。服务生们忙不迭地端上来三套餐具，我们都已经吃好了，他们俩要了咖啡，我要了茶。

"你怎么会一个人来这里旅游？"纳迪尔问。

"我已经独自去过二十多个国家了。怎么，这里有什么不同吗？"我用另一个问题回答了他的问题。

"你丈夫为什么没有跟你一起来？"他追问。

我一般不喜欢与人谈这样很私人的话题，但是看来躲不开了。"我离婚了，所以……"我只好简而言之。

"离婚？"纳迪尔似乎没太懂这个词，穆斯塔法用阿拉伯语给他解释了。

"在埃及你打算去哪儿？"他又问道。

"当然是去金字塔了，还有开罗国家博物馆。"这是我知道的两处可去的地方。

"开罗国家博物馆我还没去过，我们可以一起去，我可以派车载你去金字塔，很方便的。"

我当然愿意和两个熟悉阿拉伯文化的人一起参观闻名遐迩的开罗国家博物馆，这样可以了解得更多。搭他的车去金字塔吗？我却犹豫起来，这样可靠安全吗？一个人旅游在外，我不得不小心谨慎一些。

"不用太麻烦了，我跟旅游团去就可以了，很方便的。"我推辞道。

"一点儿也不麻烦，也不远，我们的车随时都可以拉你去，你告诉我时间就行。"他还是相当热情地坚持着。我想先不忙着做决定，等等再说。

说话间，穆斯塔法静静地喝他的咖啡，一边听着，偶尔附和两句，遇到纳迪尔不懂的英文给他翻译一下。他一米八几的大个儿，有着标准的埃及人魁梧的体形。虽然五官也是标准的埃及男人模样——一双大大的黑眼睛，浓而密的卷曲黑发和黑眉毛，却更加文气一些，也许是教育背景不同的缘故吧。

纳迪尔说他非常喜欢埃及，我问为什么，他说因为埃及比约旦发达。他每次从约旦来埃及时都感到很愉快，这里有更先进的商业和娱乐业，还有像穆斯塔法这样的朋友。

"你为什么不把你的妻子也带来呢？"我问道，"这样你可以干脆把家也安在开罗啊。"

"她现在怀孕了，不方便外出，再说了，她在约旦和我的家人住在一起，是一个大家庭，这是我们的传统。"

"哦，是啊。"我想，约旦应该还是那种传统的几代同堂的生活方式。

在我们谈话期间，纳迪尔不时地与周围的服务生、经理、领班、厨子以及饭店的各色人等打招呼，而这些人也趋之若鹜地轮流上前与他握手、寒暄。奇怪，我从不知道一个人在餐厅吃饭需要惊动上上下下这么多人。这些饭店或餐厅的人，有事没事地都往这边溜达，以便有机会被他看到而跟他说上几句话。当我们准备离开的时候，纳迪尔开始给刚才跟他打过招呼的每个人分发小费。他让服务生一个一个地分别把这些人叫到跟前，然后把捏在手里的叠好的钱以握手的方式递到对方手里。每个人走过来时脸上都堆着献媚的笑容，转身走开时又浮现出一种微妙的如期的满足。

这个过程持续了将近十分钟之后，我说我今天打算去市区的开罗国家博物馆，问他们俩是否愿意同去。

"当然，不过我们要先去咖啡厅抽水烟，然后咱们一起去。"纳迪尔说。"抽水烟？"我知道阿拉伯男人有抽水烟的习惯，特别是在晚饭后，但不知道早饭后也要抽烟。我说好吧，那就去吧。

于是我们三人来到饭店一楼的咖啡厅，这里是允许抽水烟的。他们问我抽不抽，我谢绝了。服务生拿来两支水烟并替他们点上，他们两人抽了起来。水烟枪放在地上，长长的管子，呼噜呼噜的水声，散发着呛人的烟味儿。这个咖啡厅与国内的真是不同，前方中央是一个带有灯光的舞台，晚上一定有表演。咖啡厅的经理在一旁殷勤地伺候着，自然在临走时得到了期待的小费，其他服务生也都得到了奖赏，当然还是以同样的握手方式。

正当我们准备起身离开时，纳迪尔的手机响了。他通了一会儿电话，挂断后脸色严肃起来，说有重要的事情等待他去处理，他今天不能去开罗国家博物馆了。我说没关系，我可以自己去，他可以去忙他的事情。我们约好回来后打电话给他，一起吃晚饭，就各自分手。我向饭店前台问清了开罗国家博物馆的地址，发现离饭店只有二十分钟的路程。为了节省出租车费，我决定步行前往，然而很快我就知道这是一个多么大胆的决定。

大街上的车辆川流不息，仔细一看都是破旧的轿车。同样破旧的公共汽车，顶棚上载满乘客们硕大的行李。车从不停下来，车门永远都是敞开着的，车还在行驶中乘客就从敞开的门处蹿上蹿下，丝毫不影响汽车的行驶。有的乘客还头顶大包小包，着实为他们捏一把汗，而他们却全然一副若无其事的神态。再看人们身上穿的，一部分男人穿着西式衣服，特别是年轻人；有的男人身着西服，想必是生意人吧；相当一部分男人穿传统的长袍，头上裹着头巾；妇女们包括孩子更多是穿长袍，头上裹着头巾，只露出脸来，仅有少数年轻妇女穿西式服装。很多男男女女头顶大包走在路上，街道破旧脏乱，道路两旁有很多食品摊，有年轻人甚至孩子肩扛着一个四方木板，有很多木条垂直钉在木板上，木条上插着很多自制烤面饼或是烤玉米，走到哪里随处往地上一放就开始卖。

开罗城中建有大小不一、风格各异的清真寺和宣礼塔，放眼望去，各类塔尖星罗棋布，这应该就是开罗"千塔之城"的由来吧。街道两边是高低不一的房屋，很多房屋和其他建筑看上去破旧不堪，还有很多房屋没有玻璃窗，只是在窗户的位置拉一块布帘。沿街随处可见很多未完工的楼房，里面也有人居住，原来这里有一项政策规定，那就是没有完工的房子不用交土地税和建筑税。

这个区域应该是开罗最繁华的地方了，有许多商店、餐厅。我走过他们门口时向里张望，里面的客人寥寥无几。店主有的坐在门口百无聊赖地看着行人，有的则忙着手里的活计。门前路旁随处是阴沟污水、垃圾。眼前的一切颠覆了我脑海中开罗是一座现代化国际大都市的印象。

　　一边走一边观察着，当要过马路时，我彻底傻眼了——没有红绿灯！没有人行横道！车流源源不断，毫无缝隙，我感到畏惧，一筹莫展，我将如何插翅飞过这车的洪流啊！我不敢轻举妄动，就这样等待和僵持了许久，情况仍不见改善，我想如果还不采取行动就会被一直困在这里。举目四望，只见三三两两的当地人硬闯，但有些被阻断在路中央，前后都有车流，动弹不得。我打定主意，跟着当地人，让他们成为我的"护驾"。于是我大胆地走近几个埃及男人，紧跟他们，当走到马路中央被前后川流不息的车夹在中间的时候，那感觉真是毛骨悚然啊！我怕被车撞着，于是跟紧了那几个埃及人，连眼也不敢眨一下，屏住呼吸，紧挪寸步，终于胜利到达了马路对面。

二

　　建于1858年的举世闻名的开罗国家博物馆，收藏了无数古埃及文物，包括古代帝王的巨大石像，古代法老的镀金车辆、黄金面具、三千多年的法老木乃伊、纯金雕铸的宫廷御用品、二百四十二磅重的卡门纯金棺材，还有史前时期的石器、陶器以及古代艺人制作的各种雕刻和艺术品。三四千年前用纸莎草做成的纸卷，上面记录着古埃及的科学、文学、历史和法律等，更有三千年前的面包和仍可发芽的种子，等等，这些都令人叹为观止。

　　徜徉在这些稀世宝藏中，我不由得感慨古埃及几千年前辉煌的文明。然而博物馆昏暗的光线、展品的不合理摆放、展台和展品上的灰尘以及低水平的服务，其疏于管理的程度令我感到惊异。纵然是拥有无与伦比馆藏的开罗国家博物馆，其管理和服务水平，仍然无法与意大利那些不计其数的小博物馆相提并论。此外，更让我惊奇的是，我不停地被馆内各处的工作人员打扰，以至于常常不得不提前终止对一些藏品的欣赏。

这一天馆内很安静，只有很少的游客在参观，不像欧洲各地的博物馆人满为患。这使我喜出望外，心想可以在这里待上一个下午，充分地欣赏和享受。

"女士，有什么可以帮忙的吗？"正当我专心致志地观看一尊巨大的法老石像的时候，身后忽然传来一个男人的声音，吓了我一跳。转身一看，是一名身穿制服的工作人员，他有着埃及人典型的相貌和体形，腰间别着对讲机，胯下挂着电棒。

"哦，不，不用，没什么需要帮忙的，谢谢！"我仍余惊未消。

"你是哪个国家的？"他问。

"你是这儿的工作人员吗？"我向他确认。

"是的，我在这儿工作，这一片都是我负责。"

"我来自中国。"我告诉他。

"啊，中国好啊。"他显得很友好，笑容可掬，"第一次来埃及吗？"他继续发问。

"是的。"

"觉得埃及怎么样啊？"他还没完了。

"啊，不错啊！"我不想耽误参观的时间，一边挪动脚步，一边应付着他。

"待会儿闭馆后，你在门口等我好吗？"他说着朝我这边凑上来，又把我们之间的距离拉近了。

"干什么？"我很诧异，本能地往后退了一小步。

"我们晚上一起出去玩吧，我可以带你去很多好玩的地方。"他说这句话时的表情是那样坦然，把原本很唐突的一件事情搞得似乎非常合情合理。

咦，真有意思，他这样的直截了当使我毫无防备，我几乎目瞪口呆。

在工作的时候就这样明目张胆地谋私事，我不由得端详起他来，他有着普通埃及男人的体貌和肤色，不同的是他的眼神，自信满满，志在必得，而且还操着流利的英语，表达流畅。我很好奇他从哪儿得来的这份自信，也不知道他这样与外国女游客调情有多高的成功率，但是他脸上没有一丝的邪恶，而是一脸真诚。我向四周看去，这个馆里没有其他游客，此时只有我们两个人。

"怎么样？我们可以先去吃晚饭，然后去尼罗河畔散步，我熟悉所有好玩的去处，你跟着我准没错，你在开罗待几天？住在哪个饭店？"看我似乎在犹豫，他开始加大攻势。

"哦，不用了，谢谢你的好意。"我客气地说，转身准备走开。

"为什么？"他一脸无辜地问。

"不为什么，我已经有安排了。"

"那我可以跟你去吗？"我的天啊，他已经在步步紧逼了。

"不行。"我笑着拒绝了他。

"知道吗？你很漂亮，你不应该一个人的，让我陪你吧，我会让你开心的。"他真的很执着，也很会推介自己。他几乎让我无路可退了，我也索性不退了，干脆直截了当。

"多谢你了，不用了。"我不再试图委婉，说完就转身快步走开了。

"你要是改主意，就回来找我啊。"身后传来他的声音。

结束了这一段小插曲后，我继续在馆内游走。然而不大一会儿，我就又被另一名工作人员打断了。这一个更加高大魁梧，身上除了常规装备外还配了一把手枪，想必他的级别更高吧，而且手段也更高一筹。这位省掉了所有的前奏，直接切入主题。

"我从很远的地方就注意你了，你有一头漂亮的长发，我喜欢你的长发。"他走近俯身看着我说道。

"谢谢。"

"你是日本人？"

"中国人。"

"啊，中国人，我知道中国有个长城，哈哈哈。"

"是的，你去过中国？"

"没有，但是我很希望交个中国朋友，你愿意交我这个埃及朋友吗？"不得不佩服他的老道。

"对不起，我没有时间在这儿交朋友。"我回答道。

"只要你愿意就有时间，我明天放假，我们一起出去，去金字塔还是去尼罗河坐游艇，你选，我可以带你在开罗好好地玩几天，然后还可以去其他地方。"他滔滔不绝，自说自话，一副成竹在胸的样子，"待会儿闭馆后五点钟，你在街角拐弯处等我。"他完全不容你拒绝，好像已经和我约好了似的，他像牛皮糖一样让我费了好一会儿工夫才甩掉。

在来博物馆的路上，经过人来人往的汽车站时，忽然一个二十来岁的男青年快步向我走来，边走边大声问我去哪儿，说他可以带我去，我实在弄不懂他们背后到底有什么企图，或者有什么样的利益可图，再或者就是为了新奇、好玩？被拒绝后，他还一直跟着我走了很长一段，问我各种问题，直到确认我实在没有兴趣才走开了。

从博物馆出来步行走回饭店的路上，迎面走过来一位翩翩美少年。从远处看，他的肤色很白，五官轮廓像极了欧洲人，瘦高的身材，浓密的黑色卷发与他的脸型极为相配。他手里拿着半截烤玉米，正边走边吃着，忽然看到我，觉得不好意思起来，随即停止吃玉米。我们越走越近，擦身而过时，互相都看着对方，彼此都在心里纳闷对方的身份。当我们走过彼此时，又都不约而同地回过头去看对方，却发现对方也正在回头看着自己，这时候我们俩都禁不住同时笑了出来，他也立刻停下脚步，转身快步向我走来。

"你好！"他略带羞涩地对我说，说完两只大眼睛专注地看着我。

"你好！"

我们相视而笑后便立即消除了陌生感，然后我俩又几乎同时开口。一番交谈后得知他是埃及人，刚刚下班正在回家的路上。虽然他有一些清纯和羞涩，但骨子里却透出些高贵气质。他讲一口流利的英语，不知为什么，我对他一点儿也不戒备，反而满怀好奇和好感，我问他是否可以陪我走回饭店，他欣然答应。

我们沿着尼罗河岸边走边聊，路人纷纷投来好奇的目光。当要过马路的时候，他拉着我的手，护着我走过了马路，来到饭店门前。我感谢他的陪伴和保护，向他告别，他却不肯离去。他提议晚上一起出去，我不无遗憾地告诉他晚上约了朋友，他又问明天是否可以来看我，但是我明天要去金字塔，我实在也是很想再见到他，无奈行程已安排得满满当当，恐难再见面。看着他不甘又不舍的样子，我狠了狠心再一次与他告别后，转身走向饭店。走到饭店大门口再回过头来时，他仍立在原处，还是那张漂亮的面孔，却添了一份凄然朝我看着，似乎还在期待着什么。我朝他摆了摆手，转身进了饭店，没敢再回头。

三

回到饭店后，洗完澡，穿着浴衣我开始给纳迪尔打电话，他已经在房间里等我的电话好一会儿了，我们约好七点半在大堂碰面。一小时后，当我出现在大堂时，纳迪尔已经站在大堂中央，正对着手机讲话。我来到他面前时，他向我挥手打招呼，仍接着打电话，说的是阿拉伯语。我转过身来面对酒店大门，正好看到穆斯塔法从外面走进来，正在接受安检。很快他向我们快步走来，他穿了一件带有咖啡色格子的纯棉长袖衬衫，一件厚毛衣随意地系在肩膀上，漆黑的卷发整齐地向后梳着，看上去十分整洁而且精神焕发。

又见到穆斯塔法，我很高兴。我问他今天都做了些什么，他说都是公司的事情，没什么特别的。这时候纳迪尔打完电话，过来搂着穆斯塔法的肩膀说："怎么样？老兄。"穆斯塔法递给他一个包，他打开来，拿出一支牙膏，两支牙刷，还有一个剃须刀，见我很纳闷地看着他，便笑着说：

"我每次来，都要他帮我带这些日常用品，饭店的不好用。"

"今天晚上是什么计划？"我迫不及待地问。

"我们先去吃饭，你想吃什么？"纳迪尔问道。

"嗯，埃及饭怎么样，我还没吃过呢。"我笑着提议。

"好好，我有一个主意。"他转向穆斯塔法说，"我们去哈利利市场附近那家新开的店吧。"

"好！"穆斯塔法欣然同意。于是我们一行三人走出饭店，坐上出租车绝尘而去。

在行驶的出租车里，纳迪尔向我介绍着路过的街景："这里是开罗伊斯兰古城的侯赛因广场，是中世纪时期开罗的市中心，现在也是许多伊斯兰节日活动的重要地点，比如说斋月。广场上的侯赛因清真寺是埃及最神圣的清真寺之一，也是名流显要乃至埃及总统在特殊场合进行祈祷的专门圣地。旁边就是著名的开罗哈利利大市场，那里是个大集市，卖一些埃及工艺品和旅游商品，你应该去那里逛逛。"我点点头，表示一定要抽时间来这里看看。

此时，天色已暗，一路走来，街上都是黑黑的、暗暗的，看不出什么街景。开过几条街后，车在一家餐厅前停下。我一直都很好奇，开罗的餐厅会是什么样的。这时我看到有几家店亮着不同颜色的霓虹灯，从外面看去分不出是餐厅还是酒吧，门口并没有像北京餐厅那样站着服务生，跑前跑后地帮客户找车位——其实根本不用什么车位，一副门庭冷落的样子。我跟着他们走进一家亮着蓝色霓虹灯的店。

里面一样昏暗，大厅三百多平方米，八张桌子，每张桌子像吧台那样高，椅子是圆形的吧椅，一边是吧台，吧台后面站着两个埃及男侍者。另一边有单间，玻璃吧台泛着蓝光。餐厅整体的设计风格是简约现代的，还不算太差。当我这一番打量餐厅的时候，他们两人已经在与一个看似是餐厅店主的人攀谈起来，那人不时往我这边张望。我们被引到一张桌子旁坐下来，他们开始点菜。菜品据说是埃及菜西式做法，我点了一个奶油鳕鱼配西兰花,味道尚可,至于有多少埃及烹调的成分则不得而知。席间我们三人轻松地边吃边聊,聊各种话题,仍然是纳迪尔占据了从始至终绝对的主角地位,而穆斯塔法永远温和地附和着,甘当配角。

纳迪尔说他最近最大的烦恼就是他的新婚妻子。他的妻子是一位漂亮而娇气的少女,对外界世界一无所知,对他非常依赖。现在身怀六甲的她,身体越来越不方便,各种孕期反应使她越来越焦躁不安,经常哭闹不止,每天打电话要他回约旦陪她,而每次她在电话中的哭闹都搅得他心绪不宁。舅舅也打来电话催促他回去。舅舅也是个商人,在家里地位很高,使他感到很大的压力,一方面心疼娇妻,另一方面不愿放弃在埃及的商机,他就这样矛盾着。

听完他的话,我对约旦有了一个大略的了解,我想那一定是一个落后的国家。

正当此时,从门外走进来一男一女,他们径直朝我们走过来。穆斯塔法立刻起身与那男人互搂肩膀和行贴面礼,然后又伸脸与同来的女子两边都贴了脸,纳迪尔也起身照着来一遍。看来都是熟人。穆斯塔法向我介绍他们是他的哥哥艾哈迈德和其女友乌娜姆,我们一行就此转移至一间单间坐下来。在昏暗的蓝光下,我打量着来人,艾哈迈德比他弟弟个子还高,一米八八左右,脸上剃得很干净,却没有穆斯塔法的文气,举手投足稍显俗气,像是个市面上做生意的人。穆斯塔法在我耳边悄悄告诉我,他哥哥的女友乌娜姆是酒吧跳肚皮舞的女郎,他们是在酒吧认识的。当初他哥哥与朋友去酒吧谈事,一眼便看上了这名舞女,自那以后几乎每晚都前往捧场,终于赢得芳心。他还嘱咐我不要贸然提及此事。

我不动声色地打量乌娜姆,她身高大约一米六,穿一件黑色半长外套,但仍包裹不住丰满的身躯。她的骨架对她的身高来说是大的,肩膀平端,整个身体浑圆。对中国女孩子来说,这样的身材稍显粗壮了。我们的审美更喜欢纤细苗条的,但在阿拉伯来说她应该不算差的。她黑发齐肩,最引我关注的是她那两条精心描绘的眉毛,仿佛倾注了过于浓厚的笔墨,使得

第一章　埃及奇遇

它们看起来又黑又粗，而且更向眉心聚拢，因此每当我看她的脸时都会不自觉地多看那对眉毛几眼。她的表情很谦和，也很安静，并不多说话。

我们各自点了饮料，艾哈迈德和乌娜姆却点了餐，原来他们还没吃晚饭。买单的照旧是纳迪尔，他一副满不在乎、来者不拒的样子，我看他好似很享受这种众星捧月的"待遇"，想必他每次来开罗，身边都会聚集一帮"朋友"帮吃帮喝、全程陪同，他自然也乐此不疲。

正在这时，纳迪尔的电话响了，他讲了几句后对我们说是他妻子打来的，他的声音和表情都变得极尽温柔体贴，看得出，电话另一头一定在不依不饶地纠缠，电话持续了十来分钟，他已经开始有点儿不耐烦了，于是把电话递给了穆斯塔法。穆斯塔法在尽职尽责地帮朋友百般周旋，过了一会儿，电话又被转到纳迪尔手中。几经周折，苦口婆心地，他们终于把那可怜的妻子暂时安顿了。这边刚刚消停了一会儿，电话又响了，这回是舅舅打来的，纳迪尔登时起身走到外面，讲话的语调和姿势都透着恭敬。过了一会儿他转回来时，心情沉重地对我们说，这回事情严重了，舅舅说如果他还不回约旦的话，就会亲自来开罗找他。他说恐怕他不得不认真考虑回约旦的事情，并作出相应的安排了。然而他的焦虑和低沉并没有持续多久，很快他就忘却了烦恼，融入了这开罗之夜的歌舞升平中。

此时，众人已经觉得这里不够尽兴了，于是全体开拔分乘两辆出租车来到另一个酒吧。这个酒吧具有浓郁的埃及风情，巨大的白色帆布在原建筑的外檐搭建了一个很大的帐篷，具有阿拉伯特色的铁艺圆桌椅，更加增添了一丝古典气息。各个角落都放置了电视，放映着肚皮舞曲。

这里烟雾缭绕，空气中弥漫着水烟味，我们这一行人除了我全都要了水烟，包括乌娜姆。

我的座位后面就有一台电视，我不断地回头去看那些肚皮舞表演。乌娜姆恰好坐在我对面，每当我回过头时，总是不经意地与她的目光相对，我们相视一笑。她跟穆斯塔法说了几句话后，穆斯塔法翻译给我，说她觉得我很漂亮而且亲切，这让我多少觉得有点儿诧异。说实话我并不觉得自己漂亮，尽管有时候被人这样夸。我更不精心打扮，在那些不把自己打扮得一丝不苟就不出门的美女面前，我从来都是相形见绌。我也从来不把自己与她们归为一类，更不会班门弄斧地与她们比较，反而会心平气和地欣赏她们的可爱、美丽、精致，甚至有时候喜欢冷眼旁观她们那些小心机和小任性，可能是我的大气和不争博得了别人的好感吧。

当穆斯塔法、纳迪尔和我告别了艾哈迈德和乌娜姆，一起乘车回到饭店时已经是半夜，谁知他们俩又提议要去咖啡厅坐坐，于是我们又来到了设在饭店一层的咖啡厅，这里我们早上曾经来过。咖啡厅一侧配有灯光的小型舞台上正有一支乐队在表演，一女四男，埃及音乐，女歌手边唱边舞。烟雾缭绕的咖啡厅里坐了不少客人，其中不乏三三两两、打扮艳丽的年轻女子。纳迪尔告诉我，这里不少女孩子总是找机会跟他搭讪，他明白她们是试图结交富商。

烟雾蒙蒙中，五光十色的灯光不停地变换着，音乐、歌舞、美酒，这一切都在制造着一种欢乐的气氛。在这氛围中的都市男女都尽量使自己沉浸其中，醉生梦死，似乎这开罗之夜是无边无际的，永远不会结束。

四

第二天吃早餐的时候没有看到纳迪尔和穆斯塔法，前一晚在咖啡厅与他们分手时已是凌晨一点多，想必他们都还在睡觉吧。我今天要去看金字塔，而行程还完全没有安排，不容我多睡。我吃了一顿极丰盛的早餐，因为想着午餐肯定是没有着落的，在外旅行向来如此。凭着经验，我知道在饭店前台可以得到任何想要的信息。果然不出所料，在那里我找到了开罗附近一日游的资料，我打电话报名了当天下午和第二天的旅行。

中午12点45分，我准时在大堂等到了旅行团的车，上车一看，除了两个来自南美的游客，其余全是欧美游客。旅行社的车从几个不同的饭店挨个儿接上游客后开往开罗郊区的金字塔。当车还在行驶、三座吉萨金字塔出现在车左侧的时候，我简直像在做梦一般，不敢相信所见为真。车刚停稳，我就迫不及待地冲下车去。

作者在吉萨金字塔

　　金字塔，终于亲眼看到你了，我曾经为你魂牵梦萦。你曾经是那么遥不可及，但我始终相信终有一天我会来到你的面前。现在，我真就站在了你的面前，触手可及。

　　面对漫漫黄沙中高高耸立的三座四千六百多年前的巨大精美建筑，我不禁感慨万分。四千六百多年啊！当时的文明会是什么样子？当时的工匠又用了怎样的智慧创造了这史无前例的奇迹？十万人用了二十年的时间，将二百三十万块两吨五百千克重的巨石，精密地砌成一百四十六米高的梯形金字塔，经过了四千六百多年的时代变迁、风雨沙石的侵蚀，仍巍然而立。你在向我诉说什么呢？此刻，我站在这里，像是游走在历史与现实之间。沧海桑田、世事变迁，其间不知发生了多少故事。今天，故事还在继续，一代接一代，绵延不断。在历史的长河中，我们都是过客，微不足道得如一粒尘埃，而你却始终巍然而立。我走近金字塔，用手触摸被午后的阳光晒得温热的巨石。我在巨石上躺下来，头枕着它，任由万千思绪漫游在脑海。有一瞬间，我仿佛灵魂出窍，不知身在何处。

从金字塔景区走出来，我还沉浸在对古埃及文明顶礼膜拜的情绪中，看到几个身穿长袍、头裹头巾的当地人正在一堆石头中间做着石刻，黝黑的脸上落满了粉末，手上身上都沾满了白色的粉末，使他们看起来好像一尊尊石刻的雕像。望着他们的身影，我无论如何无法把他们同创造了眼前古埃及文明的人画上等号。他们是同一类人吗？古埃及人相对于整个世界历史而言早进化了两千多年，当地球上的人们还在艰难地走出石器时代时，古埃及人已经享有高度的文明、艺术和农业了。他们似乎是承载了一种来自另一个世界的更高层次的文明，而今天，当世界进入高度的现代文明时，埃及却似乎仍然停留在那个远古的时代。

导游介绍说，尼罗河岸边停靠着几艘游船，专门为游客提供夜游尼罗河服务。我听了以后跃跃欲试，这是我无论如何也不能错过的。回到饭店后，我匆忙换了衣服，向前台问清了游船停靠的位置和方向，得知步行到那里需要三十分钟左右。为了节省出租车费，我还是决定步行前往，好在出了饭店只要沿尼罗河一直往南走就到了。尽管如此，此时天色已暗下来，我的心里还是有点儿惴惴不安。一个人游走在开罗的大街上，那种未知和不安全感让我有些畏惧和迟疑。不过我还是相信自己的应变能力，鼓起勇气走出了饭店大门。

看起来情况还不那么糟。沿尼罗河岸的这一边，行人三三两两，有学生、情侣，还有下班的人们。我一边快步走着，一边警惕地观察着周围，各种动向都看在眼里，心弦也高度绷紧。当走近一个食摊时，摊主是一个极可爱的小女孩和她的哥哥，小女孩热情地拉住我让我坐下，我不忍拒绝她就坐了下来。她十三四岁，像所有的女孩一样，头上系着头巾，她哥哥大约十五岁，他们叫卖的是一种我形容不出来的吃食。小女孩的哥哥竟然会说英语，当小女孩动情地抚摸着我的头发说了些什么的时候，他翻译说他妹妹很喜欢我的长发。小女孩的那种毫不掩饰和纯真让我很感动，这一对兄妹一定是穷人的孩子早当家，出来帮父母赚点儿钱的。这时候路过的孩子们也围过来，七嘴八舌，摸摸这儿摸摸那儿，因为我着急赶时间，给那小女孩塞了些钱，起身赶路，身后传来孩子们的喊声"Goodbye"。

在黑暗的河岸上走过了几片寂静的小树林后，我终于来到了游船码头。在售票处一问，票价比导游介绍的贵了三十埃及镑，犹豫之下还是买了船票登上了船。我刚一上船，船就起锚了，不禁庆幸自己的及时抵达。

船舱里布置得像一个很大的餐厅，铺着白色桌布的餐桌上摆放着西餐的刀叉勺和葡萄酒杯，还有鲜花。侍者是清一色不同年龄的埃及男子，他们全都身着黑色西装，领口系着黑色蝴蝶结，毕恭毕敬地服侍着游客。餐厅里已经坐了很多游客，我在靠窗的桌子旁坐了下来，被告知二十分钟后用晚餐。这时候我跟着众人来到顶层船舱欣赏尼罗河夜景。

夜色中的尼罗河，显得比白天更加静谧，黑暗使它的容颜朦胧，两岸并没有大城市应有的喧嚣和灯火阑珊，倒是河上间或驶来的豪华游船上隐约可见的华丽装饰、餐厅里的灯光和觥筹交错的场景，以及依稀可闻的歌舞音乐，使我感受到了些许大城市生活方式的存在。

作者在尼罗河游船上与侍者

晚餐时间到了，自助餐的菜品与我所了解的西餐没什么太大不同。或许因为我是船上唯一的单身游客，侍者和工作人员都对我很友好也很好奇，总是主动地与我交谈和要求合影，对这些我一点儿也不反感，这倒是缓解了我或多或少的无聊感。晚餐后，表演开始了，有埃及特有的旋转舞、音乐，还有肚皮舞。当一曲跳完舞娘邀请游客上台同跳时，不知为什么，很多游客都不约而同地用手指向我，侍者们更是起劲儿，舞娘已经走到我面前，执意邀请我上台。见到这情景，我也就不推辞了，脱掉毛衣，大方上台。伴着音乐，舞娘先是做出些非常基本的肚皮舞动作，我都一一照样做了，随后她又做出难度更高的各种动作，我干脆照着样子与她对舞，惹得全场观众拍手叫好。其实我练习肚皮舞已有几年了，这些动作对于我完全不在话下。在台下游客的喝彩声中，我与舞娘对跳得很起劲儿。曲终，台下掌声一片，走下舞台时，听到一位游客问我："你是跳舞的吗？"我笑着摇摇头。"那你为什么会跳肚皮舞？""爱好吧。"我答道。

五

第二天，我跟随旅游团游览了孟菲斯古城世界上第一座金字塔——萨卡拉金字塔和一个地毯工厂。游览结束乘车返回时，我请导游把我放在了哈利利大市场。

站在哈利利大市场入口处的空地上向前看去，右边是阿布·达哈布清真寺，左边是著名的爱兹哈尔清真寺。哈利利市场地处开罗老城区的核心地带，据说这个市场的历史可以追溯到公元十四世纪，是一个伊斯兰风格的古老市场。这里的几千家小店分布在几十条小街巷里，店铺鳞次栉比。各色布料、头巾、衣服高高挂起，五彩斑斓；各种工艺品金光闪闪，煞是引人注目。摊位上的主人叫个不停，有的则举着货品挡在人们面前晃动。水烟枪、埃及著名的纸莎草画的仿制品、各种刻有古埃及人物和故事的亮晶晶的金属挂盘、日用品和工艺品，等等，琳琅满目。

我记着导游的嘱咐——不要迷路，遇到想买的东西可以砍价，但是不想买的话就不要随便砍价。我只想买一点儿埃及特色工艺品和肚皮舞服装，早就听说埃及的肚皮舞裙很有名。在几个店铺里，我挑选了几件银器，然后就专心挑选肚皮舞裙。肚皮舞是专门展示女性身体柔美和性感的舞蹈，因此服装在焦点部位的臀部、胯部和胸部就极尽能事地装点亮片，那些裙子真是美极了，性感极了，让我爱不释手，却又无从下手——那些按照阿拉伯女性标准尺寸制作的服装太大，不适合我，并且太过妖艳性感不敢上身啊。

有意思的是，每当我对着那些五颜六色的裙子爱不释手的时候，店主总是不失时机地鼓励我试穿。他们指着货柜旁边的一扇小门说："去试穿一下吧，穿在身上一定很漂亮，你肯定喜欢的。"而此时店里店外一个客人也没有，我看看那扇小门，再对店主笑着摇摇头，说："不用了，谢谢！""穿上试试嘛，不买也没关系。"一位店主几乎是在用恳求的语气对我说，"你就去那儿穿上试试吧，我想看你穿上什么样，一定特别美，穿上给我看看吧，求求你了。"

他在我旁边这样甜言蜜语，仿佛我们是一对情人似的，这让我真搞不懂他们到底是什么用意，但是我不会动心。不过我还是挑选了一套玫瑰色、样式保守的裙子买下了，作为埃及之行的纪念。十年后，我在公司年会上穿着这条裙子表演了一段肚皮舞，惊艳四座，还获得了一等奖。

哈利利市场太大，难怪导游嘱咐我不要迷路。买完东西，我努力地辨别着方向，凭着记忆往回走。抬头一看，一眼看到了侯赛因清真寺的宣礼塔，心里才踏实了许多。当我穿过马路准备叫车的时候，忽然感到胯部被猛地撞了一下，我出于本能，"啊"地大叫了一声，随后跟跄了几步，险些跌倒。我心里一紧，"不好，我被车撞到了"，回过头来，看到一辆灰色的轿车正在我的右侧方向倒车，撞到了人还浑然不知呢。此时旁边的人都大喊起来，我猜他们是叫那司机停车的。车停了下来，旁边一位穿长袍、裹头巾的五十来岁的男人伸出手来挡在我和车中间护着我。这时候司机才下车，朝我走过来，护着我的那个男人哇啦哇啦地和司机讲话，看他那表情和手势的意思是你倒车怎么也不看清楚点儿，撞到人了嘛，说着大家都向我看着，我除了被惊吓到，却一点儿也没感觉到疼痛或不适。多亏了我的挎包，我总是把包斜挎在右胯部，这只是习惯，而这习惯今天却帮了我一个大忙。这时候他们冲着我哇啦哇啦地喊，我使劲儿摇头说没事没事。不知什么时候周围已经围了一大群人了，我可不想在这出戏里当主角，转身钻出人群，扬长而去，把这群等着看好戏的人甩在身后。

　　我招手叫了一辆出租车，一闪身坐进车里，返回饭店的路上仍然心有余悸。

　　虽然是一场虚惊，却怎么都觉得好悬啊，差点儿把小命丢在了埃及。

六

　　回到饭店时已经是下午一点多，我在开罗订的饭店到今天为止，我在埃及的行程计划就是在开罗看金字塔和开罗国家博物馆，现在计划已完成。我感到有些茫然，是按原计划飞往迪拜还是去埃及其他城市呢？我对埃及的了解十分有限，只知道金字塔在开罗，就慕名而来，出发前时间仓促并没有查阅任何资料，只带了一本余秋雨的《千年一叹》，因为书里有关于埃及的内容。我翻到有关的章节快速浏览起来，当读到埃及最大最重要的神庙分布在卢克索和阿斯旺两个城市时，我已经按捺不住了，我要去那里看看。我立即合上书下楼，到前台询问如何去往这两个城市。接待我的是一位看上去五十来岁的男子，他身着黑色制服，操一口流利的英语，彬彬有礼，而且显得经验丰富，非常有教养。在我的请求下，他帮我查到当天下午四点有一班飞往卢克索的航班，并帮我打电话到位于机场的售票公司询问机票情况，果然还有机票。

　　时间已经是下午两点十五分，他告诉我开罗的交通是非常糟糕的，从饭店到机场最快要一小时，但完全要看交通状况。我问他还赶得上飞机吗，他说很难说，但是可以试试。我快速在头脑中想了一下，我向来运气很好，最后一分钟赶上火车的事干过几次了，其他事情最后一分钟赶上也有过若干次。此时我的心里像有一团火在燃烧，说干什么就得马上行动，不容拖泥带水、瞻前顾后。我已经决定一试，就请他再打电话到售票公司帮我订上票，再帮我订一辆去机场的出租车，然后我飞也似的奔向电梯，来到我的楼层，冲进房间用最快的速度收拾好行李，再来到前台办理退房手续。这时那位男服务员告诉我已经替我订好了机票并帮我复印了两张卢克索饭店的名录连同地址电话，便于我到了那边后找饭店。他真是服务周到啊，我给了他小费却意外地被他婉拒了，这是我在埃及唯一一次遇到不收小费的情况。我来不及多耽误时间就跳上他为我安排的出租车，向着机场奔去。

此时看了一下手表，两点半，我央求司机无论如何一定要赶上四点的飞机，请他快速开到机场。我知道这要求有些无理，但我已经没有了退路，我只能成功。他痛快地答应了我，而且看得出来他很努力。我忽然想起没有跟纳迪尔和穆斯塔法告别，但是现在已想不了这么多了，到了那边再给他们打电话吧。

我简直难以想象这里的交通状况是如此混乱无序。各种交通工具交会在公路上，各式各样的小汽车、中巴车、三轮摩托车拥挤穿行，间或还能看见马车或是驴车夹杂在车流中。在来来往往的车流中，我看到很多汽车车身都有一些擦痕。时间一分一秒地溜走，我不断地看表，像热锅上的蚂蚁一样躁动不安，不停地问司机还有多远。看到路上的交通状况我几度都快要泄气了，但还是不甘心，不撞南墙不回头。这一路我们像是在和时间赛跑，终于到达机场时已经是三点五十分。

售票处在机场的另一端，我提着行李跑进售票处时，他们已经在等我了。我首先问他们飞机是否会等我，他们非常肯定，几乎是作了保证。我宁愿相信在开罗这地方，飞机等乘客这种事是有的吧。付了钱买了票，临走之前央求他们一定要再打电话给机场要飞机等我，说罢就提起行李又是一阵玩命狂奔。一路上的人都看我，我也不管不顾，好在机场并不大。到了安检处，我把行李往上一扔，跑到另一端爬进去拽出行李，接着跑。到了登机口，机场的检票员问是去卢克索的吗，我上气不接下气地说是，他们说赶快赶快,车在等你呢。

只见一辆机场大巴就停在门口,上面站着六七位乘客,我赶紧上了车后,车门立即关闭,大巴载着我们驶向飞机。哇,他们真的在等我一个人啊,这时候再看表已经是三点五十七分了。这一路的飞奔还负重十五公斤行李,多亏了我平时每天打两小时网球练就的体能,要不准得吐血。

上了飞机才发现,机舱里只有五分之一的乘客,难怪他们愿意等我这最后一位乘客,我还是庆幸这一路的顺利,各方面的帮忙,以及自己的坚持不懈,使我成功地搭上了最后的这班飞机。

七

飞机在跑道上滑行,准备起飞,我环顾四周,没有一张东方面孔,除了两三个西方人,其余都是阿拉伯人。飞机一飞离开罗,立即就进入茫茫无际的沙漠上空。从舷窗向外望去,沙漠浩瀚无边,从开罗到卢克索飞行的一个多小时旅途中,只有尼罗河两岸有绿色的耕地和村庄,其余的就只有沙漠,杳无人烟。自古以来,人类都是依水源而居,代代相传。尼罗河这一条六千六百七十千米的世界第一长河,贯穿非洲东北部,自南向北途经多国后注入地中海。六千多年前古埃及人就在尼罗河两岸繁衍生息,就像黄河孕育了中华民族一样,尼罗河作为埃及唯一的水源,孕育了埃及人民。从古至今,世世代代,它是当地人民的生命源泉,缔造了伟大辉煌的古埃及文明。据说尼罗河沿岸就有大大小小的金字塔七十多座,几乎所有的古埃及遗址都位于尼罗河畔,犹如一部浩瀚的史书,在这里蕴藏着人类文明的奥秘。尼罗河造就了古埃及,也创造了人类的奇迹。

飞机降落的轰鸣声把我从无限的遐想中拉回了现实世界,飞机停在机场候机楼前。走出机舱,我看到这是一个很小的机场,整个机场就只有我们这一架飞机,机场里没有几个人。这时我想在机场里找售票处改签飞往迪拜的机票,却被告知这里没有售票处,市中心有。我提着行李走出机场,迟疑着不知道要去哪里以及怎么去。同一飞机来的三十多名乘客有的被人接走，有的坐了出租车，转眼工夫已经各自散去，不见了踪影，只剩下我一人。我在找有没有去城里的巴士，没有，只有出租车。

这是一个很小的地方，出了机场就完全不知身在何处，安全问题让我不敢轻举妄动。我再向周围看看，除了几辆出租车外没有一个人影。没办法，我坐进了一辆出租车里，跟司机说去市中心，出租车载着我驶离了机场，我的心也绷紧了弦。

这时正值夕阳西下，硕大无比的金黄色的太阳悬挂在远处的群山之巅，车前方的柏油马路蜿蜒曲折，两旁是不知名的低矮而优美的热带丛林，丛林边是绿色的田野，田野里老牛拉犁，戴着草帽的农夫跟在后面扶犁耕地。这是二十一世纪吗？恍惚间，我仿佛回到了刀耕火种的农耕时代。路上很少见到女人，偶尔看到一个女人，也是从头到脚裹得严严实实。男人们全部裹着头巾，身穿长袍，脸色黝黑。这一切就发生在我周围，然而我却觉得极不真实，这一切的一切仿佛是那么遥远，时光仿佛倒流，我仿佛置身于几个世纪前那个神秘的阿拉伯世界里、那个在电影中曾经见过的国度。在那一刻，我欣赏着暮色中这悠远、古老、祥和、美妙的景象，完全陶醉在这梦幻一般的景象中不能自拔，如痴如醉，竟然忘记拿出相机拍照。直到来到市中心，看到了一家五星豪华饭店和饭店前尼罗河畔散步的三三两两的西方人，才又把我拉回到了现实世界中。

出租车在那家五星级饭店外的一排小商铺前停了下来，司机说这里就是市中心。我一眼就看见了要找的售票中心，这是一家旅游公司。我改签好机票回到街上时，天色已近黄昏，接下来的问题是我要在天黑之前找到住处。

抬眼看到商铺旁边那家规模不大的五星级豪华饭店，饭店大门敞开着，门堂中央高悬的水晶吊灯洒下金黄色的灯光，把门堂照得通亮，使得正在进进出出的客人们身上都披了一层光辉。站在街边的我远远地望着这温暖的光辉，多想就径直走进去，去开一个房间，舒舒服服地住下来。可是理智阻止了我，就凭我那有限的经费，我不能。旁边是一家规模小一点儿的饭店，看样子是四星级，但仍然不是为我准备的。但是我也不想像在欧洲那样，住最便宜的饭店，那里即使是最廉价的家庭旅馆，其基本设施和安全性都是有保障的。而这里街上行人很少，人地两生，我打定主意最差也要住三星级的饭店，而且是在这条街上。这里是市中心，这条街道一定是主街道，路上也只有几个人，可想而知离开这里会是什么样子。

我正盘算着如何找饭店，街上的出租车司机向我招手，这时一辆豪华马车停在了我的面前，驾车的是个二十来岁的小伙子，问我要去哪儿，我说我要找一个三星级饭店，他马上邀我上车说五埃镑帮我找到三星级饭店。看着那辆漂亮的马车，我满心狐疑，心想不太可能吧。在得到他一再保证和确认后，我才上了他的车。

马车沿着这条主大街走着，那匹高大的白马十分驯服，马蹄有节奏地嗒嗒敲打着柏油马路，声音异常悦耳。我细细地打量这座城市，在落日的余晖中，卢克索的市中心一览无余地呈现在我的眼前。一条并不宽阔的柏油马路向两边延展，马路上偶尔驶过几辆汽车，路的一侧是尼罗河穿城而过，裹挟着浑厚黄沙的河水不紧不慢地静静流淌着，城市就在河的一侧展开。脚下这条往返只有一条车道的马路便是城市唯一的主干道，向两侧延伸，马路的一侧是一排店铺、两三家豪华饭店，河畔有几个西方人正在散步。忽然一座规模庞大的历史遗迹建筑群出现在眼前，赶车的小伙子告诉我那就是著名的卢克索神庙。只见暗黄色的灯光打在一排排高耸的石柱和残垣断壁上，此情此景，仿佛是二十世纪二三十年代的某个电影中的场景，那么如梦如幻，那么不真实。

过了一会儿，马车停在了这条街尽头一个看似饭店的建筑前，车夫进去又很快出来，说这是一家三星级饭店，但是正在装修，没有开业。他说现在只能去另一个饭店，但是不在这条街上，要往街道里边走。

这时候天已全黑了，街上没有了行人，往街道里面看，只见那里都是不规则的土路、低矮的房屋，旁边有小贩和小手工作坊，前面是一大片垃圾堆，没有什么路灯，所以很昏暗。

看到这情景我很不情愿住到那样的地方，更担心起安全问题来。可车夫说这条街上再没有其他三星级饭店了，我又问他要走多远，他说很近并指给我看。顺着他指的方向我似乎看到了一座建筑的屋顶。但不知为什么我对他产生了怀疑，怀疑他所说的话，怀疑他的动机，可周围没有任何人可以求助或询问，我只好孤注一掷地跟他走。

马车沿着弯曲的土路，穿过大片垃圾堆，绕过废弃的破旧房屋，穿过昏暗的街巷后停在一栋三层小楼前，他说这里就是。我将信将疑地下了车，决定先进去侦察一下，确定这是一家饭店后，我一颗悬着的心才终于放下。我回到马车旁拿下行李，掏出五埃镑递给车夫。谁知他却大声说是五美元。啊！差了5.7倍啊，我有点儿生气，明明事先跟他反复确认了是五埃镑，可他坚称他说的是五美元，我质问他这里是埃及又不是美国，怎么会用美金呢？按说在平时的话，我会懒得与他争执，给他算了，可是今天这一天旅途奔波的疲惫和一路提心吊胆的焦虑，以及对他的不信任，使我这时对他不依不饶起来，我开始教训起他来。

"如果你一开始就说是28.5埃镑，我会给你的。可你说的分明是五埃镑，现在却要五美元，你这不是骗人吗？"

"我没有骗你，我就是说的五美元。"他还在狡辩。

"不对，你就是说的五埃镑，我还反复问了你。"我的声音越来越大。我忽然发现不知什么时候，在饭店门口围了很多人在我们周围，都是当地人，瞪着大眼睛好奇地看着我们。我不知道他们是否听得懂英语，也看不出他们脸上的表情是什么意思。我正琢磨着该怎样收场，这时从饭店的大门中走出一名埃及男子，看上去五十来岁，并且与周围这些当地人有很大不同，像是有文化有身份的人。

"我是这家饭店的总经理，这里发生了什么事？"果然他以一口流利的英语发问，然后严肃地看着我，我简单地告诉了他事情的原委。此时我感觉情况似乎不太妙，你想，在人家的地盘，你一个外来人，没有同情不说，还寡不敌众，弄不好还可能会招惹麻烦。此时我意识到自己实在是不应该纠缠这些小事，不要以小乱大。

"我看他带你走了这些路，收十埃镑是公平的，也应该是这个价钱。"他以主持公道的口吻不卑不亢地说。

"我不在乎付给他十埃镑，其实我可以付给他十五埃镑，如果他一开始就明白地告诉我这个价格的话。现在看在您的面子上，我付给他十埃镑，但我要让他记住不可以欺骗游客，那是不道德的。"

我说这番话正好顺势下台阶。在我们说话的时候，那车夫小伙子早已没有了声音，头也低下了许多。我把十埃镑递给车夫，用余光看了看周围的人，此时已经聚集了更多的人。总经理用我听不懂的语言大声向众人说着什么，还用手向外挥舞着，我猜那意思是让众人散去，果然众人开始离开。

"你是要入住我们饭店吗？"总经理转向我问。

"是的，刚才多谢您帮我解决了问题。"我说。

"不客气，这是应该的。你是哪里来的？"我告诉他是中国人后，他看了看我说"请跟我来"，就转身进了饭店，我跟着他进入饭店来到前台。他走进前台里面，交代一位服务人员办理我的入住登记，然后转过来对我说："办完入住手续后，请到我办公室来，我想跟你谈一谈。"

他这时已经变得非常和蔼亲切了。他说完就转身走进了位于前台后面的办公室。

当我走进他的办公室时，他立即从桌子后面的皮转椅里站起身来，热情地说"来来来，请坐请坐"，并亲自倒了一杯冰水端给我，然后回到椅子上坐下。他显得不慌不忙，而且笑容可掬。我一边喝着水一边在心里揣摩着他究竟想跟我谈什么。

"欢迎你入住本店，我感到很荣幸。"他以这种客套话开始。

"多谢，我也很荣幸，只是刚才不好意思给您添麻烦了。"我说道。

他忽然俯身向前，很神秘地问我："你真是中国人？"

我笑了出来："当然是啊，怎么？"

我很不解，难道这里有人冒充中国人吗？

"哦，我们很高兴接待中国客人，只是我见过的中国人都是成团来的，从未见过一个人独来独往，而且我从未见过像你这样说得一口标准英语的中国人，刚才在大门口我已经注意到了。"

"哦，是吗？谢谢，不过我刚才并没有说太多什么。"

"嗯，能听得出来，你的英语确实非常好，你在中国是做什么的？哦，这是我的名片。"

我接过名片，见上面写着"女王谷饭店总经理阿斯里拉法·纳吉布"，我也拿出名片递给他。

"是这样，再过两年我就退休了。"他接着说，"我想在退休前开一家自己的公司，从中国进口商品，在埃及销售。我看到这里有很多中国制造的商品，在埃及非常受欢迎，所以我正在了解这方面的情况，我想我需要找到一家中国公司来合作。"

原来如此，我对他说我自己开有一个公司，做进出口贸易、中国市场咨询和外国产品在中国的代理、为国外客户在中国寻找商品，等等。

"太好了，这正是我所需要的。"他显得很兴奋，"那么就这件事情，你能给我什么建议呢？"看来他很懂得不失时机地获取信息和服务。

"您准备投资多少，纳吉布先生？"

"这个，我还没想好。"

"那么您倾向于做哪种商品呢？"我又问。

"哦，我还没考虑过。"

"您做过市场调查了吗？"我问。

"嗯，还没有，我只是有这样一个想法，你能告诉我该怎么做吗？"

做商务咨询常见这样的客户，他们只给你最有限的信息和背景资料，却期待你在第一时间给他们提供答案，而他们往往都不是很认真的，只想先获取些快速信息罢了，对于这种客户我当然知道该怎么应对。

"纳吉布先生，要是这样的话，依我看，您有两种方法来做这件事。

一是小本儿买卖，如果您的资金有限的话，可以自己开店做零售商，您只要在本地做些前期市场调研，选定热门商品，先小批量进货，自己卖得好的话，可以再进，卖得不好的话，量小也不会造成什么大的损失。自己的店慢慢卖就是了，只不过资金周转会慢一些。如果您有更多的资金，就可以自己做进口商或批发商，由自己进口商品，给零售商供货，因为量大卖得好的话，利润也相应大一些，当然卖得不好的话，风险也就更大啰，但是前提是最好先期找好买家，签好供货合同。两种方法各有利弊，您可以根据自己的情况和能力选择。当然，您还可以既做批发商又做零售商，就是您进口货物，批发给其他零售商，同时自己也开个店做零售，这样做的好处是两头的钱都能赚到。您需要根据自己想要投入的人力物力和资金来决定，您明白吗？"

我一口气说了这么多，连磕巴都不打。

"哦，是啊，你说得有道理，我要好好考虑考虑。"他看来一下还不能消化这么多，若有所思起来。

我说："好吧，您有的是时间慢慢考虑。"

"如果需要的话，我可以给你发邮件吗？"他问道。

"当然可以，好啦，我该去房间了，请问刚才来的路上经过的是卢克索神庙吗？那里晚上开放吗？"

"是的，晚上开放到九点钟。"

"哇，太棒了，我现在就要去，从这里怎么走？"

"哦，你要去的话，我派人送你过去好了。"

"这真是太好了，如果不太麻烦的话。"没料到刚刚的"咨询服务"可以换来这种特殊服务，也算物有所值吧。

"我真高兴今天交了个中国朋友，以后还有可能一起做生意。"他站起来一边跟我握手一边说道。

"我也很高兴认识您。哦，顺便问一下，我因为今天临时改变行程，仓促之下来到了卢克索，这几天的游览都还没有安排……"

他打断我说："你是不是想找旅行社安排明天游览的行程？"

"是啊，您有没有可以推荐的？"

"我有一个朋友是开旅行社的，我这就给他打电话帮你问问。"

"太感谢了！"

我又坐了下来，听他叽里咕噜地讲电话，还在纸上记着什么。之后，他放下电话告诉我，在卢克索两天的游览行程共计三百美元。天啊！这价格和在开罗的半天一百八十五埃镑比起来太高了！我只是要了这家旅行社的电话号码，起身拿了行李准备去房间，纳吉布先生嘱咐我在卢克索期间注意安全，在这里有什么事可以随时找他。

八

我进了房间放下行李，喝了口水，拿了件外衣就出门了，我一刻也不想等待，我要立刻就去看卢克索神庙。

在饭店大厅，纳吉布先生派来的带路人是一个二十来岁的小伙子，他已经在那里等候了。我们走了大约十五分钟就来到了神庙外，我请小伙子先回去不用等我。在售票处才知道门票很贵，但是再贵也得买，就像在欧洲，那些大大小小的博物馆门票都很贵，可这是不可错过的重要内容。

从售票处往里走，只见一个个规模宏大的古建筑群远远地散落在各处，在神庙的前方分左右两排排列着古埃及动物石像，每排足有十几个，所有的建筑、所有的石像都被精心设计的灯光映照着，即使是夜晚，你也能将这座神庙的轮廓一览无余——在灯光的辉映下显得更壮观。

我缓慢地走近神庙，仿佛这样就可以让时间过得慢一些，让我能仔细地欣赏和品味这里的一切。

卢克索是一座具有四千多年历史的古城，卢克索神庙就是古埃及第十八代王朝的第十九位法老艾米诺菲斯三世为祭奉太阳神阿蒙和妃子以及儿子月亮神而修建的。中国人说"不到长城非好汉"，埃及人说没有到过卢克索就不算到过埃及，果然名不虚传。在这里，我从始至终都为眼前看到的景象所惊叹、所震撼，禁不住一次次在心中惊呼，一次次感叹，一次次被彻底折服。伟大的古埃及文明啊！那是怎样的一群人们，以怎样的智慧和艺术造诣创造了这无与伦比的盖世奇观啊！

上一次让我有这种感受是在意大利罗马，罗马古城以其保存完好、规模宏伟、气势恢宏、精美绝伦使我叹为观止，它的历史是两千多年，而卢克索神庙则又将历史往前回溯了两千多年，而且更具规模，更加壮阔，更加气势磅礴、雄伟巍峨。在这里我又一次如梦幻般地游走在历史的时光隧道中，迷失自我。

作者在卢克索神庙外留影

那划破天际的方尖碑，拉美西斯二世的巨石雕像，高耸的巨石圆柱门；那三面由双层柱廊环绕的柱廊庙，还有那三面建有双排纸莎草捆石柱的庭院，柱顶那优美的弧形花雕，神庙墙壁上那些描写拉美西斯二世南征北战情景的生动浮雕；那太阳神阿蒙庙……所有这一切都美妙绝伦，其精美程度无法用言语表达形容，甚至包括那些散落在四周的大量石雕石块，都让我看得如痴如醉、如梦如幻。

在我徜徉于这些古迹之中自我陶醉的时候，我还是对周围的环境有所警觉。夜幕掩映下的神庙，游客稀少，只有三三两两在低声细语，偌大的神庙显得空空荡荡，更增添了神秘感。在那些巨大的石像背后，在高耸的石柱下，在乱石散落的荒僻院落，在庭院深处的阴影里，常常闪现出一些陌生的身影，他们都是本地男人，全部身穿传统长袍，裹着头巾，黝黑的脸上看不出什么表情，他们或站或蹲，或坐或游走。我猜不出他们在这里是为了什么，或者要干什么，只有一点是肯定的，就是绝不是为探访神庙而来的，他们根本就对神庙不感兴趣，因为他们只盯着游客。

正当我端详着高大的拉美西斯二世坐像时，忽然从黑暗深处闪出一个人影，又是一个身着黑色长袍的当地男人，估计他的年龄有四五十岁。他用手向我比划着，还指着我手里的相机。一开始我并没有弄懂他的意思，只见他向我招手并指着石像的背后，我有些好奇地跟着他来到石像背后的暗影里。这时他又手指我的相机比划着，我明白了他的意思是想帮我照相，我确实很想找人帮忙拍照，可是当我再次环顾四周时，发现周围全被高大的巨像所遮挡，视线内看不到其他任何人。我忽然意识到了潜在的危险，他该不会是借给我拍照拿了我的相机就跑吧，再看他时，似乎的确从他的脸上看到了几分诡诈，不容多想，我向他摆手拒绝并赶忙转身三步并作两步走出了阴暗角落。我想在这种情形下，还是宁可冤枉了他也不要将自己置于危险境地为好吧。

这以后我便格外注意周围环境，有选择地走较安全的路线。忽然我看到了几个中国人，再后面是一大群中国人，原来那是一个中国旅游团，他们无忧无虑地大声说笑着，全然没有我所有的顾虑和担心，那一刻，我真羡慕他们。他们的到来冲淡了我心中的阴霾和担忧，我也被他们的快乐所感染，心情好了许多。但这也没维持多久，因为我马上就要面对另一个难题——怎样安全地走回饭店。

想到这儿，我低头看了一眼手表，已经是晚上九点半，过了神庙关闭的时间了，我悻悻而归。在往外走的时候，我在心里想象着这一段回饭店的路程会是怎样的情形，是否会顺利。来时我已经在心里记下了路线，虽然并不复杂，但是那破旧的废墟、倒塌的房屋、大片的垃圾和昏暗的街道，以及那些小胡同，特别是那些蹲在黑暗墙角的长袍埃及男人，让我不安。经过他们时，我眼睛盯着前方，而余光却紧紧地锁住他们每一个，只要哪一个挪一挪身子，我就会立即拔腿开跑。黑暗中，我疾步走着，右手紧护着那装有我全部家当的背包，我的护照、机票和全部现金都在里面。因为饭店没有保险箱，为防止被偷，只好全部带在身上。此时我浑身的神经绷得紧紧的，汗毛竖立，仿佛脑袋后面也生出了眼睛，眼观六路、耳听八方，感觉自己就像一只原野里的野兔一样警觉，稍有动静便拔腿就跑。十五分钟后，我顺利地到达饭店，当晚一切相安无事，睡了一个好觉。

第二天我起了个大早，心里盘算着该如何找到一个价格合理的旅行社。我知道所有的旅行团都是一早吃过早饭就在饭店大堂集合出发，如果能加入他们的团那就完美了。这样想着，我早早地去一楼餐厅吃了简单的早餐后，来到大堂守候。不一会儿，就看到一对韩国男女下楼坐在了沙发上等候，我急忙上前问询。果然他们是乘游轮从开罗经亚历山大、阿斯旺到卢克索来的，正在等待旅游团来接他们开始今天的行程。我心里暗喜，准备等旅行团一到就跟导游交涉。

很快就有两辆面包车停在了大门外，从车上下来两个人走进大堂。这两人一个是导游，一个竟是该旅行社的经理。我不失时机地向那个经理说明我想加入他们的旅游团并向他询问价格，他告诉我两天行程是三百八十埃镑。我喜出望外，马上说要加入他们的旅游团，那经理十分痛快地答应了。我忙不迭地当即付款，还在想这真是天助我也。

对那经理来说凭空地突然多出来一份收入当然很高兴，他掏出名片递给我。他叫哈森，说着尚可的英语，一米八五的瘦高个儿，脑袋显得很小，同样是黝黑的皮肤、高颧骨，穿一身豆绿色西服，打着深灰色领带。这人喜怒不形于色，显得颇有城府。

我被安排上了他们的面包车，一行人就出发了。车上的游客可谓来自

第一章　埃及奇遇

五湖四海，分别来自西班牙、澳大利亚、日本和韩国，只有我和那个澳大利亚人是独行者，其余全是成双成对的。

这一天我们游览了门农巨像、女王谷和皇帝谷，那导游是我这一路所遇到的最好的。他自始至终详尽地解说，语言组织好，叙述逻辑性强，可以看出来是个头脑清晰、很有才华的年轻人。他的讲解热情洋溢、出神入化、唾沫四溅，还不乏幽默感，听得我们着实很过瘾，他非常流利的英语当然帮了很大的忙。

作者在卢克索与当地导游合影

吃晚饭的时候，又碰上了哈森。他像是来巡查工作似的，顺理成章地坐到了我的旁边。于是我们边吃边聊，彼此很快熟络了起来，我向他了解去另一座城市阿斯旺的旅游事宜，他侃侃而谈，告诉我每天都有警方护卫的旅游大巴车队从卢克索开往阿斯旺，他说他可以安排我在阿斯旺的行程。询问了价格后，我觉得可以接受，还可省去我很多周折，所以当即就付了款，决定后天下午前往阿斯旺。

12月是埃及气候最宜人的季节，白天气温在二十一到二十三摄氏度，阳光灿烂，空气干燥而洁净。这里几乎没有什么工业，看到最多的就是来自世界各地的游客，而大多数当地人则是一副闲散、与世无争的样子。第二天，我随团又一次游览了卢克索神庙，以及著名电影《尼罗河上的惨案》的拍摄地之一——卡纳克神庙。

在我准备上车去吃午饭的时候，只见哈森正站在车旁边与导游讲话。看见我过来，他上前跟我说他是给我送发票的。他今天穿一件黑色长袖上衣，浅灰色的长裤，他的脸色被那黑色上衣衬得更加黝黑。他说他马上需要回一趟家，问我是否想一起去他家看看。被他这样一问，我还真的很想看看埃及人家里是什么样子的。只身在世界各地游览，我一直深信只有去当地人家里看看，才有可能真正了解当地的文化、习俗和生活状态。我对于这些非常有兴趣和好奇，所以每到一国一地，总是要去最能反映当地民生状况的超市、集市看他们都买什么、吃什么以及价格行情等，我决不会放过任何一次造访当地人家的机会。但是作为游客往往不太会有这样的机会，而且有时候这是有点儿风险的。

我稍微犹豫了一下后还是同意跟他去他家看一看。他的车七拐八拐地来到了一处狭窄的街道，我们下了车。正是中午时分，只见土路街道上非常安静，既没什么车辆也没什么人。这一带比较多的是平房，也有二三层的楼房。街的拐角处有一家很小的发廊，旁边有一个更小的杂货店，里面没有人，两三个小孩儿跑出来，他们的眼睛直勾勾地看着我这个外国人好奇发呆。我跟着哈森走进一座三层楼，楼里空空荡荡的，没有一个人，也没有灯。他大跨步地登上楼梯，我却慢吞吞地落在后面，因为此时我心里有点儿发虚，有点儿吉凶未卜的感觉。哈森看出我的犹豫，从楼上探头向下看着我，露出狡黠的笑容。"哈哈，我知道你在想什么。怎么？不敢上来吗？"他嘲笑地说。"谁说的？我来了。"我大声地回应着，大踏步地追上了他。

上到三层时看到一位姑娘开了门，笑脸相迎地把我们让进屋里。哈森介绍说这是他的姐姐，看上去三十多岁，虽然不会说英语，但是很热情友好。她正在做午饭，家里还有一个六七岁的小弟弟。这是一套三居室的公寓，半新不旧，厅里没开灯，光线很暗，屋里陈设、家具很简单。我被让进一间小屋，只见这里有一张单人床靠墙摆放着，床头放着一张办公桌，桌上有一台台式电脑。哈森说他每天在这儿上网发邮件，床前的地上铺着一张埃及风的蓝色花地毯，地毯的另一边靠墙摆放着一张半旧的三屉桌。

哈森的弟弟是一个极可爱的男孩儿，长着一双埃及男孩儿特有的又大又黑的眼睛，滴溜溜地转，好奇写满了一脸。我问哈森他的父母在哪里，他没有回答。这里看来在当地是很不错的住房了，记得我在开罗看到了很多家庭住在未完工的楼房里，有的砖石砌了一半就撂在那里，人就这么住进去了，还有很多人家住在没有楼顶的楼里。

这房间里没有椅子或沙发，我就坐在了那张单人床上，哈森也坐在旁边，我们随便聊着一些无关紧要的话题。

他用一种我不懂的眼神看着我，然后说："今晚我要给你个惊喜。"他说到这儿，就不再说下去了。

"什么惊喜？"我问道。

"先不告诉你，到时候你就知道了。"

"又不是孩子，还卖什么关子嘛！快告诉我吧。"

他看了我一会儿说："带你去一个地方。"

"你如果不先告诉我，我是不会跟你去任何地方的。"

"好吧，带你去看肚皮舞表演。"

"嗨，看肚皮舞表演也这么神秘兮兮的。好啊，我喜欢看。什么时候？"

"晚上八点半我来饭店接你。"

"好啊，"我看了看表说，"哟，不早了，你的事办完没有？我该回去跟团游下午的行程了。"

"办完了，我送你过去。"

我们站起来，我跟哈森的姐姐和弟弟告了别，离开了他的家，这次以后我对哈森多了一些了解。

晚上八点半，哈森来接上我，开着车在卢克索冷清的街道上行驶了十多分钟后，在一处肃静的楼前停下来。

我心中有点儿狐疑，这么安静的地方会有肚皮舞表演吗？我下了车跟着他进了楼来到地下一层，还没进门就已经听到音乐声了。这里好像是一个俱乐部的样子，一个不大的舞台设在正中央，舞台前还有一块空地，四周摆放着桌椅。此时舞台上有一个三人的乐队在演奏，台下稀稀拉拉坐了几个人。哈森对我说演出还没开始呢，我们选了一张桌子坐下来。

作为肚皮舞爱好者，来到肚皮舞发源地之一的埃及，观看一场原汁原味的高水平肚皮舞表演是我满心期待的。自从中午哈森告诉我后，我就一直处于极度兴奋之中，我兴致勃勃地翘首期盼着舞娘出现。

乐队的演奏还在继续，都是阿拉伯音乐，旋律多少有些千篇一律，但鼓点和节奏却变化丰富。因为我喜欢肚皮舞，所以爱屋及乌，连带着对阿拉伯音乐也有了兴趣。我指着那个很像中国民族乐器琵琶的乐器问哈森叫什么名字，他告诉我叫作乌德琴，是阿拉伯音乐中的重要乐器，在埃及、苏丹、摩洛哥、突尼斯、阿尔及利亚等北非国家都很受欢迎。另一种为半卵形的拉弦乐器，叫拉巴卜。阿拉伯音乐节奏感强烈，有很复杂的节奏模式和鼓点变化，因此非常适合舞蹈。

我们正聊着，一曲音乐响起，舞娘终于现身了，千呼万唤始出来啊！我坐直身子聚精会神地看，但是她太让我失望了。她既不漂亮也不苗条，而且舞姿平平。更要命的是她有一个水桶般的身子，你就不能指望她有多灵活、多俏丽，也不能指望那艳丽性感的服装穿在她身上有多么出众的效果。这个原本是表现女人妩媚、柔美、性感的舞蹈，被她跳得木木呆呆，毫无美感。看着她扭着水桶身子，比画着双臂，我已经不想再看下去了，问哈森今晚还有没有别的舞娘，他去问回来说没有了，只有这一位。

唉！我很是失望，我对哈森说想不到大老远地来到肚皮舞的故乡埃及，她跳得还没有中国人好，这怎么说得过去啊！哈森看着我说没想到我对肚皮舞还这么有要求。他又俯身对我说，待会儿她跳完以后会来邀请客人跟她跳，你去跟她跳吧。我说不去，她跳得那么难看，还要我去跟她跳。正说着，那边一曲已经跳完，接着一曲又响起，舞娘就向我这个观众中唯一的女人走过来，邀请我上台同跳。我冲她摆摆手表示不跳，哈森也站起来附和着邀请我上台，她还是盛情邀请。我既不给面子也"不识抬举"地坚持不跳，心想娱乐从业者不应该勉强一个观众上台合作表演吧。但是此时再看哈森，他脸上略显出尴尬的表情。他起身走到大厅中央一张桌子旁，把手里不知什么时候准备好的叠好的钱塞进桌上一个木制盒子的缝隙里，然后开始与舞娘跳舞。

跳完一曲，他回到座位上坐下，跟我说下一曲要我去跟她跳，说着从口袋里拿出一张二十埃镑钞票叠好递给我。我说要去你自己去，我不想去。这时另一位男观众起身走到那张桌子旁把一张叠好的钱塞进木盒子，随后就跟舞娘共舞。

这会儿我已经看明白了，他们是要通过舞娘邀请观众跳舞来赚钱，这或许是他们的习俗，或许是他们的经营方式。这让我想起了在北京三里屯一家叙利亚人开的餐厅叫"一千零一夜"，每晚都有肚皮舞表演。那舞娘每次在台上表演完一支舞曲后，下一支曲准会边舞边走到客人中，在他们面前跳。舞娘们如此近距离地展示着她们的舞技。她们跳着舞着从每张餐桌旁经过、逗留，如果观众中有阿拉伯人便会起身与她们共舞，并且手里必定会攥着百元大钞。跳着跳着便将手里的钞票塞到舞娘的胸衣里，走运的时候，一波人群里会有两三个跟舞娘跳舞给她们塞钱的，或许餐厅老板要求舞娘们这么做，而且还会与她们分成，又或者老板们本来就只付给舞娘们很低的报酬，她们的主要收入来自客人们的慷慨小费也未可知，如此来说难怪她们这么愿意往客人群里扎。

看来这的确是肚皮舞俱乐部的经营之道，但是我连观看这位舞娘的舞蹈都不耐烦，更不用说还要花钱与她共舞了。我对哈森说我要回饭店休息了，哈森无奈，只得起身跟我一起离开。说实话，当我离开的时候，也有那么一点恻隐之心，那就是作为寥寥几位观众中唯一的女性，这么早就离开对于表演者多少有点儿打击，但是我也不想太委屈了自己。

第二天又是一个大好的天气，天空中没有一丝云彩，午后的阳光照在身上暖洋洋的。哈森带着一个司机开着一辆白色丰田轿车来饭店接我，他说他在阿斯旺那边有公事，所以正好搭我们的车一起去，这当然好了。

我们来到集合地点，待一会儿我们要随下午两点的旅游大巴车队前往阿斯旺。只见这里已经有六七辆大巴车排队等候，陆续还有车辆汇集于此。

到了两点钟，是出发的时候了。前后共有十几辆大巴车，浩浩荡荡绝尘而去。我们的车跟着车队，由警车断后。走了大约半小时，整个车队停在了一处铁轨与公路的交叉口，警方立刻设置了哨卡，不知他们在这里有什么贵干。

此时一些游客下车走走，我也下了车。只见几个警察向我们这边走来，他们身穿驼黄色的军装，头戴同色鸭舌帽，每个人都挎着机枪挂着子弹带。

每天下午两点从卢克索到阿斯旺的旅游车队都无一例外地受到警方荷枪实弹的护卫，一年三百六十五天，每天如此。

这可真是我多年来在世界各地旅游经历中难忘的一幕，我和这些武装警察擦肩而过，目光相遇，说不出他们脸上的表情是复杂还是纯洁。我看着他们黝黑的脸，从那严肃和警觉中我看到了友善。

九

阿斯旺是埃及与非洲各国贸易往来的重镇，是通往苏丹的门户，在历史上是埃及南部水运和骆驼商队的交汇点。这里保留了大量的神庙和陵墓，著名的菲莱神庙、阿布辛贝勒神庙都在这里。

这一路我享受了极高的待遇，游客只有我一人，却有专门的司机，被专车从卢克索送到阿斯旺，到了阿斯旺又有专门的船接送，这一切都是哈森安排的，当然我也为此支付了高于一般旅游团的费用。不是因为我想要如此摆谱，而是因为哈森告诉我，没有任何其他旅游团可以加入。他说他专门找来这辆丰田车作为我的专车,供我这趟行程使用。其实我宁愿加入别的旅游团,跟他们一起乘坐大巴车,但没有办法,我只得听从他的安排。在阿斯旺旅游的一路上,他都在车里等候,显得很有耐心,没看见他办什么公事。这一天等所有游览结束后,他送我到了下榻的饭店。

作者在阿斯旺景区与当地热情的学生们

我坐在大堂的沙发上等哈森为我办理入住手续,见他拿着房间钥匙走过来在我的身边坐下,向我交代明天早上会有人来饭店接我,带我加入另一个旅游团进行明天白天的游览,然后送我去机场。一切交代完毕后,他脸上露出了异样的表情。

"我的事情办完了,今晚要回卢克索去。"他表情凝重地说。

"哦,是吗,你们不在阿斯旺住一晚上明天再走吗?"我问道。

"如果你留我,我就住下来。"说这话时他眼睛专注地看着我,一脸复杂的表情,我也听出些别样的味道来,看着他一时竟不知说什么好。

这时候他又开口了:"我喜欢你,我想和你今晚共度良宵。"这很有点儿让我意外，不过从他一路的表现来看，也并不完全意外。这其实就可以解释这一路以来的一些事情，比如他是不是真的一定有公务要办，非得跟我们来这一趟，还有是不是真的没有别的旅游团可以让我加入而非得让我坐专车来阿斯旺，现在想来这些都得打个问号，但是无论如何这决不是我想要的。

"哈森，我很感谢你这一路为我安排的行程，但这可不行……"我试图拒绝得婉转一点儿。

"为什么？"他迫不及待地问，眼睛里流露出一种恳求，他那张黑脸上的肌肉也有点扭曲，好像这对于他来说并不是一件太容易的事。然而，我没让自己产生出对他太多的怜悯之心，我想，在卢克索和阿斯旺旅游的费用，我也一分不少地给他了，现在又来这一套。

"好吗？我们现在就去房间吧。"在我走神的当儿，他已经步步紧逼了。我已经想好，不再婉转。

"不，我不想。"我说。

"你真不想？"他不甘地看着我问道。

"不。"我肯定地摇摇头。

他坐在沙发上愣了一小会儿，等他反应过来确认自己没有听错后，极其失望地站起来，我也站了起来，他脸色变得难看了许多，转过身去几秒钟，又转向我说："那好吧，你多保重吧，再见！"说完，他就转身去叫在大堂另一端坐着的司机，头也不回。看着他们两人走出饭店大门，我拿了行李从楼梯上了二楼，进了我的房间。

这是一家很小的饭店，只有四层楼，没有电梯，坐落在主大街上，马路对面就是尼罗河的堤岸。房间里有两张单人床，一台小电视机，一张桌子，两把椅子中间是一个小圆茶几，卫生间狭小而干净。没什么好抱怨的。忽然房间的电话铃响了起来，我禁不住纳闷，会是谁呢？

"喂？"

"是我，哈森，我还是不太相信你真的会拒绝我，我想打个电话看看你是不是改变了主意。"

"我没有改变主意,哈森。"

"哦……那……那好吧,再见!"他挂断了电话,我想他不会再打过来了。

我走到房间的阳台上,看到了对面的尼罗河。在傍晚金色太阳的辉映下,它呈现出大海一样的深蓝色,河面上一片片白帆悠然驶过,那景色悠远而美妙。我决定出去到尼罗河堤岸上走走,便出了房间来到了大街上。

十

夕阳已经落到了西边的山巅,变成橙红色。此时如果天空中有云朵,将会被染成异常美丽的彩云。可惜天空中偏偏没有云朵,西边被染成浅橙色的天空正在逐渐变淡。尼罗河平静地流淌着,没有惊涛骇浪,没有激流险滩,它永远是那般雍容、疏朗、气度不凡,像是早已看尽了几千年来的世态变迁,早已处之泰然了。

阿斯旺的这个傍晚并没有什么特别,只是街上多了一位来自遥远中国的女人。我信步走在尼罗河岸边,没有什么目的地,也没有目标。在这里你很容易忘记了时间,忘记了年代,忘记了所在,甚至忘记了自己,仿佛回到了不知年代的远古,恍恍惚惚,被深深陶醉。这时候的我,漫无目的地游走在尼罗河畔,任由各色怀着不同目的的人不断地从身边穿过,用各种语言跟我搭讪。

在河堤上停泊着很多大型游船,也有很多装修成游船的餐厅和酒吧,有豪华的,有高档的,也有一般的,一个挨一个地连在一起,有的在门口有专人向游客游说。我已经被他们打扰了好多次,最后我觉得是时候找个地方吃点儿东西了,于是挑选了一家看似不太昂贵的餐厅走了进去。

这是一条并不太小的船,船舱地面用木板铺成,餐厅里很开阔,有二十多张餐桌,然而客人却不多,只有两三桌有客人。一眼扫去,只见靠窗的一张桌边坐了一位欧洲人模样的男士,另一张桌边坐了一对男女游客,最后一张桌上是一对老年夫妇。我选了一张角落里靠窗的位子坐下，服务生紧跟过来送来了菜单。这里是西餐，我点了个蔬菜汤和红酒柠檬银鳕鱼。服务生拿来了面包，却没有黄油。我向他要黄油，他好像不太听得懂英语。这时一个男人的声音在我身后响起，帮我翻译了，我回头一看，原来是第一张桌上坐着的那位男士走了过来。他瘦高的个子，一米九左右，穿了一件黑色皮衣，里面是一件高领黑色毛衣；白皮肤，五官长得很像欧洲人，但又有阿拉伯人的特点，可能是混血。他还对服务生说了几句话，服务生点头离去。

"谢谢您！"我出于礼貌，感谢了他。

"不客气。"他说着拉开了我旁边餐桌的椅子坐了下来，服务生赶忙把一杯咖啡从那边的桌上端来放在了他的面前。他的这个举动引起了我的注意，因为这实在有点儿异常。吃着面包，我想要杯冰水。在服务生还没反应过来的时候，他又转过头来翻译了，服务生转身去拿冰水。

我向他笑了笑说："您是这儿的经理吗？"

他说："是的，我们的服务生有时候不太听得懂客人的英语，所以……"

"没关系。"我说，"阿斯旺的外国游客很多吧？"

"是的，主要是欧洲、澳洲和美国的游客。"

"可是今天这里的客人并不多啊。"

他笑了笑说："昨天这里停靠了一艘大游轮，船上下来的游客把这儿都坐满了还不够，这旁边几家餐厅也都坐满了，午餐、晚餐都是在这里吃的，热闹了一阵儿。您不是跟团来的吧？"

我说："是跟团来的，一个人的团。"我们俩都笑了。"您猜对了，本想只去开罗看金字塔，后来才知道卢克索和阿斯旺还有更多可看的，就临时改变计划，一路跑来了，今天刚从卢克索来。"

"准备在阿斯旺待几天？"他又问道。

我说："明晚就乘飞机回开罗了，所以只有今明两天。"

"您是哪国人？"他问。

"中国人。"

"哦，是吗？"

"您见过很多中国人吗？"

"嗯，见过一些中国来的旅游团，可您好像不太一样。"

我笑了笑，心里暗自庆幸，在这个晚上，在这陌生的阿斯旺的餐厅里，能遇到这么一个不招人烦的、能讲得通英语的人，可以轻松地聊一聊，岂不是一件幸事？我们所在的两张桌子在餐厅的拐角处紧挨着，互为直角，他的座位侧对着我，他说话时得回过头来。我干吗不请他过来一起坐呢？

"如果您不介意的话，可以到这边来一起坐。"我五指并拢，掌心朝上，以极其文雅的手势指向我对面的一张椅子。

"当然不介意。"他欣然起身端着咖啡坐到了我的对面，并礼貌地伸出右手。

"我叫尤斯睿，很高兴认识您。"

我也把右手伸过去并报了我的名字，我们握了手。这一切都进行得完全符合西方的社交礼仪，却又好像是按照事先预想安排好的，我暗暗在心里觉得很好玩。看着他不同于其他埃及人的相貌和举止，我的好奇之心油然而生。

"您看起来和其他埃及人不一样，您有外国血统吗？"我问道。

"我的父母都是埃及人，我是在埃及长大的，但是在法国巴黎居住了很多年，刚刚回国不久。"他呷了一口咖啡接着说，"在我十几岁时，父母就把我送到了法国。我在那儿读书，后来又在那儿工作生活了十几年。我是三个月前才回埃及的。"

原来如此，难怪他从里到外都显得那么与众不同。我再端详他，只见他脸庞消瘦，高颧骨，是那种典型的欧洲男人脸型；白皙的皮肤，黑色的双眼并不像一般埃及人那么大，倒是显得柔和了许多；浓黑的眉毛恰好配那双秀眼，微卷的黑发修剪得略短，一双手白净而且保养得很精心。他整个人看起来俊雅、清秀，性格像是细腻而敏感的那种。他很安静，并不是侃侃而谈，而是娓娓道来。

我对他产生了浓厚的兴趣，想要了解他的身世。这时他脱掉了皮外衣，挂在椅背上，他上身穿一件黑色高领拉链毛衣，里面是一件雪白的衬衫，领口和袖口都是洁白的，右手腕上露出一款金色的手表，只是我对手表并不在行，看不出它的成色来。

我一边吃着我的饭，一边漫不经心地与他交谈着，同时不动声色地观察着他，不遗漏任何一个细节，而那汤那鱼是个什么味道，我却完全没有品出来。与此同时，尤斯睿也在细心地观察着我的一举一动、一颦一笑，我知道我在这种时候的吃相极其优雅。他看着我蠕动的嘴唇，以及用刀叉在盘中有条不紊地整理食物，然后一次次精准地把食物送入口中。

他的咖啡喝完了，又要了一杯白兰地。

"您在中国做什么工作？"他问。

"做一些进出口贸易和商务咨询什么的。"我简而言之，我不想多谈自己，我想更多地了解他，"您在法国学的是什么专业？后来又做了什么工作？"

"我学的是摄影，后来给几家杂志社做摄影记者，主要是拍一些封面、中间页、插页，还有广告，我也应邀拍摄一些私人照片。"

"哦，很有意思，您觉得法国的生活怎么样？"

"因为我年轻的时候就去了法国，所以法语几乎和我的阿拉伯语一样好，我一直在巴黎生活，很习惯那儿的一切。"

"您喜欢您的工作吗？"

"很喜欢。"

"我不是很了解摄影记者的工作内容和生活方式，您能详细描述一下您工作的时候通常都做些什么吗？"这听起来简直有点儿像是在采访，我又拿出了我那一贯的爱刨根问底、穷追不舍的劲头，直到听到满意的答案为止。

"嗯，比如说，如果某个杂志社或报刊想要出一篇关于中东地区某个国家的报道，以前他们都是雇用法国的摄影记者来做这个工作。而他们就会先在图书馆里或网上查找大量有关的资料，然后飞往那个国家去实地考察和拍摄。但是因为语言的限制，他们要找翻译帮助，他们的能力在这里就受到了限制。他们的任务完成得如何，往往取决于那些翻译和提供帮助的人，所以他们常常不能很深入地考察和了解到真实情况，搞出来的东西往往流于表面。而且杂志社委派他们来中东地区还要支付很高的额外费用。而我作为当地人，不但没有语言障碍，还懂得这里的宗教礼仪和风土人情，我知道怎么能找到所需要的素材，所以拍出来的东西就更真实可靠。另外杂志社支付给我的薪酬也会比法国人或西方人低一大块儿，因为不用支付那些额外补贴，可以为他们省去一大笔费用，他们何乐而不为呢？因此，我经常接受这样的任务，被派到中东和北非国家，除了埃及，还有突尼斯、苏丹、阿联酋、沙特、伊朗、以色列和摩洛哥等，经常往来于法国和这些国家之间。"

此时的他侃侃而谈，都是我从不了解也从未听说过的事情，今天在埃及的阿斯旺从这样一个人嘴里听到，真是格外有趣。我听得兴致勃勃，接着问道："通常他们都会给您些什么样的题目呢？"

"嗯，各种各样的，从社会的、经济的到人文地理的，还有娱乐和时尚的、饮食的，等等，应有尽有。"

"也有政治的和宗教的吗？"

"当然有，不过涉及宗教和政治的题目，一般都比较大而且复杂，会有几个人组成一个小组，一起来完成任务，有时甚至需要的时间会长久一点儿。"

"您比较喜欢哪方面的题目呢？"

"哦，我一般更喜欢关于自然、生物、人文和地理方面的内容，而其他方面有时候会不可避免地涉及宗教、政治、国家这样的敏感话题，我作为阿拉伯人，有我自己的思想意识和价值观，但为完成任务又不得不从西方世界和西方价值观的角度来报道事件，有时候会有矛盾，甚至很尴尬。"

他谈得既合情合理又有逻辑，令人信服。

"我想我能理解你的感受，也许，这就要学会所谓的职业精神吧，把个人的情感放在一边，一切服从于职业需要，或许对于大多数人来说这也挺难做到的。"

"是啊，有的时候，我很有挫折感，渐渐地学会了如何找到平衡，而另一方面，在有些时候，我发觉自己的世界观和看问题的角度也不同于当地的阿拉伯人，所以我很困惑。"他说话的时候显得非常诚恳，使我情不自禁地对他产生同情和理解。

"我想您是因为在法国生活了很多年，受到了西方文化、思潮和生活方式的影响，不知不觉中也接受了很多他们的价值观和思维方式，所以你已经变得不同于一般的阿拉伯人了，从思维方式、行为模式，到生活习惯都发生了变化，而这些变化都是在潜移默化中发生着、改变着。那么您现在回到埃及，习惯这里的一切吗？"

听了我的问题，他若有所思地沉默了一会儿，然后开口说："不太习惯，我把在巴黎的工作辞了，公寓也退了，家具变卖了，一切都处理好了以后回到埃及，却发现我其实并不属于这里。这里与巴黎是这么不同，在吃、住、行各方面我都很不习惯，我感觉自己与这里格格不入。"他说这些话时虽然不露声色，但我看得出他那深藏的苦恼和困惑，他的矜持掩藏不住那一丝深深的忧愁。

"那么您不打算再回到巴黎去吗？"我问道。

"看看再说吧。"他说。

"哦，我们这样聊天不妨碍您的工作吧？"忽然意识到我们已经聊了很久了，我这样问道。

"不不，今天也没有什么客人，不要紧。"他回答道。

我看了看四周，刚才两桌客人中的一对已经离开了，只剩下那对年轻的情侣。餐厅显得冷冷清清。我又要了一杯茶，我们这样还要聊多久，我也没想过，只是想就这样再继续下去。

"跟我说说中国吧。"他开口说道。

"哈,这可是一个很大的题目,几天几夜也说不完。您想知道些什么您来问我,我回答您好了。"

"哦,您打算从开罗再去什么地方啊?还是就返回中国了呢?"

"我从开罗去迪拜,参观一个国际家具展会,然后就回北京。一个星期以后,我会在圣诞节前一天飞往澳大利亚悉尼。"

"那是休假吗?"

"一半休假,一半工作,主要是想考察一下澳大利亚的家具市场,看看有没有出口中国家具的可能性。我有朋友在悉尼,我会住在她家里,顺便也游览一下澳大利亚,看望在那儿的亲戚。"

"真羡慕您能到处去旅游,您经常这样一个人旅游吗?"

"我很喜欢旅游,我已经独自走访了二十多个国家了,我每年会抽出一到两个月的时间出国游览,到处走走看看。不过今年我已经出游了三次了,加上澳大利亚是四次。不同的历史、文化、艺术、建筑、饮食和民俗,非常享受,也是一种学习。"

"如果您想了解更多埃及的文化和民俗,我可以带您去我家看我的摄影作品,然后我送您回饭店。"

他忽然提出这样的建议,使我有点儿猝不及防。看着他一双期待的黑眼睛和脸上忧郁的表情,我快速地思考着。说实话,通过跟他的谈话,我已经在心里对他产生了十分的好感和强烈的好奇,这两种情绪叠加在一起使我有了一种冲动,就是想要去进一步探究一些更深层的东西。

在我面前的尤斯睿,与其他的埃及人是那么不同——从他的外貌到行为举止。他的外貌仿佛是埃西合璧的,而他的行为举止和气质甚至浑身上下满是西方文明的烙印,他对我的敏感问题欲言又止,我感到他有一种深深的忧郁和迷茫,这一切使我笃信他一定身世不凡。我那不可救药的好奇心又蠢蠢欲动,我多么渴望了解他的身世和他的故事。但是,深夜里跟着一个陌生男人去他家,这是什么样的冒险啊!更何况是在异国他乡的埃及,万一有个什么闪失或遇到歹人，凶多吉少啊！

　　此时我的内心，好像一下子被劈成两个持不同意见者，一个赞成冒险，一个却坚决反对。我抬头再看看他安静而期待的眼神，那是怎样一双深邃而忧郁的眼睛啊！我看不出有着这样眼神的人可能是坏人，不，他无论如何不可能是坏人，我告诉自己他是可以信任的，我告诉自己我愿意为了这双眼睛去赌一把。这时候那个赞成的我，已经去意已决、一意孤行、不管不顾了，而另一个反对的我，已经退缩到角落里无声无息了。我听到自己爽快地说："好吧，你家离这儿远吗？"

　　"不远，坐出租车很快就到，我们走吧。"说着他已经先行站起身，去拿他的皮衣了。

十一

　　在这阿斯旺寂静的深夜，出租车疾驰在空旷的道路上，我们并排坐在后座上，都缄默不语。十来分钟后，出租车穿过大道来到一处像是新盖的公寓区。红色砖瓦的公寓楼散落在这个区域各处，大多是那种十来户人家一栋的三层小楼，看起来还蛮不错的。还有几栋尚未完工，有的已经盖了一半，有的刚刚盖好一层楼，钢筋水泥的架构和红砖砌成的墙体都显露无遗。虽然那些盖好的公寓已经全部住上了人家，然而小区的内部道路和设施还没有完全修好，出租车停在了道路的尽头。下了车，我们不得不走了一段泥沙路才来到尤斯睿的公寓外。不同于其他公寓，这是一座外观设计相同的绿色砖楼，崭新的。

　　我跟着他走在无人的路上，不时地把心中涌上来的各种杂念和疑虑一个个地按下去，不去想它们，不去想任何不好的后果。对于那些不确定的因素抱着赌一把的态度，听天由命吧，任由性格和好奇心驱使，听从直觉、听从内心的召唤，让它带着我走向那未知的、神秘的答案。

　　进了他的公寓，我跟着他上了二楼。这公寓大体上与国内的房型和设计差别不大，如果说有不同的话，就是门开的方向和位置有所不同。他带我参观了所有房间，三间卧室，一个大客厅，面积大约一百五十平方米。其中一间是工作室，里面有他从巴黎运回的各种摄影器材、图片册、成套的摄影专业书籍，还有相关的杂志、刊物等。另外两间卧室分别是主卧和客卧。客厅的家具都是现代派的，而很多小件、器具和装饰品却是阿拉伯风格的，比如壁画、挂灯、台灯、边桌、衣架、蜡烛台、托盘等。整个公寓的氛围非常有异域风情，非常温馨。看到这些，我心里原有的一点儿疑虑和担忧已消失得无影无踪了，这里的一切显示出主人是一个热爱生活、感情细腻的和有品位的人。

"想喝点儿什么？"他这样问我。

"有牛奶吗？"

"好的，我来煮牛奶。"他拿出几本相册来，放在沙发前面的茶几上，"这是我的一些摄影作品，你先看看吧。"他转身进了厨房。

坐在客厅中央的沙发里，我并不急着看他拿来的那些相册，而是环顾四周，我在自问，我这是在哪里？是在埃及古城阿斯旺的一个刚刚从法国归国的年轻人家中，我几乎不敢相信这个事实，这感觉使我感到兴奋和新奇。我起身走到客厅一侧，推开阳台门，走到了阳台上。

夜晚的阿斯旺，空气里有了一丝凉意，清澈的星空，繁星点点，那一轮明月虽然不是满月，但却异常明亮，异常巨大，也异常清晰，圆缺处那些凹凸清晰可见。

微风轻抚着我的脸和我的长发，我大口大口地呼吸着这沙漠夜晚清凉干爽的空气，双眼微合，我的思绪开始游荡……

一双手轻轻地放在我的肩上，我立刻回过神来，他轻声说："牛奶煮好了。"他拉着我的手进了客厅。

客厅里没有开大灯，沙发边的立灯和另一盏边桌上的台灯发出柔和朦胧的光。茶几上放着两杯牛奶，中间是一小罐蜂蜜。牛奶杯升腾着袅袅热气，那香浓的奶香味溢满了四周，沁入了我的肺腑，很是迎合我此刻的心境。

我们挨坐在沙发上，我一边喝着加了蜂蜜的牛奶，一边翻看着他的摄影作品册，他在一旁讲解，我们低声交谈着，房间里荡漾着一种温馨的气氛。

时间不知过去了多久，他忽然拉住我的手说："今晚别回去了，你看也没几个小时了，就留在这儿吧，明早我送你回饭店。"我看着他的眼睛，犹豫片刻后点了点头。他接着给我讲解。良久，游玩了一天的劳顿和困倦袭来，我的眼皮开始打架。

"你累了，休息一会儿吧。"他说。

"好，我就在这沙发上躺一下就好，你去睡吧。"我说。

不知过了多久我醒来，觉得口渴了，我进厨房找到水壶喝了一大杯水，走出厨房，我一点儿睡意也没有，反而觉得肚里空空。我坐进沙发里，又重新翻看那些相册，一边看着那些很有新意和品位的作品一边思索着。大概是响动声吵醒了尤斯睿，我听到他起来冲澡的声音，然后他走进客厅，身上穿着一件白色的天鹅绒睡衣，头发还有些湿。他的白皙皮肤、黑色卷发和黑眼睛、黑眉毛在白色睡衣的映衬下使他的脸看上去十分漂亮、俊美。

"你怎么不睡？"他轻声问道。

"睡不着，你有什么吃的吗？"

"哦，当然，等一下。"当他再回来的时候，手里端着一个精美的瓷质托盘，里面有一小碟切好的干果蛋糕，一个花色小瓷壶里盛着红茶，两套同色杯盘，还有一个小巧的装有蜂蜜的歪嘴小瓷壶。

几片蛋糕就着两杯蜂蜜红茶下肚后，我顿时觉得舒服了很多，抬头看看坐在对面沙发里的尤斯睿，我莞尔一笑。他看着我，忽然起身快步走进那间放着摄影器材的工作室。不一会儿，他手里拿着一架摄像机走回来，对着我噼里啪啦地连拍。我还从未见识过如此专业的相机，就像机关枪一样，按一下就连发，闪光灯不停地闪烁。

"为什么不在这儿找一份摄影的工作呢？"在一片快门的连响中我这样问他。

第一章　埃及奇遇

"回到埃及后我最先想到的就是搞摄影。"他一边在我的周围挪动脚步变换姿势，一边不停地按下快门，然后他放下相机说道，"所有的报社、杂志社里摄影师的位置都满了，有个别的想聘我为客座摄影师，后来又变卦，到现在还迟迟未定。"

"你对现在的这份工作还满意吗？"

"满意？"他非常不屑地说，"现在的这个不是工作。我这样找来找去，三个多月了，一直没有找到，我不能这样坐吃山空啊。这家餐厅请我帮助照看客户，特别是当服务生听不懂客人英语的时候，并不付给我工资，只是管我三餐而已。"他显得很无奈，也很无助，忧郁的情绪溢于言表。

看他这样，我真有些不忍。

"有没有试过找其他工作？"我问道。

"截至目前还没有，但是如果再这样下去，我必须得想想其他办法了，不能坐吃山空啊！"说着他垂下头来。

"考虑过再回法国去吗？"我小心翼翼地问。

听了我的问话，尤斯睿停下了拍照，好久没有回答。他放下摄像机走回到沙发前坐了下来，沉默了好一会儿，他脸上的表情极其复杂地变化着。我看着他，心想这一定是一个令他心痛的话题。

"你不必回答了。"我说。他没吱声，低了头，房间里此刻无声无息。我试图岔开话题，但一时竟找不出什么可说的。屋子里死一般沉寂，他抬起头来，脸上怅然若失。

"我也不想再回法国去了。"他平缓地说，但是看得出内心却波澜起伏、难以平静。他站起来，走到我身边坐下，拿起茶杯喝了一口，又放回到茶几上，然后拉起我的一只手说："你的手很凉，你冷吗？"我摇摇头，他起身走到卧室拿出一条薄毯为我披上，然后又坐到我旁边。我静静地看着他这一系列动作，默默地等待他说出他的故事。

"我在巴黎认识一些有钱的阔太太，她们对我很好。"他终于开口了，"她们不是寡妇就是老公在外面有情人，冷淡了她们，她们内心很寂寞，也很需要爱情，更需要男人。"停顿了一会儿他接着说："后来一位寡妇要我与她同居，作为回报是帮我办理留法长期身份，我太需要那张留法身份了，于是我接受了，我们同居了三年，她给了我很好的生活，让我见识了上流社会的奢华生活，真是色彩斑斓、活色生香，那种奢侈的生活靠我自己是完全无能为力的。"

"她多大岁数？"我小心谨慎地在他停顿的空当发问。

"她六十多岁，比我大三十六岁。"

"后来呢？"

他沉吟片刻说："'9·11事件'发生以后，在法国，在整个欧洲引起了很大的震动，给整个社会带来了很大的变化，因为一夜之间你发现法国人对你的态度发生了很大的转变。这件事对她的打击太大了，她无法接受，她很痛苦，又很矛盾。那段时间我们的关系很纠结，我能感到她非常痛苦、挣扎、犹豫不决，最后我们还是不得不分手了。"

他的声音很低沉，此刻，他停顿下来，半晌没有再说什么。虽然他的表情很平静，但是我能感觉到他内心的苦痛。他的眼神有时候仿佛穿过我，思绪仿佛又回到了那个动荡的时候，回到了法国巴黎，回到了那纷纷扰扰的时局。在柔和的灯光下，他的脸部线条显得格外分明，浓密的眉毛下那一双秀眼充满了忧郁和惆怅，凌乱的黑色卷发散落在额前，使他看起来更加俊美。我看着他，心里充满了同情，等着他继续讲下去。

稍后，他眼睛看向我，仿佛又把自己从那万千思绪中拉回到现实中来。他接着说道："后来先后又有几位太太喜欢我，但是都因为忌惮当时社会上那种氛围，不太敢跟我交往。这些年来，风声越来越紧，我感觉处境越来越艰难了，到后来，工作也丢了。我试着重新找工作，开始还想找与摄影有关的工作，干了几个兼职，经常一个多月没有活儿，收入不保。后来，我索性放弃了搞摄影的念头，干力所能及的事吧，还是到处碰壁。我不能再这样下去了，怕花光了所有积蓄，所以就回到了埃及。我买了这个公寓，购置了家具，想在这儿安家立业，重新开始。可是我发现我与这里格格不人，找不到合适的工作，这地方根本就没有好工作，薪水低得可怜。"他是那么沮丧。

作者（左二）在阿斯旺住宿饭店与餐厅人员

"你的家人、朋友可以帮忙吗？"我关切地问。

"我的父母在生我的时候已经年岁很大了，我是他们的独生子，我在法国时他们就已辞世了，亲戚也都不在了。我因为从小就去了法国，在这里没有一个朋友，举目无亲。"他的苦闷和惆怅似乎无处发泄，他那消瘦英俊的脸庞此刻布满了愁苦和无奈。

在这个不眠之夜，我们谈了很多，我看到了一个埃及青年踌躇满志却又走投无路的生活境遇，他的苦苦挣扎和抗争在命运面前显得那么无力和不堪一击，他看不到希望。

十二

一丝曙光在遥远的东方天际显现，那一层光亮迅速扩大，直到金晃晃的太阳露出头，照亮了这浩瀚沙漠中的小城。清晨，尤斯睿叫了出租车送我回到饭店，我们在道别的时候，彼此都有些依依不舍。

我下了出租车，慢慢走向饭店，走上饭店门前最后一级台阶。我再次转过身来，看到站在出租车旁的他，清瘦、高大，双手插在裤兜里。他的表情说不出地复杂，双唇紧闭，他的鼻子刀刻一般镶嵌在那轮廓分明的脸上，眼神严峻而凄美。我向他摆摆手，他从裤兜里抽出一只手，向我摆手再见。

当天下午我乘飞机离开阿斯旺，在开罗转机飞往迪拜。当飞机飞离埃及的时候，我在心中默默地和尤斯睿道别。再见了！我内心充满了对他的怜悯和同情，我在心中祈祷命运对他网开一面，让他找到自己的出路吧。

第二章
意大利——集现代风情与古老文明于一身

在2006年，一纸申根签证对于中国人来说，几乎是一件难上加难的事情。在历经千辛万苦终于得到它的时候，这年6月份，我选择从意大利罗马登陆欧洲。

一、罗马

当我从罗马海关通过时，已经是晚上七点半。我最担心的是我的行李会不会丢，因为通关耽误了太长时间。出了海关我就三步并作两步地直奔行李处，在行李转盘下堆放的一堆行李中找到了我的后，方才舒了一口气。

意大利是我长久以来无限向往的旅游目的地，我在意大利各地独自旅行了三周，每天用双脚丈量着城市的每个角落。因为一些朋友包括我父母在意大利有过被偷窃的经历，我非常谨慎小心。我总是斜挎着我的绿色帆布背包，里面装有护照和全部家当，因为饭店房间不提供保险箱，我就只好都带在身上。走在街上我总是将挎包置于右胯前，再将右手捂在包上，确保万无一失。我穿着一条牛仔裤，上身是各种十几二十元的地摊货。不知是否是因为我这身打扮太过寒酸，不入小偷们的眼，在意大利三周游荡在街头巷尾，竟然平平安安，没出过一次事。虽然没遇到小偷，但我却邂逅了形形色色的人，演绎出许多新奇而有趣的故事。

在罗马的五天里，我每天在饭店吃过早餐后，把相机、钱包、支票本、护照、一瓶水、一包餐巾纸、地图和饭店名片一样不落地放进小帆布包后，再放几块糖、一包巧克力或者几块饼干，便会出门一整天。

我每天沿不同的路线向市中心走去，公交车我是决不肯坐的，一趟就是两欧元，我舍不得。对于囊中羞涩的我来说，钱这种有限资源不可以轻易浪费，到了非得用钱才能解决问题的时候才会出手。我几乎从不在街上买食物和饮料，渴了喝自带的水，饿了就吃一点儿随身带的零食，零食吃完了就扛着，心想可以减肥啊，每天来回走十几二十千米的路，是多好的减肥和锻炼方法啊。别人或许觉得这样是吃苦受累，可我自己却浑然不觉、乐在其中，每日心情无比舒畅和愉快。

罗马的历史跨越了两千五百多年，这里拥有极其丰富的文化遗产：美妙的宫殿、千年古老的教堂、宏伟的遗址、庄严的纪念碑、华丽的雕像和美丽的喷泉。我每日徜徉在这些遗迹之中，感受罗马帝国的历史、文化、艺术和宗教，被一次次震撼，发出一次次惊叹，又一次次赏心悦目、心旷神怡。

罗马城是曾经庞大的罗马帝国的中心，也是全世界天主教的中心，宗教地位至高无上。在这里，教堂遍布城市的各个角落，据说罗马的教堂超过九百座，其中绝大部分是罗马天主教教堂。很多教堂是用华丽的大理石来装饰的，显得富丽堂皇、美轮美奂，而每一座教堂各自的历史和故事，都有其精彩之处。在罗马，每走七八分钟就会看到一座教堂，而且没有两座教堂是完全一样的，从建筑风格到内容总是不同的。每看到一座教堂，我就会走进去仔细观看一番，常常会有惊喜发现。圣保罗大教堂，气势恢宏，廊柱大厅是罗马所有教堂中最雄伟的。四圣谛大教堂有一个精致的小花园和近代壁画。圣玛丽亚教堂，有罗马式钟楼和装饰着马赛克的门面，地板上的美丽大理石镶嵌、镀金的格子木质天花板、后殿中的马赛克，都是中世纪艺术的杰作。罗马最古老、最美丽的教堂之一的圣克莱门特教堂，入口处有美丽的门廊，中庭有喷泉，中殿、祭坛和后殿有古老的柱子。

一日，正在街上游走的我，信步走进一座教堂。我听到歌声，看到一位身穿黑色长裙的年轻女子正站在教堂圆顶下的中央位置倾情歌唱。那歌声无比美妙圣洁，像是从天上传来的。教堂不大，没有座位，我伫立倾听，感到我的心房仿佛被这歌声打开。此时不禁忆起几年前在巴黎圣心大教堂中，曾听到一位女子的歌声。那时我坐在长椅上，敞开心扉，让那歌声进入我的心田，听着听着竟不知不觉流下泪来。当时与我一起的是我的夫君，我们十指相扣，发誓今生今世永不分离。而今，却天上人间两相隔。梦回首，流水落花春去也。

罗马，因为建城时间极其悠久而被称为永恒之城。在罗马市中心，我惊愕地看到两处规模宏大、气势恢宏的古罗马遗址。那是古罗马广场和意大利帝国广场上的古建筑群废墟，虽是残垣断壁，却依稀可见古罗马时期的辉煌。这片古罗马城的核心部分遗迹被完好地保存了下来，成为罗马独特的中央公园。在一座现代大都市中心，历经千年之久仍将城内最重要的地段留给这宛如考古现场的古代遗迹，使两千多年历史的古罗马遗迹与现代文明并存，令现代人乃至无数后辈永远能穿越时空，感受古罗马时期的伟大与辉煌。

在罗马市中心，当我第一眼看到罗马斗兽场的时候，不禁被眼前巨大的椭圆形建筑所震慑。但因为它太过巨大，从外面只能看到建筑的一部分，待排队进入里面，来到中心位置把整个斗兽场尽收眼底的时候，我才更加被这座庞然大物所震惊、所折服。它的规模和气势可以用摄人心魄几个字来形容，有一种令人深深震撼的冲击力：壮观的拱形结构、令人惊叹的巨大体量、精巧严谨的舞台装置、巨大椭圆拱廊环绕着的圆形竞技区，还有集古罗马艺术之大成的装饰。它建于两千年前，曾是万人瞩目的角斗舞台，是角斗士们性命相搏、死囚们与困兽殊死苦斗的场所，我仿佛可以看到当年在这里上演的残酷的杀戮和死亡，仿佛可以听到角斗士们声嘶力竭的呐喊声和野兽们绝望的嘶鸣。我在这里久久逗留，在最佳拍照地点等待时机，求人帮忙拍了照。尽管斗兽场已成残垣断壁，但从废墟上依稀可遥想它当年的雄姿，还有古罗马帝国昔日的荣耀与辉煌，斗兽场不愧为罗马最具地标性的建筑。

作者在罗马斗兽场

在罗马，我的眼睛在不断地接受美的冲击：万神殿、西班牙广场、威尼斯广场、圣天使城堡、特莱维喷泉，还有数不清的艺术馆、博物馆和不计其数的教堂，随处可见的喷泉和广场……罗马不愧为一座露天博物馆，二十五个世纪的历史，为这座博物馆留下了丰富的历史古迹和艺术瑰宝。这个露天博物馆，令人目不暇接，让人随时随处都会有惊喜。在罗马各处几天的游走中，我发现这里的一砖一石、一草一木都打上了历史和文化的烙印，这就是罗马的魅力所在，我无比享受这座城市。

一次，我走累了，就在街边长椅上坐下来休息。我四处张望，忽然看到近处有一座古建筑。我问旁边的人那是什么，人家告诉我，那里之前是一座教堂，现在改为了博物馆，而且是免费的。于是我走进去观看，其中的一个展览居然是世界上所有诺贝尔和平奖获得者的照片和说明。

一天早上，我正满怀兴致地走在罗马市中心的一条大街上，迎面走过来一位男子。他冲我展现出灿烂的笑容，我也向着他展露笑容。他走到我面前，停下脚步问我："你为什么冲我笑？"我看着他笑着说："因为你在冲着我笑啊，所以我也对你笑。"他听了很高兴地说："是啊，如果这世界上所有人都像你我一样该多美好啊，哈哈哈！"他说完笑着继续向前走去。我回过身来看着他走远，心想，是啊，如果世界上所有的人都像他和我一样每天都这么高兴，并且把这种好心情通过微笑传递给他人，这世界该有多美好！

这天我正走在纳沃纳广场的海神喷泉旁，看到两位骑着高头大马的警察，他们英俊威武，并且和蔼可亲。我继续往前走，经过一个高档大饭店时，看到一排黑色奔驰轿车停在饭店边上，有几个穿黑色西服戴墨镜的男人站在车旁有说有笑，一个同样打扮的男子走过来给他们每个人分发糖果。几个人高兴地边吃边说笑，看到我走过来，那个男人过来给了我一块巧克力，一边说："巧克力，吃吧吃吧。"

我想一定是有什么原因，不然不会无缘无故给人发糖果。我接过来笑着问道："今天我真幸运，有人给巧克力，为什么呢？"

他说："不为什么，就为着高兴。喏，你看他们！"他指着身旁这些穿着一模一样的人说："我们都是保镖。"

"你们都是保镖?"我不解地问,"你们是谁的保镖?"

他笑着点头说:"我们是一个大富翁的保镖,他现在在这个饭店里谈事情,我们在等他。明白了?"他手指着旁边那个饭店,听了这话我当然就明白了。我谢了他,一边吃着巧克力,一边看着这群保镖,他们兴高采烈得像中了大奖一样。他们都是二三十岁的精壮男子,这是他们每天的正常工作。今天天气好,阳光明媚,所以他们没有理由不高兴。

作者在罗马维克多·埃曼纽尔二世纪念堂前

我们从电影和文学作品中或多或少地对黑帮有些了解,见识了他们的残忍和冷血,也或多或少地了解些保镖的工作性质,他们是如何机敏、警觉、紧张、危险,不过这群年轻人倒是让我见识了意大利式保镖的风格。意大利人真是热爱生活啊,即便是危险、严肃的职业如保镖,也不能耽误享受好天气和巧克力。

这并非我唯一一次在街上遇到保镖,在佛罗伦萨我也遇到过两个保镖,他们既和善又可亲,大大颠覆了我对保镖的认知。

二、佛罗伦萨

佛罗伦萨,这个欧洲文艺复兴运动的发祥地,是举世闻名的文化旅游胜地,也是我下一站的旅游目的地。我来到罗马火车站,买了一张前往佛罗伦萨的车票，然后又来到"问询"窗口，预订在佛罗伦萨的住宿。对方在电脑里察看一番后，问我订几星级的饭店，我回答说订最便宜的。对方说家庭旅馆最便宜，我说那就要家庭旅馆，最好是在老城区的，对方说房价是六十五欧元一晚含早餐。

我在佛罗伦萨下了车，向人问路，却没有人懂英语。我寻思老城应该不会太大，实在不敢打出租车，怕一跑出去就要几十欧元，会心疼死我的，而且也不知道会不会有黑车，所以宁愿自己受累。于是我拖着行李背着包向老城方向走，边走边问，在碰了几个人不会英语的钉子后，终于遇到一个开着小货车的青年男子懂英语。他看着我的行李说："你上车来吧，我拉你去。"或许会有人说，呀，若是碰上坏人怎么办？可我当时稍微犹豫了一下，就爽快地上了他的车，就是凭直觉觉得他应该是个好人。

他开着车在狭窄的街道里左拐右拐、上坡下坡，我们还聊着天。他问我是哪个国家的，来多久，等等。我一边应答着，一边右手紧把着车门，预防着万一情况不对就跳车。大约五分钟后，车停在了老城区一个狭窄的巷子里，他指着旁边的一户说，这里就是你要去的地方。我如释重负般地谢了他，拿行李下车。此时我觉得他非常亲切，他笑着说："说不定我们会再见面的，再见！"然后就开车走了。

我进门一看，正面直接就是一个狭窄而高的楼梯。我提着两个箱子，上了一层又一层，来到三层才是我预订的家庭旅馆，一位六七十岁的老者接待了我。这里是一个带窗户的四方形小客厅，卧室在旁边，我的卧室还带有一个露台，那是二层人家的房顶。这里既整洁又安静，我非常满意。我迫不及待地要看看佛罗伦萨，放下行李就出门了。

佛罗伦萨是一座具有悠久历史的文化名城。佛罗伦萨最为辉煌的历史在欧洲文艺复兴时期，在当时掌握权力的酷爱艺术的美第奇家族的保护和资助下，这里聚集了众多卓越的画家、作家、诗人等艺术家，如达·芬奇、但丁、艾吉奥、拉斐尔、米开朗基罗、多纳泰罗、乔托、莫迪利阿尼、提香、薄伽丘、彼德拉克、瓦萨里等，他们创作了大量闪耀着文艺复兴时代光芒的建筑、雕塑和绘画等作品，使佛罗伦萨成为文艺复兴的重镇，成为欧洲艺术文化和思想的中心，也使佛罗伦萨成了一座不折不扣的艺术之都。

这里共有四十多座博物馆和美术馆，六十多座宫殿及许许多多的大小教堂，收藏着大量的优秀艺术品和珍贵文物，是世界上最丰富的文艺复兴时期艺术品保存地之一。

乌菲齐美术馆和皮提美术馆举世闻名，意大利绘画的精华荟萃于此。因此，参观博物馆和艺术馆就成了我在佛罗伦萨游览的重头戏。门票从二十几欧元起，到几十欧元不等，我咬咬牙，既来之，则看之，这些艺术藏品是无论如何也不能错过的。这些艺术馆中的藏品，尤其是绘画作品，大都是以基督教故事为题材的，对于宗教和欧洲艺术一知半解的我，看了很多作品也不明就里，不能深入理解。当我看到博物馆里有很多人手里拿着图册，对照着馆藏实物看图册中的讲解时，才恍然大悟。于是我花了十二欧元在街上小摊买了一本中文图册，也像他们那样对照着看，果然受益匪浅。

无论是在博物馆、艺术馆中，还是在大街上，我都感觉自己仿佛身处艺术的海洋。我每天徜徉在这艺术的海洋之中，无论走到哪里，时时都有惊喜，时时都有意外收获。这里的一草一木、一砖一石都充满了艺术魅力，都承载了历史的信息。我被艺术包围、滋养着，感到无比快乐和幸福。

一天，如往常一样，我正在佛罗伦萨市政厅广场外围游荡，忽然隐约听到歌声。我循着歌声来到旁边一座由古建筑围绕的小广场，只见一位年轻女子伫立在广场一角，正在演唱威尔第的歌剧《奥赛罗》的经典唱段。那声音是如此动听，好似天籁。她的周围有一些游客在驻足聆听，广场各处走动的人们也都竖起耳朵倾听。我猜想她大概是某个艺术学院的学生，这种站街演出，既当练习又有一些收入，两全其美。她唱了一曲又一曲，有《弄臣》《茶花女》和《蝴蝶夫人》中的片段。我一边聆听，一边在广场各处漫步，注意力仍全部在她的歌声上，我在享受这个无比美妙的时刻。我情不自禁地走到她放在地上的小盒子前面，俯身放进去两欧元，她边唱边双手合十感谢了我。这是下午两点，一向不肯花钱吃饭喝饮料的我，这时候决定在这广场上的餐厅里吃一顿午餐，而这绝不是一次普通的午餐，而是一份佛罗伦萨古建环境加歌剧加午餐的极品礼物。

第二章　意大利——集现代风情与古老文明于一身

　　这是一个四方形小广场，三面是精美的古代建筑，一面是并排的几家餐厅和咖啡馆，露天阳伞座位摆到了广场的中间地带。我选了一家餐厅，他们提供特价午餐，十欧元一个当日特色披萨饼加一杯白葡萄酒。我坐在这里，环顾四周，那些古建筑几乎触手可及，我可以长时间地近距离欣赏它们。我细嚼慢咽、轻酌慢饮，侧耳聆听这美妙的歌声。我的感官全部开启，极其敏锐地捕捉每一幅画面、每一种味道和每一个音符，这是怎样的一次午餐啊！这份很小的午餐我吃了两个多小时。她演唱了很多知名的歌剧片段，《塞维利亚的理发师》《魔笛》《费加罗的婚礼》《阿依达》《图兰朵》《茶花女》等。优美的歌声在广场中缭绕，我的身心沉浸在那美妙的音乐中，无比愉悦欢畅。当她演唱德沃夏克的歌剧《水仙女》中的经典片段《月亮颂》的时候，我停下刀叉屏息倾听。这首曲子我虽已经听过很多次，但是我永远也不会忘记第一次聆听时的情景。那是1978年在北京首都体育馆里为部分高考被录取的学子举办的庆典上，著名女高音歌唱家郭淑珍演唱了这首歌曲。当时我被深深地打动，从此这旋律就印在了我的脑海里，几十年来无论何时何地，每次聆听都会深受感动。今天在佛罗伦萨再次聆听，令我百感交集，终身难忘。

　　那天我正在街上走着，忽然听见有人喊我，转头一看，发现是第一天带我找旅馆的那名男子。他正从车窗里向我招手，他的车刚好在一处转角，那里不能停车，他指指前面然后缓缓地往前开了一小段停下来等我，我赶快小跑几步来到他的车旁边。他摇下车窗向我伸出手来，我们握了手："我刚好从这儿经过，看到了你。我说什么来着，我们可能会再见，果然我们又见面了。你怎么样，好吗？"

　　我说："是啊，又见到你了，我很高兴，我很好。你这是要去工作吗？"

　　"我刚从外面办事回来，你去过米开朗基罗广场吗？"我说还没有去过。"那好，上来，我带你去。那是佛罗伦萨最高的地方，可以看到全城的风景。"他说。

　　我很高兴地上了车。"你不用回去工作吗？"我问道。他告诉我说，他自己开了一个小店，这会儿有点儿空。

"对不起,你叫什么名字来着?"第一天他告诉过我,可我没记住,我常常记不住别人的名字,我知道这是我的一大弱点,有失礼貌。

他告诉我叫卡萨帕。

车驶向佛罗伦萨城区南端的一处小山坡,下了车,我们来到了一处广场。这里是阿诺河畔的高坡,是俯瞰佛罗伦萨全城的最佳位置,所以聚集了很多游客。空地上有一座纪念伟大的艺术家米开朗基罗的广场和一座华丽的露台,广场中央立着一尊大卫青铜像。果然,从这里居高临下看向佛罗伦萨,圣母百花大教堂、市政厅、圣十字圣殿以及连成一片的红瓦房屋,完全是另一番古城风貌。

我请他帮我拍了照,逗留了一会儿后,他要回去了,我请他把我放在新圣母玛利亚教堂,我们就分别了。

作者在佛罗伦萨领主广场

两天后的清晨,我在家庭旅馆吃了早餐就出了门。当我走到一座桥梁的一端时,忽然听到有人喊我的名字。这里除了卡萨帕,没人知道我,回头望去,果然是他。他说来请我一起吃早餐,我说我在家庭旅馆吃过了。他说那就再吃点儿吧,我笑了,好吧,那就再吃点儿。他开着车带我来到一条街上,停了车,我们穿过一条窄窄的巷子,眼前豁然开朗。他说这是领主广场,简直就是一个露天博物馆,广场一侧是领主宫,矗立着大大小

第二章 意大利——集现代风情与古老文明于一身

小的雕像，其中就有米开朗基罗的大卫雕像。两边是众多的咖啡馆、冰激凌店和名牌商品店，很多游客在咖啡馆点一个三明治，喝一杯咖啡，看着广场上人来人往。

我们在一个咖啡馆的露天座位上坐下来，我点了咖啡和一个羊角包。我们边吃边聊，因为卡萨帕的英语能力有限，我们聊天的内容也有限。不过我们聊得很愉快，他告诉我他有妻子和两个孩子，他妻子在家照顾孩子们，而他则全力经营生意。他们一家过着殷实的生活，这样的日子虽说安稳，有时候也觉得过于平淡，似乎缺少点儿什么东西。我听了笑着对他说："可能是因为你的生意比较顺利，没有过什么挫折。其实能有安稳的日子就是福啊，多少人还求之不得呢。"他听了若有所思，我心想这个道理虽浅显，却恐怕也只有亲身经历了很多失败、挫折和苦难的人才会懂得吧。

作者在佛罗伦萨阿诺河上邂逅两位曾经的保镖

我在佛罗伦萨期间与卡萨帕不期而遇，他给予了我帮助。这一段邂逅的友情，短暂且肤浅，却单纯而美好，而在佛罗伦萨我还有另一段邂逅。

阿诺河横穿佛罗伦萨，七座桥梁跨在河上。每当我走到桥上，常常会倚着栏杆，痴痴地看着两岸的古城风貌，流连忘返。有时候我会坐在围栏上远眺，任由自己浮想联翩。

一日，当我正坐在栏墙上发呆、遐想的时候，忽然听到身边有人说：

"嗨，你好！"

我从漫无边际的浮想中回过神来，转头看到一位意大利中年男子正微笑着看着我。

"你好！"我回应他。

"你在这儿坐了半天，想不想一起喝杯咖啡？"他说。

我打量着这个意大利男人，他看起来五十来岁，中等身材，像大多数意大利男人那样精瘦，身体上没有什么脂肪，全是肌肉，说明是那种日常生活对自己不放纵而有要求的人。他肤色黝黑，脸上的皱纹很深，穿的衣服很一般却显得清爽而时尚，他的黑白相间的卷发整齐地梳向脑后。这一身装扮，给人很干练的感觉，他的神情和气质给人老练、成熟的印象。

作者坐在佛罗伦萨阿诺河畔

他见我这般不动声色地打量他，笑着说："怎么样，我够资格请你喝杯咖啡吗？"

我也笑了说："好像还可以。"

"哈哈哈哈！"听我这样说，他豪爽地大笑起来，然后向我伸出手来，"我叫弗朗西斯。"

在咖啡厅里我们天南地北地聊得火热，我们聊意大利、聊欧洲、聊美食、聊旅行。他英语流畅，极其风趣幽默，经常插科打诨，玩笑不断，我们不时发出开心的大笑，简直不像刚刚才认识的陌生人。我感到这是一个见多识广、经历丰富的人。我问他做什么，他说不做什么，退休了，我又问他退休前做什么，他说只是做些艺术品收藏之类的工作。听到这话，我眼前一亮。我告诉他，我正在探究把中国的一些具有创新风格的油画作品介绍到欧洲的可能性，那是尝试用油画表现中国水墨画的内容，我还带了几本画册，问他有没有兴趣看看，他说当然。见天色已晚，我说我该回去了，他便送我到我的家庭旅馆，我们约好第二天晚上一起吃晚饭。

次日，我们在约好的时间和地点见面，我带了那几本画册，想继续我们昨天关于油画的谈话，没想到他说今天先不谈这个话题，改天请我到他家去，并请他的好朋友——一位艺术品代理商，我们一起聊这个话题。他说这位艺术品代理商的工作就是游走在艺术品拍卖行、画家与买者之间，给有意向的买者推荐艺术品，包括油画、古董和其他艺术品，他也是弗朗西斯和他妻子的代理。

听他这么说，我很兴奋。然后我们仍旧是天南海北地聊，他还是那般风趣幽默。这次他谈了一些关于他自己的事情，他告诉我他正在与妻子离婚，在走法律程序。他妻子家里是贵族，她因此继承了一座城堡，他们现在在城堡中分居。这引起了我很大的兴趣。

贵族，城堡，听起来有点儿像天方夜谭，我将信将疑。我们约好第二天他来接我去他的城堡。

车沿着佛罗伦萨郊外的小路驶上一座山坡，我远远地看到一座城堡耸立在高坡上。弗朗西斯指着那里说到了，车在一片葡萄园中兜兜转转后便驶进城堡的围墙。下了车，一座石砌的方形城堡就赫然呈现在我面前。显然，它只是一座居住用的宫殿，因为它并没有附带的防御工事。然而它的建筑都是用石头和花岗岩砌成的，非常坚固，外围有围墙保护，是一处非常隐秘的住所。围墙内有一片非常大的草坪，那草坪一看便知是有专人养护的。城堡前栽有一些树木。我们转到城堡的后面，只见草地上摆设了几组铁艺沙发和茶几，沙发的铁架上铺着用象牙色帆布做成的软垫，用绳子固定在铁艺沙发上，以便下雨时可以随时取下来拿进室内。再过去有石阶通往山坡下，那里有一大片草地、花坛和一个标准的露天泳池。此时，我看到一个圆形的小机器正在泳池底部的蓝色的瓷砖上转来转去地工作。后来我才知道那是水下清扫机器人，但在2006年，我还不知道那是什么东西。

我问弗朗西斯怎么这么安静，不见一个人，他说他妻子和男友出国度假去了，给一些用人也放了假，只留下了园丁。妻子的男友？这不是婚内出轨吗？他解释说，因为在意大利离婚程序需要很长时间，像他妻子这样的贵族，还有很多财产分割问题，需要的时间更长。因此，他们有协议，从分居的时候开始，各自都是自由的，都可以找男女朋友。他是有女朋友的，只是两人刚刚分手了。

我们走进城堡，一层是一个大厅，右边是一扇大门。他指着里面说："这里就是我现在住的地方，上面是我妻子和她男友住的地方。"只见挨着大门的是通往楼上的楼梯，他告诉我城堡每周对公众开放几天，用门票来支持一部分高昂的城堡维护和保养费用。

我看到楼梯旁边的墙上挂了一幅现代派油画，我在那幅油画下驻足一会儿仰头去细看，却仍是喜欢不起来。他走过来问："怎么，对油画感兴趣吗？"我说："我只对古典派油画感兴趣，或者说不懂现代派的油画吧，看不出它们的美和价值来。""关于油画的问题，我们待会儿再谈。走吧，去看看我的住处。"他说。我跟着他走进大门。

那是一个双扇的大门，所有的很高很大的厅都会有这样高而大的双扇门。果然，一进大门是一个非常大的客厅，不同于很多古老城堡的是，它的采光很好，所以室内很敞亮，家具都是古典式的老家具，整体看上去很优雅。有别于很多古堡的阴森和昏暗，这里除了厨房和储藏间，卧室和书房也都很敞亮，装潢和家具布置很美，感觉很典雅而温馨。客厅里有一张年轻男子的照片，我问："这是你吗？"

他说是。

哇，他年轻的时候，真的非常英俊潇洒、风流倜傥，难怪能娶到贵族小姐。

我称赞他:"你年轻时候真英俊。"

他问:"现在不英俊了吗?"

没料到他会这样问,我心想他真的是毫不谦虚啊。我笑了出来说:"现在是帅,跟年轻时候还是不一样。"

"你喜欢哪个?"

这一下更出乎我的意料了,我说:"两个搭配起来才是最好的。"说完我就哈哈大笑起来。

他听了眼前一亮,马上上前一步说:"我现在就在这里了,你要不要?"

看着他有点儿要认真的样子,我赶忙说:"我刚说了,要的话就一定是两个一起要哦,缺一不可。"

他说:"要了一个就是赚了一个,一个就是两个啊。"

我说:"我可要不起,没有没有,跟你开玩笑呢。"

"我可没开玩笑。"他说。

我看了看他的脸,他偏着头看着我,半真半假、似是而非。我忙岔开话题笑着问:"你和你妻子和她的男友住在同一个屋檐下,有没有觉得别扭或难堪?"

他耸了耸肩说道:"这有什么难堪的?我们各干各的,我们并不彼此憎恨,也互不相欠。再说我跟她男友还处得不错呢,高兴的时候还一起喝一杯。"

"哦,那么你离了婚以后还会住在这里吗?"我又问。

他说:"还不知道。不过这里我至少可以一直住到离婚判决下来,财产分割完。很多事情现在还定不下来,要等离婚程序走完以后才会明朗。"

"那你们的离婚财产分割,应该是心平气和、不伤和气的了?"我说。

"财产分割嘛,法律上有明确的规定,由各自的律师为自己一方争取最大利益,但是你想要更多或者你不想给更多,也是不现实的,按照法律,该得多少就得多少,所以只不过是个过程而已。"他轻描淡写地说。

他听上去理智而超脱,但是我却想到了那些中外豪门为了分争财产而展开的互不相让的争夺。那些旷日持久的诉讼案,如果当真能心平气和、好商好量，也是很难得。不过，这种话题涉及太多的个人隐私，还是回避为好。

我在这里和门外看到的一些油画，都是现代派的，我很好奇，我以为像这种古老城堡，似乎应该是传统的古典主义油画更适合这种氛围。于是我问道："你这里挂的都是现代派油画啊，你不喜欢古典风格的油画吗？"

"曾经喜欢，现在更喜欢现代派的，但是一定是画得好的。"他说。

"那么什么是画得好的现代派油画呢？"

这似乎是一个很有难度的问题，恐怕更适合美术学院的教授来回答，以至于他整理了一下思路后才说道："我以为好的现代派油画，是作者运用他所有的绘画技巧，用以表现和传递的东西获得了你的高度认同和共鸣，自然就获得了你的喜爱，虽然这种认同和喜爱有着很大的主观性，而如果这种认同和喜爱能引起更多人的共鸣，那么这就是一个好的现代派作品。"

我说："我没听出来这与好的古典画派有什么区别。"

这时候门铃响了，他说是安东尼来了，他出去接他。不一会儿弗朗西斯和一个高个儿秃顶的中年男人走进来。我站起来，弗朗西斯给我介绍说："这是我的好朋友安东尼。"我们互相握手问好，他另一只手里拿着两个披萨饼盒子。

弗朗西斯接过了披萨饼盒子对我说："我们晚上吃披萨饼，我去开瓶葡萄酒。"然后就去厨房了。

安东尼坐下来跟我闲聊起来。

吃完了披萨饼，我们坐在沙发上喝着葡萄酒。他们品评着葡萄酒的口感，弗朗西斯问我觉得这酒口感如何，我说我那点儿可怜的葡萄酒知识可不敢班门弄斧，他们俩都笑了。

言归正传，我问道："安东尼，我知道您是职业艺术品经纪人和代理人，有着多年的职业经验。我想请教您，我和弗朗西斯刚才正谈到什么是好的现代派绘画作品，您怎么认为呢？"

安东尼说："现代派绘画不同于古典画派的特征是，它是画家内在情感和精神的表达，而古典画派则是客观事物的再现，描绘一个故事或一件事情，所以一个表现主观，一个表现客观。在表现形式上，古典画派追求庄严、静谧、和谐的古典意蕴，而现代派绘画则力图标新立异，比如梵高的画中，山在骚动，风景在发狂，这就是用极其夸张的表现手法，包括色彩的运用，来表达画家的内心情绪。随着现代社会的发展，人们更加注重个人化的东西和个人情感的表达，所以现代派绘画近年来最为流行。"

我说："可是个人化的东西是非常主观的，想要获得别人的认同和共鸣也不是那么容易的。"

他接着我的话说："所以那些获得了普遍认同和共鸣的作品就是好的作品，这一点弗朗西斯没有说错，而另一个重点则是标新立异，一定要有新意。"

安东尼告诉我，近年来现代派油画在意大利乃至西方很受追捧，好的现代派油画被有钱人和上流社会收藏。而安东尼就是专门穿梭在画家和藏家之间的那个人，一有好的作品出来，他就会拿来向藏家推荐，弗朗西斯和他妻子都是他的客户。他还告诉我，弗朗西斯有一个储藏间，专门用来放置收藏的油画，而且都是现代派油画。

说着，安东尼把随身带来的一幅油画打开包装拿给我看。这幅油画主题为一根扭曲的麻花拐杖，背景是深色的，虽然可以看出绘画的技法非常娴熟，但是就其主题而言，我却看不出有什么新意。

我问："这是你收藏的？"

"这是我准备向弗朗西斯推荐的。"

他说："现在市场上流行的就是这种风格的东西，而过去那种古典派的作品现在一点儿都不时兴了，没人要那种东西了，过时了。对于过时的东西，你就不能再碰了。"

"那么，过去古典派的东西也曾经流行过，现在又流行现代派的，会不会过一段时间，古典派的东西再度流行起来呢？"我问道。

"至少在我看来在相当长的时间里不会，或许以后会出现一种完全不同风格的东西。"他回答。

话说到这儿，正中我下怀，我拿出从北京带来的几本画册给他们看。安东尼仔细地看过后说："这种画风的东西，在这里不太可能被接受，这儿的人不会喜欢这种风格的。"

我说:"你刚才不是说也许会出现一种完全不同风格的东西吗?这种画风就是既不同于古典派又不同于现代派的,内容上有点儿介于写实和朦胧感之间,表现形式上不像现代画派那么夸张和荒诞,色调上既不像现代派那么怪僻,又不像古典派那么低沉和古板,更倾向于自然和阳光。"

他摇头表示不同意我的观点:"相信我,我很了解这里藏家的口味,他们不会感兴趣的。"安东尼是行家,我必须尊重他的意见和看法。弗朗西斯也同意他的意见,如此来看,我只能承认这次尝试不成功。

之后,他们两人用意大利语聊了一会儿那幅画,九点多安东尼说他该回家了,弗朗西斯请他顺便把我送回家庭旅馆。走之前我告诉他原来计划在佛罗伦萨待一周,所以只订了一周的房间,现在我想多待几天,本想跟家庭旅馆延期,没想到现在是旺季,后面的房间都已经被预订了,我得另找旅馆,等我找到旅馆会跟他联系。

"你可以住在我这里啊,如果你愿意的话。"弗朗西斯忽然这样说。

"对呀,你可以在他这里住几天嘛。"安东尼随声附和。

听到此,我看了看弗朗西斯脸上的表情,感觉他似乎不是在开玩笑。

"真的吗?你这里有客房吗?"我问道。

"我没有客房,但是我有一个很大的卧室,你看到了。"说着他哈哈大笑了起来。

"你是在开玩笑吗?"我问道。

"是的,我是在开玩笑,不过我也可以很认真。"说着,他收敛起笑容说,"真的,你可以搬过来住几天。"

我说:"弗朗西斯,我不认为我们可以发展成为恋人,所以……"

"咦,你怎么知道不会?"

"因为我现在没有这种感觉……"

"也许以后会有呢,你都没试过怎么知道一定不会喜欢上我呢?"他这样说道。我认为两个异性之间是不是有化学反应,是一个非常明确的事情。他不是我喜欢的那类人,尽管他有很多优点,但做朋友是最好的选择。

"如果我来住的话,只能睡客厅沙发。"我这样说道。

"随你,客厅沙发和我的床,随你挑。"他坦然地说道。

在我们对话的时候,安东尼看看我,又看看他。"睡沙发还是睡卧室你们两个自己商量,哈哈哈。"他笑着说道。

第二天,我搬进了这座城堡。白天弗朗西斯外出办事把我放在了市中心,下午按约好的时间和地点又接上我回到了城堡。

晚餐,他给我做了茄汁烩通心粉和奶油蘑菇汤。

晚餐后,弗朗西斯在客厅一角上网,我坐在沙发上一边看地图准备第二天的游览行程,一边吃桃子。桃子非常新鲜,汁水丰盈。为了不让桃汁流下来,我不得不常常在咬一口后嘬一下。吃了几口后,只听到"请你不要吃出声音可以吗"。弗朗西斯头也没回地说,手里仍然噼里啪啦地敲打着键盘。我愣了一下方才明白过来,想必我这边把个桃子吃得稀里哗啦,这寂静的空荡荡的城堡大厅放大了这可怕的声音,使它显得那么不文雅、不礼貌。我赶紧说声"对不起",然后捧着桃子跑去厨房,一个人在厨房里把那桃子吃完。回味一下刚才的情景,我也几乎笑了出来,笑自己太疏忽大意了,明明知道西方人最介意吃东西出声,却在吃得津津有味的时候完全忘记了,还吃得山响,而这一点在西方被认为是非常不礼貌的。于是,我吃完回到客厅时,再次笑着向弗朗西斯道了歉。他也笑了说:"没事,没事。"

作者在弗朗西斯的城堡

到了该休息的时间，客厅里有很多沙发，其中一个是那种没有靠背的，当床最合适。于是我说："我就睡这张沙发了，你可以给我一个枕头和被子吗？"

他看着我，脸上现出一股俏皮来："你真的不想睡到卧室去吗？"

我摇摇头笑着对他说："真的不想。"

"为什么？你不喜欢我吗？"他问道。

"我喜欢你啊，我喜欢与你做朋友啊。但是做恋人，需要很长时间的互相了解，我现在没有这个条件。"

他走近我，拉起我的手说："需要这么复杂吗？在意大利，男女之间只要有良好的感觉，跟着感觉走就可以了。"

我说："对不起，我们中国人在这个问题上还是很传统、很慎重的。"

"即便如此，你也可以睡卧室啊，我们可以什么都不做嘛。"

我说："那也不可以。"

这时候，他看着我的眼睛，无奈地说："好吧，我决不会勉强你的，如果你什么时候改主意了，想来卧室睡，随时都可以过来找我，晚安！"

"谢谢你的理解，晚安。做个好梦！"

听了这话，他又回头看了我一眼说："你来了，我才有好梦。"

我对他笑了笑，他转身走出了客厅。那夜，我看着客厅墙上挂着的几幅现代派油画，看着客厅里古老的家具摆设，看着这古老的城堡，想了很多，想到我在意大利的那些邂逅，那些机缘巧合，心中颇为感慨。

次日，吃早餐的时候，他问我："昨晚睡得好吗？"我很满足地说："嗯，睡得很好，你的沙发很舒服。"他很神秘地看着我问："你确定那很舒服的是沙发而不是我的大床吗？"我听了有点儿诧异，他接着说："你不知道你梦游吗？你半夜梦游来到我的卧室，上了我的大床，然后……"他哈哈大笑起来，我先是一愣，然后也跟着哈哈大笑起来，我知道他是在开玩笑，便一笑置之。

意大利男人就是这样，在昨晚被拒绝以后，非但丝毫不会感到尴尬，还可以这样风趣地逗闷子、开玩笑，这也是很可爱的一面。

我在弗朗西斯的城堡住了三天，然后他送我去火车站。这天他穿一件奶白色麻质衬衫，衣领竖起，领口处开到第三个扣子，露出部分小麦色结实的前胸，脖子上系了一条白底黑点儿的丝巾，衬衫系在熨烫得很平整的米色咔叽布裤子里，略微掺白发的黑色卷发梳理得一丝不苟，脚踏一双米色软皮鞋，黝黑的脸上比平时略微显得严肃了一些，身板挺直，步态敏捷灵活，整个人看上去活力四射、风度翩翩。我又一次在心中感叹，意大利男人总是能够在任何场合把自己打扮得得体而时尚，这种能力和品位不得不令人佩服。

想起这些天来他对我的照顾，以及我从他身上学到和领悟到的一些东西，忽然感到有一丝不舍之情。分别时，我对他说："弗朗西斯，感谢你这些天来对我的各种照顾，还为我提供了很多方便，你让我对佛罗伦萨以及意大利都有了一些深入的认识和了解。我真幸运在这里认识了你，不然一切会非常不一样，真的非常感谢你。"他听了，脸上先是现出一种我从未见过的微笑，之后很快就恢复了那种熟悉的诙谐俏皮的表情说："认识你我也很幸运，你什么时候想再回来，随时可以联系我。祝你好运！"我说："也祝你好运！"我们拥抱了彼此。

我在佛罗伦萨度过了非常美好难忘的时光。这是一座如此完美、充满艺术气息和文化氛围的城市，我对这座城市充满了留恋与不舍。我期待再度回到这里，重温这里的一切。而与弗朗西斯的不期而遇和短暂交往，使我对意大利人有了更多的了解和认识。

当你去一个国家旅游，对那里的历史、地理、文化古迹有了一些了解后，那还仅仅是一个层面，仿佛只是一个事物的平面。而当你跟那里的人们有了接触和交往，对于由那里的人们所演绎出来的文化现象、人文情怀和性格特征有了一些了解后，就仿佛对那个国家的认识有了一种立体的维度，从而对那个国家有了更全面的认识。

三、意大利男人和意大利女人

意大利男人的美，一是胜在眉眼和轮廓上，那样自然构造出的脸是很漂亮的，不仅电影明星、体育明星是漂亮出众的，就连大街上骑在高头大马上巡逻的警察，都是那般摄人心魄地漂亮、英俊。意大利出美男，就仿佛俄罗斯和乌克兰出美女一样。

意大利男人的美，二是胜在气质和修养，尤其是中老年男人。我在意大利街上看到的意大利男人，大多数都身材瘦削、皮肤黝黑，显得很健康。在意大利，无论男女都崇尚黝黑的皮肤，就连橱窗中的模特都是黑色的或是棕色的。很多男人身穿休闲装，脖子上系一条颜色很搭配的薄围巾，头发理得很正统而一丝不苟，身板挺直。意大利男人是衣裳架子，什么衣服一上身，随便一搭配就那么有型、那么帅、那么有气质，完全与年龄无关。他们没有什么奇装异服，或者标新立异的发型，或者名牌附身，然而他们看上去是那么阳光、健康、时尚、气质绝佳。这是意大利男人对于时尚和艺术的独特注解，就是那种可以把平凡演绎出不朽来的修养和能力。这种能力还包括他们总是能够恰到好处地把自己完美地展现在任何场合，一分不多一分不少，这也是一种品位和修炼。

我觉得意大利男人在时尚方面给中国男人，尤其是追求时尚的中青年男人树立了很好的榜样。时尚不一定是奇装异服、标新立异的发型，或者奢华名牌，朴素和正统同样可以演绎出精彩的时尚来，而且是骨子里更高贵的时尚。

我所看见过的意大利男人，特别是中年男人，似乎对自己的身材管理得很好，这说明他们对平日的生活起居饮食有要求、有控制，我猜他们可能还有一些锻炼，因为他们的身体看上去很结实而没有什么脂肪和赘肉，全是肌肉。他们几乎总是那样身板挺直，配上古铜色的肌肤，显得很精干而有风度。

意大利男人感情很细腻，做得一手好饭。很多意大利男人对做饭这件事津津乐道、不厌其烦，我认为这与他们细腻和丰富的感情不无关系，他们可以表现得无比温柔多情。

一次，我在北京与一位意大利友人见面，他看见我没有染指甲，就拿起我的手温柔地说："啊呀，你怎么没有染指甲啊？"我说："我一辈子也没有染过几次指甲，我不是很喜欢染指甲的。"可是他却说："女人怎么能不染指甲呢？这很重要啊，走，我带你去指甲店。"我说："不不，不用不用，真的不用。"就在我的一再反对下，他才没有再坚持带我去染指甲，而他只是我的一位普通朋友。

而意大利女人，那真是一道特有的风景。提到意大利美女，不能不说说意大利国宝级美女演员莫妮卡·贝鲁奇，她在《西西里的美丽传说》中把女性之美诠释到了极致，高贵、清纯、丰腴、妖艳，各种人世间的美好在她身上融为一体，顾盼生辉、撩人心怀，集人间尤物与女神为一身。她的美貌惊艳了世界，她的性感妩媚不仅获得了全球男性的关注，也博得了女性的喜爱。

我在意大利各地见过的大多数意大利女人，并没有打扮得性感妖娆的，而是衣着得体、品位独到。

在海滨城市热那亚，中老年女子都穿戴得像年轻女孩，她们大多穿连衣裙。有些中年女子，身材保持得很好，穿着花色的连衣裙，甚至是吊带连衣裙。她们穿着舒适、轻便的鞋子在街上行走，显得优雅而有韵致，令人印象深刻。

四、威尼斯

我在佛罗伦萨火车站买了去往威尼斯的车票后，又在"问询"窗口预订了一个便宜旅馆的房间，买了一份威尼斯地图。这一次，我问清楚了从火车站到旅馆的距离只有两公里左右。下了火车，我便拖着行李一路步行，边走边问，越走游人越多，走着走着我想我是来到了比较市中心的位置。我拖着行李背着包，穿过古老的建筑，上下台阶，穿过小河小桥，边走边察看地图、问路，顾不得去多看风景。午后强烈的阳光使我开始出汗，感觉自己像一只搬家的蚂蚁，再过一会儿就会被晒焦了。我觉得我可能是走了些冤枉路，前方又是一座小桥，我准备过了这座桥再问问路。

我走上小桥，只见桥对面是一座很高档的饭店，我的行李箱轮子在小桥的石头路面上摩擦，发出哗啦哗啦的响声。在威尼斯到处都能听到这种游人拖行李箱的声音，如果同时在街上出现多个这种声音，那种噪声是很可怕的。据说威尼斯通过了一项法律，禁止在街上拖拉行李箱，而此时这种拖行李箱的噪声却引来了一次不期然的相遇。

正当我拖着行李箱走到小桥中央的时候，迎面走来一位穿着黑色西装打着蝴蝶结的年轻男子。他对着我张开双臂，笑脸相迎："啊呀呀，这是哪儿来的美女啊！这么漂亮的女士怎么没有男士陪伴，你真的是一个人吗？"

他身材瘦削，留着寸头，眨着蓝灰色的眼睛看着我，我有点儿猝不及防，冲他笑笑点点头。我自己此时穿着一条蓝布裤子和一件白底黑点无袖衫，已经汗流浃背。他伸出手来接我的行李说："让我来帮你提行李箱吧。"他说着就接过了行李。我本以为他是帮我把行李拿到小桥的石阶下的，就谢了他，但看他走进了饭店，而不是去饭店旁边的小路，我就赶快跟着进了饭店，看到他走进一层的一家餐厅。

我跟上他问道："怎么来了这里？"

他笑着对我说："这里是我们家开的餐厅。欢迎光临，请跟我来！"

"谢谢！可是我不想吃饭。我正在找我的旅馆，请你帮我看看这个旅馆还远吗？"

他用手按住我正要掏出来的旅馆地址不看，说："既然来了就先休息一下嘛，你总不能过门而不入吧。我叫马修。"他伸出手来跟我握了手。我看了下手表，是下午一点半："好吧，不影响你的生意吗？"

"现在这个时候客人少了，没关系。"他说。

我看了一下周围，果然只有几桌客人。他把我安排在后面的一张桌子边坐下来，让人端给我一杯冰水，我正口渴，于是拿起来便喝。他在我的对面坐下来说："你是哪里来的？让我猜猜啊。嗯，你是日本人？"

我笑笑，对于这种千篇一律的错认，我已经见怪不怪了："中国人。"

"啊，是中国人啊。"

"你们餐厅有中国客人来吗？"

"嗯，不多。你准备在威尼斯待多久？"

我说："一周吧。"

"太好了。"说着他站起来说要离开一下。

我也站起来说："我该走了。"

他马上说："不不，你等会儿再走，我待会儿就结束工作，我可以送你去旅馆。"

"那太麻烦你了。"

"别客气，你还没吃午饭吧？我去给你弄一份吃的来。"他说着就走了。我又坐下来，我觉得他真是太热情了，让我有点儿受宠若惊。

我环顾四周，看来这是一家很高档的餐厅，四间方形的大厅连在一起。这里装修得并不豪华却非常高雅大气，每张餐桌上都铺着雪白的桌布、摆着白色的餐具，在一处角落有沙发和四方形的茶几，茶几上放着几本厚厚的时尚杂志。十几个侍者都是清一色的年轻男子，上身穿白色衬衫外加黑色坎肩，下身穿黑色长裤，一个个精瘦干练。他们待客彬彬有礼，给客人倒酒、上菜的姿势和神态，一看便知训练有素。

不一会儿，一位侍者端给我一盘香煎鸡排配蔬菜沙拉，然后又拿来了面包和黄油。我这会儿还真是饿了，便吃起来，边吃边观察餐厅里的一切。侍者们各自忙碌着，没看到马修，想必他这会儿正在厨房里忙吧。这时候，餐厅里的最后两桌客人也离开了。过了一会儿，马修又过来问："怎么样，口味还可以吗？"我点头说很好吃，他说等我吃完我们就一起去我的旅馆。正说着，一位看上去八十多岁的老者拄着拐杖步履蹒跚地走过来。马修向我介绍说这是他父亲，我起身向他问好，心里觉得很不好意思在这儿打扰人家。

吃完饭，马修拉着我的行李箱，带着我去我的旅馆。大约十分钟便到了，我谢了马修的热情款待。

第二天，马修给我打电话要我下午两点到餐厅吃午餐。威尼斯虽然面积不大，然而却在这一方水域建起了密集的建筑，所有空间都被巧妙和高效地利用了起来。这使得这里的建筑布局极其错综复杂，很容易迷路。虽然我已经来过一次，也知道位置是在圣马可广场附近，却还是找不到。当我问过几次路来到餐厅时，已是两点半了。我到了餐厅门口，一个身穿黑色西服的青年，过来礼貌地与我握手，告诉我他是马修的弟弟阿莱克斯。他引我到餐厅靠边的一张桌边。不一会儿，一位侍者送来了冰水、一盘花生和一盘炸土豆片。我一边吃着喝着，一边观察四周。

马修过来跟我打招呼，他问我："你想从沙拉吧开始吗？那里有很多好菜。"我说好哇，便走到沙拉吧桌前。只见那里摆着十几样凉菜，最显眼的是一条很大的熏火腿，是由完整的猪后腿熏制而成的，架在一个特制的支架上。有客人点这个菜时，侍者会用非常锋利的特制刀削成一片片极薄的薄片为客人呈上，这是西班牙人和意大利人的最爱。

然而对我来说，这与生肉没什么两样。我是不接受生鱼和生肉的，还有熏三文鱼，我也照例是不吃的。其他凉菜还有橄榄油煎黄瓜、洋葱酿沙丁鱼、番茄汁吞拿鱼、煮豌豆、黄油煎蘑菇片，各种用奶油和沙拉酱拌的青菜沙拉，还有茄条、煮牡蛎、生虾仁，最不可思议的是橄榄油拌凉米饭海鲜沙拉。天哪！真不敢想象那是什么味道。

这时，阿莱克斯拿了空盘子按我的要求帮我盛菜，侍者拿来一个银色的长盘，里面是刚烤热的面包，其中有孜然面包和黑麦面包以及黄油，他问我要加气的矿泉水还是不加气的，我要了不加气的。阿莱克斯过来问我是否要葡萄酒，我说不用了。

我一边吃一边环顾四周，今天只有几桌客人，一张桌边坐了一对男女，另一张桌边是一位五十多岁的男人，商人模样，看起来他在享用一顿丰盛的午餐，还有一瓶葡萄酒。只见他用完午餐后，又点了一个水果酸奶。侍者端上了一个大的矮胖酒杯，里面盛了几种水果淋在酸奶上，他边吃边看报纸。

靠边的一张桌子边坐了三个中年男子，说着意大利语，像是在谈生意。桌上放着一个很大的玻璃桶，里面放着碎冰屑，上面插着很多削好的方形胡萝卜、芹菜和彩椒，作为开胃菜蘸着芥末沙拉酱吃。

此时，只见穿黑西服的领班拿来一张折叠四方小桌在客人桌旁边支起来，侍者端来三盘煎土豆青瓜放在小桌上。同时，端来了一大盘热气腾腾的烤鱼。领班开始熟练地将鱼剥开，用刀叉将精华部分整块地取下，分别放入三个煎土豆青瓜的盘里。当大鱼只剩下鱼骨头、鱼尾和其他部分时，领班浇上了橄榄油、撒上胡椒粉搅拌，用刀叉挤压，然后将渗出的汤汁分别倒入三个盘中，再分别把盘子为客人呈上，这道菜方才上完，非常精致和考究。

当我吃完的时候，阿莱克斯又带我来到甜点区。这里有苹果派、巧克力蛋糕、杏仁奶油蛋糕和甜橙果冻等，我要了一块儿杏仁奶油蛋糕。这么丰盛美味的午餐我已经不记得上次是在哪里吃过了。

马修走过来，微笑着坐在了我的对面。"怎么样？喜欢吗？"他问道。

我说："当然，太好了，太丰盛了。可是这我怎么能消受得起呢，我不能再来了。"

他却不以为然地说："来来来，明天还来。"

"我不能再来了。"我又说。

"为什么不来了？"马修有点儿着急。

"马修，我非常感谢你对我这么热情，这么好。可是，你能告诉我是为什么吗？"我认真地问。

他听了笑着问："怎么，我对你好，你不喜欢吗？"

"不，不是，你知道我比你大很多……"

"那又怎么样？！"他说完站起来走了几步，又转回来对我说，"我就是喜欢东方女孩。"说完，他笑着转身走了，把我留在那里一阵发愣。

威尼斯，号称是世界上最浪漫的城市之一，整个城市的建筑均扎根于水下，是当今唯一没有汽车的城市，仅以舟船通行。这座仅占北京面积不到百分之三的水城，在意大利历史、文化、艺术、绘画以及建筑上都占有重要的地位，这块儿弹丸之地，汇集了众多建筑艺术瑰宝，吸引了世界各地的游客。

威尼斯大运河被誉为威尼斯的水上香榭丽舍大道，在河道两边散布着众多的古老建筑，有洛可可式的宫殿和摩尔式的住宅，有巴洛克和哥特风格的教堂。

在这些教堂中，文艺复兴时期的许多伟大的艺术家留下了众多的壁画和油画作品。我每天在威尼斯转来转去，游走在这些艺术瑰宝之中，沉迷其中，如痴如醉。

威尼斯的游客实在是太多了，尤其是市中心地带。我常从市中心一直向外走，越走人越少，越走越偏僻。这些偏远地带有些是居民集中居住的区域，有些则少有居民房屋，却时时能发现惊喜，比如一些小教堂、古老的庭院和别致的古老建筑，因此我常常喜欢独自去这种偏远地带探古寻幽。

威尼斯是这样一座城市，在这里你可能与来自世界任何地方的人不期而遇。

作者在威尼斯圣马可广场

一天上午，我在圣马可广场散步，迎面走来一位年轻高大的男子，像是个游客。因为在人群中他很显眼，所以我多看了他几眼，他也正在看我。他走到我面前时冲着我微笑了一下，我发觉自己也在回他一个微笑。他走到我跟前就站住了，说："你好！"我也说："你好！"

我们就这么看着对方又笑了起来。

"你是哪里来的？"他问道。

"中国，你呢？"

"俄罗斯。"

"啊，俄罗斯啊。"

"怎么？你去过吗？"他问道。

"没有，不过，前几年我曾经邀请一个俄罗斯爵士舞蹈团来中国巡演，所以对俄罗斯还是很有好感的。"我说。

"是吗,是哪个舞蹈团?"他又问道。

"俄罗斯特洛什基爵士舞蹈团,你知道他们吗?"

"啊,是他们啊,我知道,我还看过他们的演出呢。"

就这样我们聊了起来,他提议我们一起喝杯咖啡,于是我们在广场边咖啡馆的露天座位坐下来。他叫安德烈,他告诉我他是来意大利留学的,毕业以后留下来找工作,没想到工作并不好找。近些年常有俄罗斯的有钱人偕家人来欧洲或意大利旅游,需要导游服务,他就干起了导游。他刚刚带了一对俄罗斯富翁夫妇从罗马来威尼斯,因为那对夫妇突然有紧急事务就提前回去了,而他自己则住在罗马,所以需要改签今天下午的火车票回罗马。

我问他,觉得这工作怎么样。他回答说,有的俄罗斯有钱人,真是富有,一掷千金,有时候对服务于他们的人比较苛刻,不过总体来说,他对这份工作还是很满意的。因为他要赶回酒店收拾行李赶下午的火车,所以我们只是匆匆地聊了一会儿就告别了。

在我将要离开威尼斯的前一天晚上,马修再次邀请我来他的餐厅吃晚餐。这之前他又打过多次电话请我去,我说不去了。他问为什么,我说不想一再地麻烦他,他却说你不来食物也会被浪费了,我只好再去。我来到饭店时已经晚上九点了。我站在饭店大堂门口望着那座小桥,那天在桥上与马修邂逅的情景还历历在目。

正当我沉浸在遐想中的时候,被一个声音打断了。"女士,您今天愿意坐哪儿?"回过头来只见一位小个子侍者笑着对着我。我来了好几次,侍者都认识我了。我忙说:"哪儿都行。"他又风趣地说:"这边可以坐,那边可以躺。"他指向大厅一角的沙发。我选了一张靠边的桌子落座,这里便于观察整个餐厅。"要喝点儿什么?马提尼香槟?"正当我犹豫时,他这样提议。我说:"好,就要这个吧。"他给我上了酒后问我是哪个国家的,我让他猜。他不假思索地说日本,我说中国,他立即用中文说"你好,谢谢"。

他是土耳其人,来意大利八年没有回去过,在土耳其还有一个哥哥。

这时候，阿莱克斯过来跟我打招呼，我看到十几名侍者在厨房与餐厅间快速穿梭，上菜、撤盘子，通往厨房的大门自动开启和关闭。当侍者端着盘子走近时，大门就自动开启，然后又会自动关闭，他们个个动作熟练而小心翼翼，显得井然有序。我看到几个方桌被拼在一起变成了长条桌，共有三排，桌上摆着喝剩的香槟和葡萄酒，还有吃剩的甜点，显然这里刚刚有个盛大的派对。我点了一个小份的海鲜意大利面，在等菜的间隙，我吃了三个小面包抹黄油。面包实在是太好吃了，或者说我实在是对面包太着迷了，虽然今天并没有我特别喜欢的全麦黑面包，但即使是白面包，烤得热热的，皮硬而脆，有点儿咸味，掰开后抹上黄油，在嘴里细嚼时，那种香是只有爱吃面包的人才能体味的。若是全麦的、加了孜然或其他东西的话，就更好吃了。那个小个子土耳其侍者是个大活宝，从我面前经过时，做着各种滑稽表情，一会儿冒出一句日语，一会儿冒出一句中文。

我边吃边观察着餐厅内的情形。我旁边桌子上的两男两女，听口音就知道是从美国来的，另一桌有三个人，看似是一对男女恋人和女方的母亲，女的比男的年轻不少。

一会儿我的正菜上来了，今天的海鲜意大利面堪称完美，有小龙虾、扇贝、文蛤、黄蛤，还有蟹肉，稍微有点儿辣，浓厚的奶油和番茄汁。

我吃得极其享受，把盘里的一切吃得一干二净。"啊呀，你全吃了！"我听见马修的声音，看见他向这边走过来，说："是啊，幸亏要了小份的，不然会把我撑着的。这是我吃过的最好的意大利面。"他听我这么说很高兴，很熟练地收了我的盘子，一手拿着三个盘子走了。

吃完晚饭后，我在座位上等马修，等了一会儿也不见他过来。之前我们说好要一起上网查明天在罗马转机的航班信息。我起身走到他工作的地方找他。通往厨房大门的后面有一个工作台，马修的电脑就放在这里。

这时，马修走过来说："来，我们抓紧查航班信息，然后我带你去一个酒吧。"我说："怎么还要去酒吧，不用了吧？"他却说："要的要的，前两天我就想带你去了，只是没有时间，今晚是最后的机会了。"

马修带我来的这个酒吧，位于被誉为"水上香榭丽舍大道"的大运河边，背靠一座哥特式古老教堂，面对大运河，周围没有其他酒吧。入夜了，四周一片静谧，月光朦胧，水面波光粼粼，河水轻柔地拍打着河岸，运河上吹来的微风轻轻拂面。如此温柔的夜晚，令人内心也变得温柔起来。他向我娓娓道来，吐露了心声。小学时，他暗恋学校里一位来自亚洲的女生，她有长长的黑发，会笑的黑眼睛，温柔的性格，她的一举一动都使他着迷。可后来她随家人迁往别处，她的离去使他伤感，她在他心中播下了东方情结的种子，这种子随着时间一点点在他心中生根发芽，长成了一棵大树。他寻遍了威尼斯也没有找到心目中的东方女性，至今仍孑然一身。他仍在苦苦寻觅，冥冥之中，他始终觉得终有一天他会找到她。可是，父母希望他娶一位意大利女子为妻，他心中很苦闷，无处诉说。

我看着他被月光映照着的冷峻侧脸，听着他的故事，怜惜之情油然而生，却爱莫能助。一时间，我恍然大悟，为什么马修对我这么热情、这么友好，是出于他那深藏的、日久而浓烈的东方情结。或许，这就像麻醉剂，能舒缓他内心的苦闷，或许，这可以唤醒他对那梦幻般的东方女孩的回忆。

我在威尼斯待了一周。威尼斯这座古老的历史文化名城于我而言，又多了一份可贵的人间温情。

五、重返意大利

从威尼斯飞往罗马，又转机飞回北京，我结束了这一次意大利之行。然而，我对意大利意犹未尽、念念不忘。于是，第二年我又重返意大利。这一次我选择游览了意大利北部的几座城市——米兰、比萨、热那亚、维罗纳，以及风景如画的科莫湖，落地城市我选择了世界时尚艺术之都、历史文化名城——米兰。

米兰是意大利第二大城市，是欧洲人口最密集与工业最发达的地区之一，有世界时尚与设计之都的美誉。世界所有著名时装品牌都在此设立机构，是半数以上时装大牌的总部所在地，米兰时装周影响着世界时尚。

米兰是世界著名的文化之都，曾分别在1905年和2015年举办了世界博览会，拥有大量文化艺术机构和艺术珍品，其博物馆和艺术画廊每年吸引约八百万海外游客前往观赏。

米兰又是世界历史文化名城，曾是西罗马帝国、米兰公国和伦巴第-威尼西亚王国的都城，悠久的历史为这里留下了辉煌的遗迹——米兰大教堂、斯福尔扎城堡、圣玛利亚修道院、圣伯纳迪诺骨教堂、斯卡拉大剧院博物馆、和平门、马力诺宫，等等。

米兰大教堂是意大利著名的天主教堂，是米兰市的地标，也是世界五大教堂之一，规模居世界第二，建成于1500年。白色大理石的外观，使它在强烈阳光的照耀下显得圣洁和华美，高耸的哥特式塔尖使它看起来又是那般壮丽恢宏。我选好拍照角度后，就守株待兔地等待合适的人经过，好求助帮忙拍照。

就像一年前在罗马、佛罗伦萨和威尼斯那样，我每天以脚步丈量这座城市，整日游走在城市各处。我不仅去看历史古迹，对当地民众的生活状态也非常感兴趣。走在米兰的街道上，我看到非常有当地特色的古老院落，铁栅栏大门只能容一辆小轿车出入。我向院里张望，看到院内石子铺地，院角处有小喷泉水池，四周是二层的房屋，窗下满是绿藤。这一处处古香古色的院落，把一户户人家从城市的喧嚣中隔离开来，可谓闹中取静，怡然自得。我总是站在院外，从铁栅栏大门向院里张望，想象着院子里的人家正在过着怎样的日常生活。

一天，我走在著名的曼佐尼街上。这是一条繁忙的时尚街道，街道两旁是众多商铺。在一个小店中，我买了一个巴掌大的皮钱包，我用了十几年，如今仍然完好如初。

我从斯卡拉广场向东北至加富尔广场走去，忽然马路上一辆银色敞篷奔驰车驶过，车上一位戴墨镜的司机回头向我挥手，我也向他点头微笑，他就开过去了。等我走到前面的街口，发现那位司机把车横着停在了那里，正好挡住了我的去路。

"嗨，你好！"他笑着向我打招呼。这是一个二十来岁中等身材的年轻人，留着寸头，穿一件白色T恤衫，一条牛仔裤。

"你好！"我回应了他。

"你是游客吗？你要去哪里？"他问。

"是的，我想就在这街上走走看看。"我回答。

"我可以带你去吗？坐我的车。"

第二章　意大利——集现代风情与古老文明于一身

"不用了，走路看得更清楚。"我答道。

"那好，我陪你一起走走。你等我一下啊，我把车停好。"他说着就把车倒出来，停在了路边，然后下了车走过来。

"我叫本杰明，很高兴认识你。"他向我伸出手，我们握了手。这时候我仔细打量他，他很年轻，很阳光，而且显得很憨厚，似乎与豪车车主的身份不太相符。

"你不用上班吗？"我问道。

"这会儿不用。你是哪里来的？"

"中国。"

"是第一次来米兰吗？"

"是的。"

"那样的话，我可以给你介绍一下。"他说着指给我看，"这一带是米兰的时尚大街，有很多名牌商店，还有一些著名建筑，例如波尔迪·佩佐利博物馆、米兰大酒店。"

当我们走到米兰大酒店附近时，他指着饭店前面停着的高级轿车说："你看，这里停放的全是豪华轿车，兰博基尼、保时捷，马路对面那几辆是迈巴赫、法拉利、劳斯莱斯，这边这辆是宾利，说明这会儿饭店里有很多大富豪。"我从来没有看到过这么多豪华轿车，真是被惊艳到了。

"你自己不是也开了一辆豪华车吗？"我说。

他听了不以为然地说："我那个算什么豪华车啊，跟这些比真是小巫见大巫了。"他建议我坐他的车，带我在附近几条街上转一转。于是，我就坐上了他的敞篷奔驰，在转完附近的几条大街后，又去威尼斯大街转了一圈，那里也是时尚之街，不但有时尚品牌商店，还有众多新古典主义建筑。这是我第一次坐在敞篷豪华轿车里在这时尚之街转悠，感觉确实大不一样。

之后他提议去喝咖啡，我说我来请你喝咖啡吧。

我们来到一家咖啡馆，我再次问本杰明："你还不需要去工作吗？"他说："告诉你吧，我给我哥哥开车。这车是他的，他是老板。"

"哦，你哥哥是老板？他有公司吗？"我问。

"对，他有公司。"

"他的公司是做什么的？"

"做贸易，进出口。"

"那么你现在不用去给他开车吗？"正说着，他的手机来电了，他接电话，一边说着一边看着我笑，我感觉他们好像是在说我。

挂了电话后，他说他哥哥想请我喝咖啡，现在我们要离开这里去他公司附近的一家咖啡馆，他会去那里与我们会合。我心想真是一出接一出啊，令人应接不暇。

在一家名为"水仙花"的咖啡馆里，我见到了本杰明的哥哥阿尔伯特。他大约四十岁，身材高大挺拔，身穿黑色西服，里面是淡蓝色衬衫，非常沉稳成熟，果然是一个精明强干的商人。本杰明在他哥哥面前显得很乖。阿尔伯特告诉我，他经营着一家贸易公司，主要从事欧洲境内的贸易，他问了我很多有关中国经济发展和国际贸易往来方面的问题，我猜想或许他问的这些问题，与谋划他的公司的新发展有某种关联。我们聊了大约四十分钟，其间本杰明很少说话。

此后，阿尔伯特说他和本杰明要去办事情，他会叫一位他的朋友来陪我。我说不用陪我，我完全可以自己游览，他已经拨通手机并用手势制止了我继续说。他讲了一通电话后，对我说："我的朋友马上就会来这里找你，他是我的生意伙伴，我们有生意上的往来。他叫博纳罗蒂，他现在有点儿空，正往这里开。你在此等候千万不要离开，不然他可就白跑了。"

说完他就和本杰明走了。

大约二十分钟后，一名三四十岁的男子来到我面前，自我介绍说他叫博纳罗蒂，是阿尔伯特的朋友，他现在有点儿时间可以陪我，问我想去什么地方。我解释说我没有想到会这么麻烦他们，我独来独往惯了，不用非得麻烦他们陪我。他说那这样吧，今晚有个派对，问我愿不愿意一起去，我对意大利人的派对以及他们的娱乐方式很感兴趣，于是说好哇。

他说现在还有点儿时间，我们各自回住处梳洗换衣服。然后，他送我回旅馆，约好七点来接我。他嘱咐我要穿得半休闲半正式，我还是第一次听到这种说法。于是我挑了一条绿花色连衣裙搭配同色系丝巾，戴了几件比较正统的首饰。

晚七点我在旅馆大门外等博纳罗蒂，只见一辆淡黄色的法拉利跑车由远而近驶来停在我身边，一眼看到博纳罗蒂坐在敞篷车的司机位置上。我惊讶得目瞪口呆——他怎么换车了，下午他开的是一辆奔驰啊。他打开车门走下来，向我招手，我才如梦初醒般地走向他。

"这是你的车吗？"我傻傻地问道。

"是啊。"他笑着说。

而他的穿着同样使我惊异，他竟然穿了一件米黄色西服，我从没有见过有人穿这么鲜嫩颜色的西服。不过穿在他身上一点儿也不让人感觉难受，反而觉得漂亮时尚。西服里面是白色衬衫，他下面穿了一条驼色休闲裤，脚上是一双驼色软皮鞋。这一身着装的确使他显得格外精神焕发，非常亮眼时尚，而且跟他车的颜色还很搭配。同时，我也领教了什么叫作半休闲装。我欣赏着他，不由得说："你和你的车都把我惊艳到了，真漂亮！"

"你也很漂亮啊！"他说，然后很绅士地帮我打开车门。

然而让我没有想到的是，有生以来第一次坐法拉利豪华跑车的经历，却并不怎么舒适和惬意。这一段马路虽然很安静，少有行人和车辆，但是每隔几百米就有一个带信号灯的路口，而每次车启动的时候，发动机都会发出震耳的轰鸣，随即车就像离弦的箭一般飞出去，我的心忽的一下就提到嗓子眼儿。别人或许会感到很过瘾，而那种速度却使我害怕和担心。或许是因为我有过在高速行驶过程中发生交通事故的经历，所以对于速度非常敏感，我担心到了下一个路口变灯车停不下来，我担心有行人在人行横道上过马路，我担心有孩子突然骑车横穿马路，等等。

我不敢想也不敢看，双手捂住眼睛，当车再次加速时，我跟他说："请不要开这么快好吗？"总之，我们就这样一路一惊一乍地开到了目的地。

他又是彬彬有礼地走到我这一边，非常绅士地为我打开车门。派对在一个大院子里举行，有几十个年轻人参加，其中还有几个家庭，有烧烤和自助，其间有各种玩乐和游戏。一个漂亮女孩还一度站在桌子上跳舞，她显然有点儿喝高了。只见她有些闷闷不乐，我的直觉告诉我她可能暗恋着博纳罗蒂。整个晚上博纳罗蒂都与我寸步不离，扮演一个护花使者的角色。

我对他说："你不去陪那个漂亮女孩子一会儿吗？"他朝她看了一眼说："她的确很漂亮，不过你才是有魅力、风情万种的那种。"

在我离开米兰之前，博纳罗蒂和本杰明又分别请我吃过饭，开车带我去一些地方游玩。

此后，我去了意大利中部托斯卡纳大区的比萨市，参观了声名远扬的比萨斜塔，顺便游览了比萨大教堂、奇迹广场、骑士广场及比萨洗礼堂。

下一站是位于意大利北部热那亚海湾的热那亚。这是一座著名的海港城市，作为意大利的第一大港，它曾有辉煌的历史，十六世纪达到鼎盛。世界著名航海家哥伦布和意大利著名小提琴家、作曲家、欧洲浪漫主义音乐早期代表人物尼科罗·帕格尼尼都出生于此。

没有想到的是，热那亚把我惊艳到了。城市的建筑规模恢宏，加里波第路两旁的古建筑大气而富丽堂皇，热那亚总督府、白之宫、赤红宫殿、佛拉里广场、圣乔治宫、圣玛利亚教堂、新街博物馆、比安科宫、罗索宫等中世纪前后的古建筑以及大型喷泉，构成了这座城市气度不凡的面貌，显示出其曾经的显赫地位。此外，在这座著名的宫殿和艺术馆中，收藏着大批意大利文艺复兴时期的绘画杰作。我在这里又一次接受了欧洲历史、文化和艺术的洗礼。

此行的最后一站是米兰北部阿尔卑斯山区风景如画的科莫湖。这是世界著名风景休闲度假胜地，湖水平静极了，湖面波光粼粼。湖边一座座小镇，古朴宁静。我对自己说，这是我愿意下半辈子居住生活的地方。

这一次的意大利游览圆满结束了。这里伟大的古老文明、丰富的历史文化遗产和旖旎的风光，令我叹为观止、流连忘返。这里的人们如此热情、好客，让我感到从未有过的温暖。这里的男人充满浪漫与激情，他们对美好生活的热爱、乐观豁达潇洒的生活态度，令我印象深刻。

两次的意大利之行，使我感慨意大利是一个如此特别的国家，这里有过伟大辉煌的历史，而今，这里的人们在为过往感到自豪的同时，仿佛已经看穿了一切，表现出一种超然物外的洒脱气质，这真是一个独一无二的、集现代风情与古老文明于一身的国度。

第三章　走进印度

一、初识印度

印度，这个几千年的东方文明古国，作为人类文明发源地之一和世界三大宗教之一——佛教的诞生地，它曾经是那么令我神往，然而几度动身前往的冲动，却因各种原因而搁浅。直到 2017 年 4 月，我才终于下定决心，去印度走一趟。

德里机场

抵达德里机场已是凌晨一点五十分，外国人通关处已清空了，几个印度边检官在窗口里闲坐着，而电子签证通关窗口前仍排着长队，我就在这长长的队伍中万般焦急而又无可奈何地等待着。只有两个边检官在工作，其他岗位都空着。观察一下，发现一位游客大约需要十五分钟才能办好手续，前面还有三十多人，大家都心焦得几乎绝望。

一个半小时后，终于轮到我了，通关员一页一页地翻看我的护照，又问了几个问题，然后让我在两个机器上按手印。终于，我看到他在我的护照上盖了戳。"Have a nice day!"他把护照递给我时还说了这句祝福语，令我有点儿意外。"Thanks, you too！"我礼貌地回复后，接过护照急匆匆地去取行李，行李应该早就出来了。来到行李转盘，我看到一些行李被拿下来堆放在一起，由一名机场工作人员看管着，我在其中找到了自己的行李。

走出海关，一眼看到来迎接我的朋友。她已经等我很久了，不知道我在里面出了什么事情，在等待期间，她在两个出口之间来回奔走，寻找我的身影。这大半夜的一个女人在这里徘徊，引来周围几个不怀好意的印度男人放肆地走近她上下打量，她完全置之不理。此时终于看到我走出来，她如释重负，我们拥抱在一起。她叫来了她租的车，司机是个锡克族小伙子，头上裹着锡克族标志性的头巾。据说锡克族男人都要戴头巾，头巾里面裹着他们自出生就蓄留的头发。朋友告诉我，司机来自她丈夫工作的大使馆长期合作的出租车公司，很可靠。她还说锡克族人是比较老实憨厚的，司机看上去确实是很本分的那种年轻人。

半个多小时后我们到达了欧洲某国驻印度大使馆,守门的印度人为我们打开了大门。此时已是凌晨四点,我和朋友睡意全无,畅聊到天亮才睡。

几小时后醒来,外面艳阳高照。我兴奋地要拉着朋友出门上街看看印度是什么样子的,女友提醒我说,外面气温可是四十摄氏度啊。她建议我们先在使馆区附近走走看看,一来安全,二来怕在外面高温下时间长了会热得受不了。

作者在下榻的欧洲某国驻印度大使馆内

朋友的丈夫告诉我,使馆区不同于德里其他街区,是德里市内最安全和干净的地方。果然,这里马路宽敞、相对整洁,并且街上没有人。走出使馆区,只见街上有一排小店,卖电话卡的、换外汇的,小摊上挂着各种各样的杂货,五颜六色的小塑料袋挂了长长的几串,小摊货车上竟然还有鸡蛋、米、面、电池等,货架放不下就用塑料袋挂在车上。这些摊主在四十摄氏度的高温下,一站就是几小时。可他们像平常一样,生意照做不误。

访泰姬陵

游览世界七大奇迹之一的泰姬陵,是我到印度的最大心愿。大使馆里前几天从欧洲某国来了三位工程师,他们也要去泰姬陵。我与他们合租了一辆车一起前往,我们还从当地旅行社聘请了一位导游。泰姬陵距德里市区二百多千米,这天最高气温达到四十三摄氏度,我们决定早上六点出发。朋友丈夫为我们准备了车用小冰箱,还有啤酒、水和三明治。早上他送我们上车时说,顺利的话我们很快会开出德里市区上高速,避开早高峰。他告诉我们印度的土地都是私人所有的,因此政府要在德里市内征集土地建高速路是很困难的事,这就是为什么德里市内没有高速路,而德里的交通堵塞是出了名的。一路交通通畅,只用了十几分钟我们就上了高速,而这十几分钟的路程在高峰时可能消耗三小时。

高速路上车辆很少,时不时有蜗牛般行驶的大型农机车出现。道路两旁除了偶尔闪过几栋高层住宅楼,主要是农耕地和一些荒地,以及鳞次栉比的砖窑,少见房屋。在高速路休息区,餐厅里售卖的印度餐食,有各种饼类和蔬菜豆子混合的菜汁,看起来蛮不错,价格在八九十卢比,相当于八九元人民币。不过我已经下了决心,坚决不吃外面的食物,不喝外面的水,因为很多来过印度的朋友都有过拉肚子的经历,有的还相当严重以致最后送医院治疗。三位工程师此前在外面餐馆吃饭都拉了肚子,所以我暗下决心,决不让这事发生在我身上,每次出行我都自带干粮和水。

汽车下了高速路后,在一群摩托车、突突车和小巴中间穿行,左冲右突。小巴上四五个男人站在车尾部,手扒车身,表情坦然。土路上一个个小小门脸店的窗户上挂着长串的彩色塑料袋,里面都是劣质小食品。有人推车卖水果、饼和熟食。一个卖饼的小店里,一个男人坐在地上,在一个黑乎乎的圆饼铛上擀面,然后再放进锅里烙饼。这里无论男女,人们身上穿的衣服看起来都是脏兮兮的,加上他们暗色的皮肤,使他们看起来灰头土脸、没有精神。

快到泰姬陵时,车停在路边,上来一个戴墨镜戴帽子的青年男子,他自我介绍说是我们的导游,并用英语滔滔不绝地介绍起来。他脸部线条柔和、轮廓分明，在印度男人中算是长得好看的一类。他在讲解泰姬陵时，多次提到印度的大理石是世界上最好最美丽的大理石，颠覆了我关于意大利出产世上最好大理石的常识。

当我第一眼看到泰姬陵的时候，我被震撼得仿佛呼吸都停止了。在灿烂的阳光里，在蓝天的映衬下，这座通体纯白的建筑呈现出一种如梦如幻的景象，是那样无与伦比纯美、圣洁，仿佛是从天上降下来的一座宫殿。

我一步步走近泰姬陵，泰姬陵通体用纯白色大理石建成，镶嵌有玻璃、玛瑙、宝石，真是美轮美奂。泰姬陵是印度建筑皇冠上的宝石，是印度穆斯林艺术最完美的瑰宝，是世界遗产中的经典杰作。你可以穷极一切赞美之词，可我觉得在泰姬陵面前，一切溢美之词都是苍白的，都不足以形容其美好和神圣。

作者在泰姬陵

泰姬陵是莫卧儿王朝的皇帝沙·贾汗在 1631 年为纪念死去的第二任妻子而建的，花了二十二年才建成。据说沙·贾汗原本计划在河对面再为自己造一座一模一样的黑色陵墓，中间用半边白色半边黑色的大理石桥连接，与爱妃相对而眠。但因为建泰姬陵耗尽了国力，导致莫卧儿王朝衰落。泰姬陵刚完工不久，他就遭篡位、被囚禁，他的这一计划没能完成，最终抑郁而死。我无法想象一白一黑两座巨大的大理石陵墓隔河而对会是什么样的景象。

　　导游介绍说泰姬陵墙面上的彩色花纹不是画上去的，而是由产自南非、巴西、中国和中东各国的不同色彩的宝石、翡翠、玛瑙镶嵌而成的，而镶嵌的过程极其耗费人工，并需要高超的技艺。产于印度的白色大理石是世界上最坚硬最美丽的大理石，由于其表面含水晶，因此其颜色会随着光线的变化而变化，因此整个泰姬陵会在一天的不同时间里呈现出不同的颜色——在清晨的朝霞中它呈现出粉色，在傍晚的夕阳中呈现出橘黄色，而在月光下则呈现出淡蓝色。三位工程师中最年轻的一位告诉我，这是他第二次来泰姬陵了。上次他住在泰姬陵附近的饭店，他白天来看了一次，晚上又专门来看了一次，他说月光下的泰姬陵美得无与伦比，那种感觉无法用语言来形容。我相信他，只可惜我无缘看到月光下绝美的泰姬陵了。

　　上午十点天气已经热得令人难以忍受了，我真庆幸我们出发得早。环顾四周，发现来泰姬陵的游客大部分是印度人，而且他们大多数都是隆重出场，穿着十分讲究。女人穿的印度纱丽都是用上好的布料做成的，而且颜色艳丽，男人的着装虽然是素色，但用料和做工都非常讲究。无论是女人的纱丽还是男人的素色衣装，在这样炎热的天气里都是非常不适宜穿着的，因为它们都不透气，但是这些印度人却表现出非常骄傲的神气和态度，仿佛炎热是可以克服和战胜的。他们大都是大家庭一起出游的，也有少数是情侣。

　　一群中年女人坐在地上休息，见我拿着手机走过来，其中一个女人向我招手并比画着要我为她们照相，照完相后说"Thank you"，脸上现出很满足的样子。

　　在返回的路上，我们参观了泰姬陵附近的一个大理石加工厂，这里专做各种大理石产品，其中最多的是大理石桌面。他们解说并演示如何在白色大理石上镶嵌各种宝石和玻璃，有的大理石桌面上密密麻麻地镶嵌了无数宝石、玻璃。我虽然感叹这种精湛的工艺，却不认同其审美，因为加工过度而近乎毁了原本可以很漂亮的一件物品。我倒是更愿意用减法，一直减到零，仅仅用一块大理石原石，不镶嵌任何饰物，仅凭其自身表面的水晶和天然的洁白无瑕，随光线变化而变化，随灯光变化而变化，已经是一件绝美的艺术品了。

访红堡

因为第二天去泰姬陵起了大早，加上在炎热高温里几个小时的行走，第三天我的身体非常疲惫，因此早上起得晚，待吃了午餐决定要去红堡时，已经是下午一点多了。这时候出门绝对是一个错误的时间，气温四十五摄氏度，我和朋友叫了熟人的出租车。

据说德里大部分出租车没有空调，在这样炎热的天气里乘坐没有空调的出租车，那滋味可想而知。而这辆车号称新近安装了空调，司机为此颇为得意，可是丝毫也感觉不到凉气，车开起来哪儿都丁零咣啷地响。司机的英语说得很勉强，所以我与他沟通起来很吃力，说了半天也不懂，好在地名是听明白了。

到红堡时我们已经一身大汗，刚一下车顿时感觉进入一个巨大的蒸笼之中，热浪滚滚袭来，让人有点儿喘不过气来。

刚走出停车场我们就被一群吵吵嚷嚷的男人团团围住，抢着拉去坐他们的突突车或人力车，说入口处要走一千米，天太热受不了，等等。在众人的吵吵声中，我们随便选了一个英语稍好点儿的上了他的车。

这一位实在是太热情了，一边骑车一边回头跟我们交流。当听说我们是中国人时，他马上说，"我会说日语'孔尼其哇'，韩语'安宁哈塞哟'，中国话'你好'"。他说话时回头必得看着我们，而前方车水马龙，各种车辆行人摩肩接踵，令人眼花缭乱。我们时时大喊："看前面、看前面啊。"他转头看一下我们，马上又回转头，接着滔滔不绝地说下去。我们就这样一路提心吊胆，最后终于平安无事地到达了红堡入口处。

路上经过一个服装市场，很像二十世纪八十年代的北京动物园服装市场，一个个的露天摊位，很多衣服被堆在地上。来到售票处被告知今天免票，让我们喜出望外。还没进门，一位由两位男士陪同的妇人要与我们合影，女的照完，两个男的也要照。刚照完马上又有人过来要求合影，在大门外就有三四拨儿。我和女友在纳闷，这是什么情况啊，我们又不是明星。

作者（中）在红堡与游客一起合影

　　进入红堡一边走就不断地被人要求合影，我们不时地要停下来满足他们，却发现他们一个接一个地上，一拨儿一拨儿地来，男女老少齐上阵。女友悄声说："快点儿吧，后面又上来了，照完这个赶紧走吧。"于是乎我们顾不上后面的了，只有假作没看见，闷头就走，才甩掉了后面的一拨儿。我们边走边互看一眼，女友说："印度人就是这样，你若让他们尽情地照，今天就不用走了。"我们只顾往前走，迎着周围印度人投来的目光，感觉所有的关注都在我们俩身上。我们不敢看他们，只怕一看就会在无形中怂恿了他们要求拍照的冲动。

　　红堡是莫卧儿王朝帝王的皇宫，这座历经五百多年的伊斯兰风格古老建筑，因其红色砂岩材质呈红褐色而得名，围墙高耸，气势恢宏。里面有一座具有浓郁阿拉伯风情的巨大室外泳池，池水枯竭，落满尘土，然而其宏大的规模、奢华讲究、风貌犹存，令人浮想联翩。当年繁盛时期，池水丰盈，一群皇室美女与情侣在池中鸳鸯戏水、缱绻款款、情意绵绵，出水芙蓉、美若天仙，煞是好看，如今却无人问津，曾经的繁华不再，令人唏嘘不已。

在红堡参观的一路上，我们不断地被打扰，不断地被要求拍照。常常是一大群人或一大家子，妻子照完再要她丈夫拍照，儿子为妈妈跟我们拍合照，十几岁的少年过来要求拍照，年轻女孩子要求拍照，他们都是那么认真、执着，虽不胜其烦，却盛情难却。

使馆区

使馆区位于新德里，在一个很大的区域里聚集了一百多个国家驻印度的大使馆，每个使馆外面都有军人和警察把守。

可能是天气炎热的原因，使馆外都搭了帐篷，有三个士兵把守。一些使馆还设置了安检，其中要数美国大使馆的安检最严格。

在德里逗留期间，我曾经在美国大使馆所属美国学校的网球场打过一场网球，那是应朋友的日本朋友凯蔻之邀。凯蔻的丈夫是个美国人，在美国驻印度大使馆工作。

美国学校与美国驻印度大使馆同属美国领地，除非有内部人员邀请，不允许外人进入，而且进入时必须出示护照并经过严格的安检，护照被留在门卫处直到离开时才返还。

美国使馆周围的马路上还设置了许多路障和栅栏来减缓行车速度。

我所居住的欧洲某国使馆离美国使馆只有几百米距离。那天我经过美国使馆时，明知道外面不允许拍照，可看到使馆外墙附近也没有什么东西可拍的，好奇心驱使我拍一张试试，于是我边走路边随便按了一下，立刻被把守的印度士兵厉喝："你，站住。"女友说："完了，惹祸了。"士兵走到我们面前，我灵机一动说："我给你删掉可以吗？"于是在他的监督下删掉了那张照片，才得以脱身。

位于使馆区中的中国大使馆，在使馆区内占据了最大的面积，但是比

奇遇之旅

美国使馆的气氛要缓和亲善得多。

正当我们在大使馆外尽情拍照时,一辆使馆车辆驶过。车上是一位中国女性,她冲我们笑了笑,令人感到很亲切。

印度美男

印度美男,从前只在印度电影里见过,这次在印度让我领略了其魅力。我们的导游脸部线条柔和、轮廓分明,在印度男人中算是长得清秀好看的一类。在科技新城古尔冈一家叫作"缅甸缅甸"的素菜餐馆,我又见到了一位中等身材、皮肤黝黑的帅哥服务员。

在入住印度著名五星级饭店LEELA饭店时,因为上网问题打电话询问,发现总机和客房服务部总是无人接听。好不容易有人接听后,又听不懂他们的卷舌英语,最后他们派人到房间来指导我上网。没想到上来的是一位印度美男,他高高的个子,棕色的皮肤,标致的五官,笔挺的西服领带,举止彬彬有礼,笑容可掬,我本来不爽的心情一下子疏解了。五分钟后,上网问题就解决了。

作者在饭店餐厅与印度美男服务员

第二天，吃早餐时，我拿着盘子在偌大的大厅里兜兜转转找心仪的食物。来到煎鸡蛋摊位前，我忽然看到一个身材高大的印度美男。他白皮肤，黑卷发，身穿黑色西服，说话时眼睛里含着笑意。据说白皮肤的印度人是欧洲人的混血后裔，在印度人等级中是身份最高的一种。他是煎蛋摊位领班，负责登记客人的桌子号码以便随后送煎蛋。我登记了桌子号后回到位子上，对朋友说待会儿会有一个美男来送煎蛋。结果是他派的下面当差的送来的，心有不甘的我又去找他，问他在哪儿能找到吃酸奶的小勺子。他几乎跑遍了整个餐厅为我找到一只，我问了他的名字并与他合影。不一会儿，我在餐厅里又看见一个显然是餐厅经理模样的美男。他年龄稍长，棕色皮肤，身材伟岸，更加有成熟男人的气质和风范，正一脸严肃地巡视着工作。

当晚观看宝莱坞歌舞演出时，男主角又是一位高大俊逸的美男，他身形矫健，长相超凡脱俗，表演活力四射，他是一位有魅力的美男。还有美男网球教练卡瓦奇，三十来岁长着一张俊俏的尖脸，打得一手好球。

感觉在印度一不小心就会撞到一个美男，他们的共同特点是身材高大，非常有型，或俊朗或漂亮，他们彬彬有礼、和蔼可亲，十分专注敬业，令我印象深刻。印度之行我没有看到传说中的印度美女，却看到了如此之多的印度美男，也是意外的惊喜和收获。

访贾玛清真寺

贾玛清真寺是莫卧儿王朝的沙·贾汗皇帝于 1650 年下令建造的，与沙特阿拉伯的麦加大清真寺、埃及开罗的爱资哈尔大清真寺并称为世界三大清真寺。每逢节日和礼拜日，这里会举行仪式，虔诚的穆斯林会赶来参加仪式，诵读《古兰经》。这里最多可容纳两万人，平日里也有很多信徒来这里祷告。

这天依然是骄阳似火，我和朋友十二点半抵达这里时，被告知已经关门，让两点钟再来。于是，我们步行去了不远处的月光市场。当我们乘突突车再次来到时，门口一个青年男子把我们拦了下来说要收费三百卢比，可是我们知道这里明明是免费的。我们指着旁边走过的印度人问这个青年男子，他们怎么没要票，这个青年男子告诉我们，不买票的从 2 号门进入。

于是我们转身向他说的 2 号门方向走去，回头看看他只觉得好奇怪啊，在别的景区从未碰到这种情况。十几分钟后我们走到 2 号门，正要走进大门，一位老者拦住我们，对着旁边一个男青年指指我们说了些话，男青年立刻拦住我们说要收费三百卢比。我们指着旁边走进去的印度人说这里是免费的，他说对他们免费，对你们要收费，意思是说对外国人要收费。我们环顾四周，这里根本就没有售票处，也没有任何管理人员。这时候在 1 号门拦住我们的那个小青年也过来跟他们说话，我们才明白这帮人是一伙的。我猜他们就是当地的小混混，在这里占地为王、非法敛财。

作者（左）与朋友在贾玛清真寺

朋友很气愤，决定不进去了，可是我大老远地从北京跑来，即便花几个冤枉钱也要进去看看。于是朋友在外面等我，我给了他们三百卢比，走到旁边去脱掉鞋子，因为进入所有的清真寺都要脱鞋。正在这时，一对欧美男女过来，被他们拦住要他们付门票并且买拖鞋。那女的说我不用买拖鞋，光着脚就可以了。他们非要她买，她索性带着男友转身走了。

在清真寺大门外，那位老者给我罩上了一条花色长围巾，因为我当天穿的上衣有点儿露肩膀。我光着脚走进清真寺，地面滚烫，我被烫得跳着脚一路小跑。地上虽然铺着几条长毡子，但是并不通向清真寺的正殿，只在院子里转。我踏着滚烫的地面一路踮着脚连蹦带跳地跑到正殿，感觉脚底板表皮快被烫熟了。

清真寺里面是一个很大的方形广场，三面是用印度特有的红砂石建筑的围墙，边长大约八十米，墙体由一个个通透的拱形门洞相连，三面各有三座宏伟、气派的大门，在四个墙角处建有四座二层塔楼。另一面则是清真寺大殿，它是一座敞开式凸字形建筑，由红砂石和密集镶嵌的白石构成，两边分别建有一座尖塔。寺顶有三个白色大理石穹形圆顶，两个尖塔与白色的伊斯兰穹顶在阳光下闪耀着光芒。整个清真寺显得颇为气势壮观，同时有种肃静、清雅的氛围。身处这样的氛围令人肃然起敬，内心不由得也虔诚起来。

贾玛清真寺内

寺内的广场中间有一个方形水池，很多人坐在水池边洗脚休息。正殿是敞开式的大殿，南北通透，地上铺了长长的地毯。男男女女们都光着脚，有的站着，有的跪着，他们都在面朝着同一面墙默默地祷告，靠外面一点儿有一群群的男女坐在阴凉处的地上，像是在休息。

我不太确定是否能拍照，拿着相机比划着看看是否有人出来制止我，见没人理睬我就大着胆子拍照。忽然有人从背后拍了我一下，吓了我一跳，回头一看，只见身后站着三个青年男子，他们要求跟我合影。我这才舒了口气，跟他们合影后马上又过来几个要拍照的，之后就停不下来了，全是年轻男子。有一个在拍照的一刹那还顺势把手放在我的肩上，令我心里感到很不爽。应付完了我立即转身走人，不敢再多停留。

游览结束，我来到外面看到坐在椅子上等我的朋友，旁边坐着那位在入口处拦住我们的男子。她看起来气鼓鼓的，看我出来了，马上站起来拉着我就走。我一边走一边问怎么了，她说那两个男子一直近距离肆无忌惮地盯着她看。当她瞪向他们时，他们又去看她的手机。

不一会儿，其中一个过来坐在她旁边，摆弄她的手包。她又瞪向他，他假装没看见。如此这般，把她气得不轻。"他们怎么能这样肆无忌惮地盯着人看呢？还竟敢玩我的包，厚颜无耻，讨厌！"

访胡马雍陵

胡马雍陵建于1570年，是莫卧儿王朝第二代皇帝胡马雍皇帝之陵，是一座混合红色砂岩和黑、白大理石的建筑。据说它是印度的第一座庭院式陵墓，1993年被列入世界遗产名录。

然而这里门庭冷落，鲜有游人光顾。陵墓显现出残破失修的惨景，陵墓的门楼是一个八角形的楼阁式建筑，表面用大理石和红砂石镶嵌的图案已经陈旧斑驳。进入陵区，四周带有拱形门洞的红砂石围墙，墙皮和油漆已经脱落，令人失望和惋惜。再往里走，便看到一座巨大的带有喷泉水池的前庭花园，水池是干的，陵墓坐落在花园中央。

我惊讶地看到这座陵墓居然与泰姬陵建筑形制非常相似，只是泰姬陵通体是用白色大理石建成，而胡马雍陵则是用红砂石构筑。陵墓主体顶部是一个白色大理石的半圆形穹顶，寝宫正中摆放着胡马雍和皇后的石棺，两侧宫室有莫卧儿王朝五位帝王的墓冢。整体建筑群规模宏大,四周环绕着红砂石围墙,艺术水平高超,不愧为世界文化遗产中的瑰宝。

作者在胡马雍陵

庭院中景色优美而幽静、芳草如茵,棕榈和柏树布满园林,纵横成行,给人一种超越现实的美好、明丽的感觉。

此时,陵园内除了我和朋友之外,没有其他游客。我在一条石凳上坐下来,远远地望着,久久不愿离去。置身其中,我感到隐隐地有一种无形的力量,使我灵魂净化、身心肃穆而凝重。

在印度出行

在德里的大街上很少见到奔驰、宝马、奥迪等欧美车,而小型的日本铃木在街上非常常见。出租车大部分都没有空调,而德里夏季的气温常常在四十摄氏度以上。

女友告诉我在德里的大街上打不到出租车,而且也不安全,还是打电话叫车稳妥,为了安全起见,我们只选她常用的出租车。

德里市区也有地铁和公交车,曾经在电视新闻里看过很多印度公交车到站不停,人们在行驶的车上跳上跳下的情景,使得我们不敢轻易尝试。德里的地铁是分男女车厢的,据说一次男车厢满员了,几位男乘客来到女车厢里,被女乘客一顿拳脚撵了出去。在德里市区的大街上看到的地铁站,标志不明显。

作者在古伯特高塔

在印度出行，除了公交车、地铁、出租车外，还有一种车，就是在德里路面上随处可见的黄色电力突突车，有可以坐两三人的，也有大点儿的可以坐五六人，甚至看到过一辆车上挤坐了七八个身穿干净校服的女学生。在旅游景区脚踏车也时常可见。无论人力的还是电动的，他们都像是敢死队的，急行慢走、加塞儿抢行、闯红灯逆行，没有他们不敢的。对于乘客而言那才叫惊心动魄，不得不佩服的是他们的高超车技，在车水马龙、摩肩接踵的闹市，眼见他们一次次地化险为夷，一次次擦边而过。一次，我们乘坐的突突车在著名的香料集市月光市场的一条小巷里行驶，来来往往的车辆、行人拥挤不堪，而我们的突突车就在其中左右突击地一路向前，丝毫也不减速，只听得喇叭声、吆喝声此起彼伏、不绝于耳。眼看着车子冲向左前方一位年轻爸爸拉着的一个两三岁男童，我惊叫着"看孩子"。话音未落，只见那爸爸一把将孩子扯向一边。与此同时，车头一偏躲了过去。亏得司机眼疾手快，这种刹那间的惊险一路都是。至于价格，对外国人的收费是印度本地人的三倍左右，十来分钟的路程，对本地人收费四五十卢比，而对外国人则收一百五至二百卢比。

著名的香料集市——月光市场

月光市场是印度最著名的香料市场，除了香料，还有很多其他商品。特别是受外国女游客欢迎的印度纱丽，不仅外国人慕名前来，就连本地人也来这里选购。

这天仍然是四十三摄氏度的高温，月光市场里车水马龙、人头攒动、摩肩接踵，商品集各种香料之大全，还有各种干果、坚果。整个市场里，街道两旁的楼房全都破败不堪。电线电缆贴着房子在空中互相交错地打着捆儿。男人女人们头顶着体积庞大的箱子行李或货物穿行于市，每个商铺的店员都在兜售商品。一路走下来，我不得不随时应付每一个不厌其烦地推销的人，开始时还回应着说"No"，到后来懒得说了，只是摆摆手。

不宽阔的道路上各种车辆行人齐聚一路，汽车、摩托车、电动车、突突车、人力车，甚至还有马车，各种喇叭声不绝于耳。狭窄的人行道上往来的人们拥挤不堪，流浪狗随处卧倒在地休息或睡觉，一不小心就会踩在一条狗的身上。

　　来印度十来天从未下过一场雨，每天都烈日高照。在这样燥热的天气里外出，嗓子很快就要干燥冒火了，必须随时补充水分。市场里随处有卖各种鲜榨果汁的摊子，芒果、柠檬等都是热带水果，但是看着摊子上黑糊糊的各种器具，无论怎样鲜美的果汁我们也不敢品尝。可是本地人可不在乎，他们随时随地买来喝。另外还有小吃摊子，也是哪儿哪儿都黑糊糊的。本地人真的是不断地从摊子买东西，一直在吃啊喝啊，而我们每次都是自带瓶装水、自带干粮。我这次印度之行没有拉肚子，相比到印度旅行闹肚子，甚至闹到医院去的朋友们，真算是空前的胜利啊！

网球教练卡瓦奇

　　四月下旬到印度旅游，无论如何都是一个错误的时间。所有的旅游手册上都告诫游客尽量避免在三月至六月到印度，典型的热带季风性气候使这里每天的气温都在四十摄氏度以上，少雨、干燥、炎热。然而既来之，则安之，该看的看，该玩的玩，尤其是无论如何也要打一场畅快淋漓的网球。在打网球的时候，我认识了网球教练卡瓦奇。

　　他三十来岁，结实的中等身材，肤色黝黑，一张尖脸上带有典型的印度男人的五官特征，却更加俊俏，与其他两位印度网球教练一起被美国大使馆聘用。他的工作就是整天待在球场，负责陪练、教学以及场地维护。他除了持有印度网球教练资格证书外，还专程去希腊、捷克和塞浦路斯考取了当地的网球教练证书，因为他梦想着有朝一日由贵人引荐去美国或欧洲国家当网球教练，这样他就能离开印度了，而这些欧洲国家的网球教练证书是必备的。

　　这并不是痴人说梦，此前已经有人走出了这条"通天"的路。欧洲某国大使馆大使夫人，六十岁时参加了德里的一个瑜伽俱乐部，师从一位男瑜伽教练。因为教练指导有方，这位大使夫人两年后就能够做出双盘的高难度动作，并且瑜伽技艺突飞猛进。回国后，她把这位印度教练介绍到本国一所瑜伽俱乐部当教练。于是这位印度教练鲤鱼跃龙门，像三级跳一样跳到欧洲国家生活了。

这并非个案，其他教练有去欧美的，也有去日本的，这些"励志"故事令普通印度人艳羡。

凯蔻的丈夫在驻印度的美国大使馆任期不久将到期，届时凯蔻全家将迁回美国，她已经明确表示届时会向当地网球俱乐部推荐他。对卡瓦奇来说，有朝一日能去国外特别是欧美国家生活，是梦寐以求的。他期盼着那一天的到来，因此平日里陪凯蔻打球，他也是格外尽心尽力服务。我们到球场时，卡瓦奇正在给一个使馆家属——一个十几岁的女孩上课，之后我们一起打了一场双打比赛，他打得的确很好。

我惊奇地发现，球场还聘用了球童，只是并不是儿童，而是一个二十来岁的成年人。当我们打比赛时，他双手背后站立在球网一侧候着，当球落地成为死球后他就跑过去把球捡回来，就像正式比赛中的球童那样。被人呼来唤去，然而他似乎并不在乎。

打球结束后，教练得到了每小时一千卢比的报酬。球童也应得一点儿小费，凯蔻说行价是一百卢比。我走过去递给他并谢了他，他黑黑的脸上总是泛着一种涉世未深的无辜表情。

新兴工业城区古尔冈

德里西南部的哈里亚纳邦城市古尔冈，距新德里只有三十多千米，是一个新发展的工业区，有橡胶制品、光学仪器、陶器、量具、汽车配件等工业，特别是 IT 业比较发达。在这里有一个像北京的三里屯那样餐饮娱乐集中的区域，这里的人们也很时尚新潮，在这里可以看到许多青年职业女性与她们的同事或好友一起外出吃饭或娱乐。

古尔冈市中心有一条街，餐馆、酒吧、咖啡厅、冰激凌店林立，周围是许多写字楼，各个外国知名品牌进驻其中，远远地可以看到德国汉莎航空公司的霓虹灯广告牌。我们来这里时正是晚餐时间，路上行走的全部是青年男女，其中大部分是在附近写字楼里上班的白领金领。

二、造访锡克教寺庙

在逛月光集市的时候，忽然看到人们纷纷脱鞋进入一处地方，我来到门口向里张望，看到有人在祭拜，心想这一定是什么寺庙。我很好奇，向看门人问过可以进入，便脱下了鞋，小心翼翼地走上高台阶，看看他们在做什么。

这是一个灰白色大理石建筑，大厅呈长方形，地上巨大的红色地毯覆盖了整个地面，前方有一个大理石砌成的神坛，神坛上是一个金灿灿的穹顶阁，在它的右边，一排白衣妇女正坐在一处高台上吟唱，一个白衣黄包头男人在打手鼓伴奏，所有的人都朝向神坛跪拜。大厅顶棚中间位置的吊灯异常华丽，映照着神坛上金色的穹顶阁，一片辉煌。

看到这里的男人无一例外地都带着包头，想必这里一定是锡克教寺庙，我还从未踏足过锡克教寺庙，这让我很兴奋。锡克教男人必须戴包头，锡克教的戒律之一是禁止男人剪发，他们从出生就蓄发，并用布包裹在头上，一生如此。

锡克教徒即使参军也都带着包头打仗。2012年12月11日在英国伦敦，一名二十五岁的锡克教士兵获准首次进入英国皇家卫队，成为其史上第一个包头巾士兵，打破了皇家卫队传承了几个世纪的着装造型。传统人士认为，包头巾士兵出现在观光客和旁观者眼中，使得整个皇家卫队显得很可笑。不过这名锡克教士兵训练非常刻苦勤奋，经常参加举重和拳击运动，甚至为了保持身材而节食，尽管有人反对，他还是凭借自己的努力入选了皇家卫队表演阵容。

锡克教徒自尊心强、倔强高傲、不苟言笑、缺少幽默感。刚到印度时，接我从机场到住处的司机就是一名锡克教徒，离开印度时又是这名司机送我去机场。全程半小时里，他一句话不说，一丝不苟地开车。而我曾乘坐的人力黄包车，司机一边骑车一边不停地回过头来跟我说话套近乎，他不是锡克教徒，果然差别很大。

锡克教的清规戒律很多，包括禁止饮酒、吸毒、杀生献祭、通奸、偷盗、吹牛说谎，严禁做乞丐、瑜伽士、独身者、修行者和隐士。锡克教认为乞丐是依附在社会躯体上的毒瘤，早应该铲除。所以，乞丐们都害怕锡克人，从不向他们伸手要钱。锡克人不允许看见教友落魄而不闻不问。倘若一家锡克人遭遇天灾人祸而倾家荡产，周围的锡克人无论是否与这家人相识，都会伸手相助，绝不会眼看着他们沦为乞丐。锡克人认为主动把钱送给"自己人"不算施舍，而是朋友间的互相帮助。在他们的宗教圣地、位于印度北方阿姆利则城中的金寺，随处可以看到生活贫困的锡克人在享受寺里免费提供的素食。据说在锡克教神庙，每当中午时分会发免费食品。

环视四周，我是这里唯一的外国人。再低头看看自己今天穿的一条半身长裙盖住了小腿，上身是无袖衫，在进入神庙前我拿出事先特地准备的长袖外套穿上，所以我的衣着没问题，但是总觉得有些来自周围的眼光有点儿怪怪的，也不知是否只是自己的错觉，所以我战战兢兢、小心翼翼地挪步，生怕无意中做错了什么引来众怒，刚才进来后还特地跑回去问了看门人说可以照相，但总是怕怕的，拍一张照就看看周围有什么反应，就好像自己在做什么亏心事似的。

我悄声地缓步向圣坛靠近，看到在神坛背面有十几个人在排队，他们手里都拿着面值不等的大钞票，在等着被一个白衣黄包头的男人接见，当他们走近他时会把手中的钞票递给他，这男人会跟每个人说些话并用手摸他们的头，他们都显得很虔诚、很感激的样子，然后他们会被允许进入神坛下面位于地下的一个玻璃房子，显然其他人是不被允许进去的，里面金光闪闪、布置了很多亮晶晶的东西，因为不敢在这里停留没有看清是些什么东西。

这些是我第一次看到的锡克教寺庙中的景象。

三、观看宝莱坞演出

说到印度宝莱坞，就会想起二十世纪七八十年代看过的印度电影《流浪者》《大篷车》等，其载歌载舞的形式令当时的我们耳目一新，非常喜爱。近年来看得多了，有些审美疲劳。无论如何，宝莱坞业已成为印度的一张美丽名片。

而今，印度的电影明星在世界名流圈子里风头日盛，一些好莱坞明星也开始去宝莱坞发展。印度豪门子弟迎娶曾出演过宝莱坞电影的新娘时，邀请了英国女王伊丽莎白二世、美国前总统克林顿夫妇、美国超级名模纳奥米·坎贝尔、美国当红歌星"吹牛老爹"、美国前总统约翰·肯尼迪的女儿杰姬·肯尼迪以及数度出演007系列影片的英国著名影星罗杰·摩尔。

宝莱坞渐渐崛起，但是我们对其并不很了解。这次来印度旅游，我也专程前往位于新德里的宝莱坞剧场，观看了一场史诗级的宝莱坞歌舞剧——《吉卜赛王子》。

来到新德里附近的宝莱坞剧场，我就看到一座用印度特有的红砂石建造的华丽建筑。当时正是傍晚时分，这座印度风格建筑在灯光的点缀和映衬下，显现出梦幻般的意境。两头巨象在大门口扬起长鼻，像是在欢迎宾客的到来。

进门后才发现里面别有洞天。在蓝天白云的顶棚之下，是一个封闭的微型餐饮街，街道两旁是各色餐馆酒吧，中间摆满了供人们就座的桌椅。

印度风格的建筑，拉贾斯坦的拉奇普特式飘窗，以及泰米尔式的尖顶飞檐，高大的墙壁上是莲花佛陀和印度教前身婆罗门教中的大神帝释天的巨幅壁画；佛教中的涅槃佛雕像，印度教的湿婆浮雕，还有众多浓墨重彩的壁画和宗教内容的浮雕，这一切使这里显示出浓厚的印度色彩，而蓝天白云顶棚的设计，恰到好处地使整个街区都展现出印度风情。

在演出开始之前，广播中告诫观众不允许拍照和录像，违反者会被立即请出剧场。歌舞剧《吉卜赛王子》讲述了一个落寞王子复仇的传奇故事。国王、王后遭奸佞杀害，皇宫被血洗，襁褓中的小王子被忠仆暗地里带出了皇宫，交给了一户吉卜赛人家。王子跟随流浪的吉卜赛人的大篷车长大，长成一个高大威猛、充满野性又浪漫风流的汉子，与一个泼辣的吉卜赛女郎青梅竹马、两小无猜，后遇到一位部落酋长的公主，与她坠入情网。王子偶然得知自己的身世后开始复仇，最终杀回皇宫登上王位。

第三章 走进印度

作者（左）与朋友一起观看宝莱坞演出

歌舞剧的音乐和歌唱不是现场的，而是配的录音，全部是印度语对白，没有英文字幕，所以对外国游客来说只能了解大概剧情。编排、舞美、灯光以及演员的表演都很不错，有点儿出乎意料。

我最欣赏饰演部落酋长公主的女主角，她人长得美，表演传神、细致入微、有说服力。男主角则让我意外，他的外形相当出众，魁梧高大的身躯，结实的肌肉，长相超凡脱俗，整个人在舞台上活力四射、魅力超群。

舞剧运用了声光电渲染和突出了舞美效果，并采用了高空飞人技术，女主角就是乘着剧场上方的秋千，在优美的音乐和歌声中出场的。剧中穿插了男女主角高空荡秋千的场景，借以表达双方互相倾诉爱慕之情，缠绵缱绻，配着美妙的歌声和灯光，极尽渲染，营造了梦幻般的意境，给人以美的享受。

歌舞剧《吉卜赛王子》自2012年推出后风靡印度，作为宝莱坞的保留节目，每晚在宝莱坞剧场演出，已经成了一个品牌。

四、印度女性

印度，作为一个东方文明古国而闻名于世。然而，女性在社会和家庭中的卑微地位，在过去的几百年甚至上千年中却没有得到根本改变。这种被广泛接受和认同的文化习俗，依然维系着印度社会在相对和谐的秩序中向前发展。

家庭中的印度女性

在印度家庭中，阶层分明，权力分明。所有家庭成员都接受上层阶层的管理，最年长的男性是家庭首领，而他的妻子则负责监管他的女儿们，其中最年轻的女性权力最小。家庭首领负责满足其他家庭成员的需求，家庭忠诚是一种根深蒂固的信念，强调家庭团结，特别是与血缘关系之外的家庭团结。在家庭内部，强调夫妻之间、父母和子女之间的关系，以增强家庭和睦的意识。而夫妻间公开的感情表露被认为是非常不恰当的。

传统上，男性控制着家庭的主要资源，如土地、房产或企业，特别是在高种姓群体中。传统的印度教法律规定，女性不能继承房地产，她们只能受惠于那些控制土地和房产的男性亲属。女性可以拥有贵重的珠宝财产。而穆斯林传统法律规定，女性可以继承遗产，但其份额通常比男性少。现代立法允许所有印度女性继承房地产。

印度女性结婚后要和公婆住在一起，遵守婆婆制定的种种规则，服从年长亲戚的权威，做家务、服侍丈夫、生育子女，特别要生儿子来巩固家庭关系。印度家庭生活的一个重要方面是妇女佩戴面纱，避免公开露面，特别是在婆家亲戚面前以及在陌生男人面前。女性应该在男人面前用朴素的衣服和面纱遮掩身体甚至她们的脸，只在有男性陪同时才可以在公共场所走动。理想的情况是，她的丈夫会体贴地对待她，认同她对家庭的贡献，并允许她继续与娘家的亲戚来往。

一个女人在丈夫死亡后不幸守寡，阶层低的寡妇可以被允许再婚，但高阶层的寡妇则会保持贞洁，守寡直到生命终结。

职场中的印度女性

在印度，女性参加工作的比例只有区区百分之二十四，但这并非因为女性不想出去工作。据印度最新调查数据显示，超过三分之一的家庭主妇希望有份工作，而在乡村地区高文化水平女性中有一半希望工作。她们不工作的主要原因与印度的传统性别规范有关。社会传统观念普遍认为，外出工作的女性不再"纯洁"，因为她们与丈夫以外的男性接近，而"守妇道"就应该大门不出二门不迈，只在家里活动。

在德里最著名的香料市场月光市场和索娄基尼服装市场里，我看到从雇主到雇员几乎都是男性，就连卖自家蔬菜水果的摊主都是男性。他们甚至宁可让年仅七八岁的男童出来看摊儿卖水果，也不愿意让自家年长的女孩子出来抛头露面。在市场里闲逛买东西的倒是有不少女孩子。当我在街上看到穿着干净整齐校服的女学生时，很好奇地想，不知她们受了教育，将来长大后是否会出来工作呢。

在印度的高科技和金融行业，女性表现出色，金融行业最大的私营银行和公办银行的领导人都是女性。德里西南部的哈里亚纳邦城市古尔冈，是一个新兴的工业城市，特别是IT业比较发达。这里写字楼林立，外国知名品牌纷纷进驻，无数青年男女在这里工作。她们的着装也是像我们一样的西式衣裤裙子，而不像在德里的印度女性那样穿传统的纱丽。她们的行为举止看起来也跟我们没有什么不同。而在德里，很少看到青年男女在一起，人们大部分都是以家庭为单位出行的，或几个男青年或几个女青年一起。只有在胡马雍陵那样偏僻人少的景区里，我看到有一两对情侣互相依偎着倾诉着，显然他们是为着躲清静而来到这偏僻的地方的。

印度的航空领域，早先就自定为女性友好职业。如今，印度五千一百名飞行员中，女性占11.7%，全球比例才百分之三。印度政府从1980年开始实施女性教师配额制，使得教育行业成为印度城市雇用女性最多的领域。另外，政府部门中，女性职员也占有相当的比例。

在从德里回北京的飞机上，我的邻座是一位五十八岁的印度知识女性。她是去北京探望儿子的，她本人就是在德里市政府工作。她说一口流利的英语，穿的不是大部分印度中年妇女常穿的纱丽，而是跟我们一样的上衣裤子，头发也不是大部分传统印度妇女那样盘起的长发，而是卷曲的短发，显得十分利落。她的行为举止跟我们很接近，彬彬有礼。她说起话来笑意盈盈，有时候会摇头晃脑，说起两个儿子，她那骄傲自豪之情溢于言表。她还拿出一小盒像冰糖一样的糖果与我分享，这很像我的美国和欧洲朋友拿出口香糖或薄荷糖与人分享一样。我问她老公为什么没有一起来，她说老公在学习瑜伽教练课程，准备考取瑜伽教练资格。退休的他会从事无偿瑜伽教练工作，他们夫妇练习瑜伽已经很多年了。

在印度许多地方还是男女分开的。在机场安检处，是男女分开的；我们住的五星级饭店外的安检，是男女分开的；火车、地铁车厢也是分男女车厢的；在新兴工业城市古尔冈的闹市区，我看到停车场里赫然竖立着"女士停车位"的牌子。

在印度，男尊女卑由来已久，女性在社会中仍处于极其弱势的地位，这源于宗教、历史、传统、文化及社会发展现状等多方面的综合因素。

结束语

印度，这个神秘的东方古国，有着辉煌的古代文明和灿烂的文化遗产。如今，我仿佛看到其正在步履蹒跚地前行，前方的路还很长很长。

第四章
俄罗斯——美丽的国度

我对俄罗斯向往已久，作为二十世纪六十年代出生的人，俄罗斯的文学和艺术对我的青春成长和世界观形成，有着至关重要的影响。俄罗斯那些伟大的文学家和他们耳熟能详的作品，列夫·托尔斯泰、陀思妥耶夫斯基、果戈理、契诃夫、普希金、屠格涅夫、高尔基等文学巨匠，以及伟大的音乐家柴可夫斯基、肖斯塔科维奇等，深深地影响了我们这一代。而对于诞生这些文学艺术巨匠的俄罗斯，我心中自然地就产生了一种向往。随着岁月和时间的推演，这种向往也慢慢在心中发酵，变成一种情结。直到2010年4月，我满怀期待地踏上了前往俄罗斯的旅程。

机场风波

我和先生以及一位德国朋友瓦丁从德国汉诺威启程飞往莫斯科。在入关时，看到所有的窗口后面坐着的都是清一色肥胖壮健、穿蓝色制服的女边检员。这样形容她们其实一点儿也不夸大其词，她们每个人都有至少八九十公斤，苗条的也是凤毛麟角。她们的脸上显出一种趾高气扬的神态，表情里没有一丝笑容。这种氛围令我心情多少有些许紧张。

我们是由瓦丁公司邀请前来的，因此也由他们代办了返签，那是一张由俄罗斯外交部签发的签证纸，当时我们都并不知道有何不妥，但是在边检时却遇到了大麻烦。我被女边检叫到一边，她的上司也被叫来了，看来情况很不妙。两位边检和瓦丁说了半天，最后才明白，瓦丁办的返签连原件都不是，只是个复印件。原则上我必须拿着这个返签去俄罗斯驻中国大使馆申请一个正式的签注在护照上的签证，才能进入俄罗斯，而现在无论如何都不能放我入境。

我几乎不能相信自己耳朵所听到的，但却不得不承认形势确实对我很不利。看着眼前的俄罗斯边检员一脸冷漠的表情，知道不可能再有任何通融了，原路返回吧。先生为我放弃了此次行程，让我很感歉疚。我们被告知当天最后返回德国的航班已经起飞，下一个航班是明天上午十点，而且我们不能离开机场候机大厅，我们的护照被他们拿走了，第二天早上才能归还。此时才晚上七点,这一夜怎么熬啊!这夜注定要在机场大厅度过了。瓦丁无比抱歉的表情全写在脸上了,嘴里却不知说什么才好。我们安慰他一番,跟他道别后,我和先生就开始在偌大的候机大厅里找晚餐和过夜的去处。

大厅里除了有几间餐吧,就是一排排带扶手的椅子,不能躺下。当我们终于在大厅尽头找到唯一一家带长条凳的餐吧时,两人都禁不住庆幸,今晚的休息之处有着落了,但是此时大家都在用餐、喝酒,怎么好躺下呢?耗着熬着吧,折腾了一天,疲倦得很,等到了十二点以后,终于大着胆子,我们试着半躺半坐。讽刺的是,此时酒吧里竟然播放着快节奏的迪斯科音乐,震耳欲聋,那种高分贝的噪声对于迫切想要休息的我们来说太具有杀伤力了。不能理解在这深夜没几个人的机场大厅,播放这种令人狂躁的音乐是个什么道理。我们在自己的耳朵里塞满了揉成团的餐巾纸,用大衣裹住头,才勉强可以半睡半醒地休息。

到了凌晨两点,所有往来航班停止,没有了乘客,机场里终于安静了下来。酒吧也打烊了,只留一个男侍卫看守。此时他在一张长凳上合衣打盹,我们也终于可以安心地睡会儿觉了。次日上午,我们登上了飞往德国的飞机。第一次俄罗斯旅行就这样还没有开始就终结了,但是我的俄罗斯情结却丝毫没有消减。

次年重整旗鼓,在北京的俄罗斯大使馆申请了签证。这一次一点也不敢怠慢,准备好了材料,正儿八经地去大使馆请他们结结实实地把签证章盖在我的护照上,自信满满地重又登上开往莫斯科的飞机。

此时,站在边检外排队等候的我,心想这次可以扬眉吐气地通过边检了。谁知天不遂人愿,这一次竟是我先生出了问题。女边检官看着我先生的护照,再看看上面的签证,然后她指出签证上的号码与护照上的号码不一致,他被扣了下来。什么?!这是怎么回事?

原来他来俄罗斯的前一个月里,马不停蹄地在北京、上海、韩国和德国之间出差,抽不出一天时间去使馆办签证,打电话给使馆说办加急,当天就可以办好,于是在临行前两天他终于抽出时间去了俄罗斯驻中国大使馆,却被告知他护照所剩的最后一页空白页不够大,容不下一个签证贴在上面，他应该去德国大使馆申请签证加页。于是他火速赶到德国大使馆，才知道早在几年前就停办了加页，只能办理新护照，而新护照不可能当天办好，需要由德国出入境管理局签出，幸亏德国大使馆通力合作，允许他另外办一本临时护照，但要等到第二天早上才能办好。为防止意外，先生当天下午致电德国出入境管理局官员催促，以确保万无一失。第二天早八点他从德国大使馆领出新办的临时护照，又立即赶往俄罗斯大使馆在新护照上盖上了俄罗斯签证。而此时，谁也没有注意到，由于俄罗斯大使馆的疏忽，这个签证上的号码竟然用的是老护照的号。第三天我们就登上了飞往莫斯科的飞机。

此时我已经过了边检，而我先生还在里面，被带往旁边的长凳上坐下来等候，瓦丁在机场接人处正等着接我们。此时，他在给德国驻俄罗斯大使馆打电话询问。已是下午五点半了，一拨儿一拨儿的乘客下了飞机蜂拥而来，又很快从边检处走出来，拿了行李离去。大厅里又是空荡荡的，只有我和一些机场工作人员。我几次来到边检窗口边，透过玻璃向另一边张望，每次都看到我先生一个人坐在长凳上无人理睬，最后他干脆拿出一本书看起来——他一向是有定力的人。究竟能不能解决啊？我心急如焚。我试图想办法帮忙，在机场里到处找工作人员询问。但是匪夷所思的是，机场是外国游客云集之地，这里的工作人员居然几乎全部不讲英语，我一律遭到摇头拒绝。

一个看似领班的胖女人走出来回到办公室，看也不看我先生一眼，似乎把他给忘了。这么待着也不是办法，我又给先生打电话问到底怎么办啊，他说瓦丁正在外面想办法呢，等着吧。我问会不会又像上次那样不行啊，但是这次如果他们拒绝他入境，他一定要跟他们理论，是他们的错啊，我们决不能像上次那样，灰溜溜地回去了。他说放心吧，那绝不可能。

又过了半小时，看到那胖女人带了我先生来到一个边检窗口，跟那个边检人员交代了几句什么，然后转身走了。边检人员终于在我先生的护照上盖了章，随后他从边检窗口走了出来——终于解决了。当我们走出候机口，看到瓦丁正在那里焦急地等候。

入住饭店

　　瓦丁驱车载我们来到预订的饭店，登记入住时又有了麻烦。我先生拿出信用卡，对方说今天机器故障不能刷信用卡，她手指外面说："您可以在外面那台 ATM 机取现。"我们立刻去了那台 ATM 机前，却取不出钱来——机器里没钱了。然后我们被告知三层是一个商场，有几台 ATM 机。于是又去三层商场，但是三台 ATM 机没一台能取现，倒是意外地看到了一家银行，心想这下有救了。银行像一间办公室，几张办公桌分开摆放，每张桌子后都坐着一个人，并没有柜台和防弹玻璃。他们说我先生的外国信用卡在俄罗斯不能取现。没有办法，只好先向瓦丁借钱，我忍不住问他难道不能去其他饭店试一下吗，他回答说莫斯科市中心的饭店都太贵了，周围的饭店都已经订满。我们一听这话，决定还是别给朋友找麻烦吧。

　　登记入住后，我们拉着行李乘电梯到了三层。出电梯一看，哇，这么大的楼厅，空空荡荡，几乎可以做半个运动场了。再一看房间，那么狭小。有什么必要把客房挤得这么小，而把所有的空间都让给了楼厅呢？房间内，除了简单的几件基本家具之外，再无其他。同样狭小的卫生间里，各种大小水管暴露在外，房间里和楼厅里的地毯都十分陈旧，可是瓦丁明明说这个饭店以及整个大楼和商场都是新建的。真让人难以置信，价格却一点不含糊，一百欧元，在当时相当于一千元人民币。早就听闻莫斯科生活费用高昂，由此可见一斑。

　　来莫斯科的外国人，无论是旅游还是公务都必须亲自向当地警署登记备案，然后得到一张登记卡，要夹在护照中随身携带，随时有可能被检查。如果查到你没有登记或没带护照，那么你会被带到警署查验。当客人来到另一个城市时，入住的饭店会向你要上一个城市饭店的登记卡，这样一站一站地接力，每站不落。所幸这家饭店可以代为办理登记备案，省去了我们的麻烦。

　　当我们从莫斯科去了圣彼得堡，又从圣彼得堡返回莫斯科入住同一家饭店时，被要求出示在圣彼得堡饭店的登记备案表，才发现他们忘记给我们了。我们现在是遇到大麻烦了，瓦丁四处打电话找人帮忙，我们在一边等待。

此时，前台客服人员也非常热情地在往各处打电话想办法，最后商定让我们先入住，并嘱咐我们把在圣彼得堡入住饭店的警局登记表格收好，不要在任何场合出示，明天他们会补办一个新的登记表。但是直到临走那天也没见到新的登记表。好在这几天大家都在忙于过复活节，在街上和景区公园都没有被警察检查，算是躲过了麻烦。

银行神秘的铁门

一天，我们造访瓦丁的公司，这是一家德国公司派驻俄罗斯的分公司，瓦丁是总经理。公司设在莫斯科郊外的一座办公大楼里，这座大楼外表看起来很平常。一进大门，大厅里有两个极小的店铺，其中一家卖报纸、饮料、糖果、点心等，另一家是一个很小的咖啡厅，仅容一两张小桌，旁边有一个商务中心，最后是一家银行，银行占了一层大厅的大部分面积。然而进了银行，却不见柜台，也不见办公桌，只有一个接待小姐坐在角落里的一张台子后面。这个房间很大，大约八十多平方米，四周靠墙放了几张沙发。沙发上坐满了人，有的人没有座位就站在沙发旁边。屋子的四周墙壁上挂了很多不错的油画，乍一看以为这是一间展厅。屋子的一面墙壁中间有一道铁门，是关闭的。

看这情景像是这些人都在等待着铁门开启，然后叫到自己的名字再依次进去办业务。而那台子后面坐着的接待小姐可能会把来人的名字和所要办理的业务告诉铁门里的人。我出来一看，外面醒目地写着"xxx银行"的俄文。

这时候，我不禁非常好奇地想看看那扇铁门到底什么时候打开，放这些人进去。在莫斯科期间，我们两次到此，每次都得在此等人，其中一次等了四十多分钟。其间，我就一直留意观察，却还是没有看到过那扇紧闭的铁门打开，从来没看到一个人进去，每次进那大屋子看见的都是同样多的人在等候，脸上都是无奈和漠然。忍不住好奇去问瓦丁，他叹了口气说："唉，去银行办事啊，那是件再头痛不过的事情了。"然后再也没说什么。

自从来到莫斯科，我们每天都会在街上所见到的所有ATM机前尝试取现，却从未成功过。

戒备森严的办公大楼

在这座办公大楼一层大厅里，有一个接待前台，后面坐着一位年轻小姐，长得很端正。她总是一脸严肃，她旁边坐着一名保安。通往电梯和楼梯处被用铁栏杆隔起来，外人不能进入，所有在大楼里上班的人都有门禁卡，刷卡后方可进入。

我们跟着瓦丁上了电梯，来到公司所在的楼层。进了走廊，看到各个办公室的大门一律是灰色的铁门，门上有两个暗锁，走廊里一个人也没有。这儿看起来戒备森严。

俄罗斯的女人们

俄罗斯的女人们啊，让人一言难尽！在莫斯科海关边检处，我见到第一拨儿俄罗斯女性，她们大多高大健壮，一脸威严，拒人千里之外。她们虽然都身穿深蓝色制服，却无一例外地脚蹬高跟鞋。

在大街上、饭店里、餐馆内、商店里、银行里、办公楼里等一切场合所见到的俄罗斯女人，几乎无一例外地全都把自己打扮得性感迷人、艳丽时尚。年轻的女人们，尽可能打扮得性感，她们无论是在职场，还是在任何生活场景，都足蹬细跟高跟鞋。中年女人，则浓妆艳抹、花枝招展、皮草裹身。这些女人在职场、在办公楼里也是如此，绝不放过任何一个展示自身魅力的机会。

俄罗斯出美女，这是一点也不夸张的事实，她们不但长相美丽，而且个个身材姣好。在圣彼得堡大剧院观看芭蕾舞时，我看到几个女人都是身着华丽庄重的服饰。一位三十来岁的年轻母亲，领着她七八岁的女儿，她们两人都有着迷人的脸庞和长发，吸引了我的目光。年轻母亲身着绿色长裙，脚蹬皮靴，她梳得一丝不乱的、齐腰的米色长发，她美丽而柔和的脸庞，令我联想到安娜·卡列尼娜。她的女儿显然是继承了她的美丽基因，同样是美得不可方物。女孩穿一条花色连衣裙，褐色长发编成两条发辫。她们是那样美丽安详，令我印象深刻。

莫斯科印象

由于我们在莫斯科入住的饭店在城市的边缘，经常会在周围看到野狗，它们常常不是一两只，而是三五成群地在周围游荡，在垃圾中找寻食物。随着我们走访的范围覆盖到更大的区域，我也对莫斯科这座城市建立起了一个整体的印象。

在莫斯科各处可以见到规模宏大的大楼，尤其是政府部门，那种中间一个高高的尖塔、两边对称展开的建筑，是苏联时期标志性建筑设计，就连一些新建的高档住宅楼也有设计成这样的。

莫斯科市内很多街道极少有餐馆、超市、咖啡厅、酒吧、洗衣店、理发店，以及其他方便生活的小商店，更无商业广告和霓虹灯。马路上行驶着老旧公共汽车，一到夜晚，除了昏黄的路灯，街道上一片黑暗。

来到莫斯科，一定要去看闻名遐迩的红场和克里姆林宫。克里姆林宫位于莫斯科市中心，主体建筑建于十四世纪，曾是俄罗斯历代沙皇的宫殿，周围是红场和教堂广场等一组规模宏大、设计精美的建筑群，包括几座设计非常独特的宗教建筑，如天使报信教堂、死亡大教堂、天使长大教堂、圣母诞生教堂和伊凡·维利基钟楼。这些教堂与几座富丽堂皇的大小宫殿，以及拥有九座高度不等的高塔的圣瓦西里大教堂，组成富有浓郁的俄罗斯风情的建筑群，独特而唯美，不愧于"世界第八奇景"的美誉，被列入世界文化遗产名录。

克里姆林宫的各个宫殿内金碧辉煌、绘画精美，令人叹为观止，并且有俄国历代沙皇贵重物品陈列，纯金的王冠和权杖、叶卡捷琳娜二世的婚礼长裙、镶满宝石的马鞍和马刀等，由此可以窥见历代皇室的生活。克里姆林宫在苏联时期是全国党政机关驻地，如今仍是俄罗斯国家领导人的办公地点。

在红场的一部分区域内，有工人正在重新铺花岗岩石块，他们劳动的身影吸引了我的注意。工人们跪在地上，把一块块石头放好，然后用手把沙子填入石缝中，再用木槌敲打，让石块紧紧压住下面的沙地，铺完后还有人用更大号的木墩用力举高后使劲砸向地面，整个过程完全是原始的操作方法。

　　瓦丁告诉我，红场整个区域地面土质松软，石块不久就会松动，但因为这里是宗教上神圣的所在，不允许深挖和机械施工，所以他们每年都要这样人工修复一次。这些工人都是从南方来的，他们做这样辛苦的体力活，收入却非常微薄，但是他们很高兴。因为他们在家乡根本找不到工作，所以能来到这里，即使很辛苦，他们也会感到很幸运——能赚到些钱带回去养家糊口。此前在莫斯科郊外，也看到了工人们在清理泥浆和污物的场景，他们采用的同样是非常原始的操作方法。再看他们，什么年龄的都有，他们的皮肤都十分粗糙、黝黑，想必是常年饱经风霜、含辛茹苦的劳作所致，然而他们个个都是全神贯注地在工作着，好像他们是第一次在做这种活一样。一位工人抬起头来看了我一眼，从他帽檐下的那张面孔，我看出他大约三四十岁，脸上有很深的皱纹，他的五官极其端正，身材高大。我想象他洗净脸上的尘沙、穿上干净整洁衣服的样子，一定是一表人才。

莫斯科富人区

　　4月24日是西方复活节，这天原本计划去莫斯科特色市场，但后来得知市场因复活节关门一天，临时改变计划，去瓦丁家做客。瓦丁和妻子伊莲娜驾车来饭店接上我们，然后一起去附近的德国超市麦德龙购物。我们买了一车的食物和饮料从超市出来，看到其他人也都是推着满满一车食物出来。看来大家都是在为这个复活节做充分的准备。

　　车沿着公路向西行驶，然后驶下了公路，拐进一条小路。两边是融雪化成的脏水，高压电线和乱树丛，左边的高压电线下是一片乱岗，右边是一片矮树丛，几只野狗在游荡、晒太阳。一处垃圾站堆积了一排垃圾桶，一个男人正从垃圾桶中找东西，旁边围了一群野狗在找寻食物。伊莲娜告诉我们，在这样的环境里，别说是孩子，就是成人也会有麻烦的，所以他们不敢让孩子们自己出来，都是车接车送。

　　我们的车三拐两拐驶进了他们居住的别墅区，这里的环境与外面千差万别，像花园一般，树木成林，小路弯弯，有花坛草坪，还有漂亮的喷泉水池和人工湖，是富人居住区。伊莲娜告诉我们，这里的别墅租金是每个月几千欧元一平方米，不含管理费，而市中心高档公寓的租金是一万欧元一平方米。小区内大约有七八十栋别墅，每套基本都是二百八十平方米，靠湖一面全部是大户型，每套大约五百多平方米，设计风格为北欧和意大利式。我们的车经过发展商的别墅，那是一栋由花岗岩建成的三层小楼，大约两千多平方米，楼前有一个大型喷泉，花园草地环绕，外围由铁艺栏杆围起来，湖边是人工沙滩。

小区内的租户，绝大多数是在莫斯科工作的外国家庭。小区旁边正在盖另一个别墅区，据说是更好的别墅。瓦丁家房子后面是一座像学校那么大的三层红砖楼，那是举办派对和聚会的场所。小区内有一所英国国际学校，孩子们不用出小区就可以步行去学校上课。

复活节忆往事

在瓦丁和伊莲娜忙着准备午餐时，我与他们的两个女儿交谈，听她们弹钢琴，看大女儿跳芭蕾舞，帮她们剥橘子。他们的两个女儿都在国际学校上学。很快午餐准备好了，蔬菜沙拉、肉末凉拌粉丝胡萝卜、白煮鸡配土豆洋葱红椒、盐烤整鱼，还开了一瓶红葡萄酒。大家举杯互致复活节问候，气氛融洽。席间我问起他们夫妻是怎样认识的，他们娓娓道来。

伊莲娜出生在俄罗斯中西部的乌拉尔山脉西部一座村庄里。她的祖父母是德国人，二战前居住在俄罗斯。二战结束前德军从苏联撤退，当时很多在这里定居的德国居民也跟随着德军大部队撤回了德国。

伊莲娜的祖父母在西伯利亚生活了很多年。后来，他们被集体迁往乌拉尔山脉居住，伊莲娜就是在那里出生的。那里冬季最低气温零下五十六摄氏度，因为寒冷，她经常生病。后来他们家又迁往叶卡捷琳堡，那里气候比较温暖，她在那里生活了二十年。

三百多年前，俄国沙皇彼得大帝雄心勃勃，立志要借助西方先进技术和文化振兴野蛮落后的俄国。他派遣使团赴欧洲学习先进技术，并聘请大批欧洲技术人员到俄国工作。他大规模地实施了一系列改革措施，为了吸引先进技术人才落户俄国而采取了土地奖励政策，于是大批外国技艺在身的手工业者、军官、商人、医生和矿业工程师等涌入俄国，在离莫斯科不远的雅乌扎河畔形成了一个欧洲人的居留地。当时有几百万德国人迁往俄国和东欧各国，他们的聪明才智和勤劳不仅为他们自己创造了富足的生活，也为当地社会带来了繁荣发展，那些德国人聚集区成了当时最发达、最富裕的地区，被称为"德国村"，他们后来在俄建立了德国少数族裔自治区，在这块土地上繁衍生息。瓦丁的家族就是在这个时期移居到伏尔加格勒定居下来的。

瓦丁出生在哈萨克斯坦共和国首都阿斯塔纳市，成年之后他还在部队里当了几年兵。1989年，他们一家历经种种困难，从哈萨克斯坦共和国举家迁回德国。此时，伊莲娜也已经与家人来到了德国。在德国，他们相遇、相恋，结婚成家。

瓦丁在德国大众汽车集团工作，他被派到俄罗斯工作了很多年，后来被派驻中国宁波，负责宁波合资厂的工作。其间他爱上了中餐，特别爱吃辣，爱吃面条和饺子。在德国时，他常常为来访的我们做中式鸡汤面。在他的影响下，他的大女儿高中选修了中文。后来，他再次被派往上海。

莫斯科大火

此次俄罗斯之行，是因我先生受邀在圣彼得堡一个专业讲座上做演讲，而主办单位就是瓦丁的公司。这次讲座在一年前因为我们在莫斯科机场海关被拒绝入境而被迫推迟了一年。

我们和瓦丁以及他公司的同事一行人登上火车，从莫斯科出发去圣彼得堡。一路上，我看到树木、森林都是焦黑色的，沿途看到大片大片被烧焦的森林，大片大片的树木只剩下半截，土地是焦黑色的，地上的河水也是黑色的，这种景象绵延几十千米。我问瓦丁这里是否曾经有一场大火，瓦丁告诉我是在2010年夏季，莫斯科地区遭遇高温干旱，高达四十五摄氏度的气温以及干燥的空气引起了森林大火。大火持续了几个星期，着火范围达两千多平方千米，覆盖在地表的大片森林被大火吞噬。瓦丁说当时他们在莫斯科郊外的家，在烟雾弥漫中已经看不清十来米以外的房子了，可以想象那景象多么触目惊心。这是俄罗斯一百三十年来最严重的森林大火，造成五十三人死亡、五百多人受伤，超过两千间房屋被毁，被列为2010年全球十大灾难之一。

历史上莫斯科曾经有过多次大火。一次是在1571年，一支克里米亚鞑靼军队攻打莫斯科。他们在莫斯科外围放火，风把火引向莫斯科，因当时多数为木建筑，宫殿、房屋很快烧成一片火海，在几小时内被完全烧毁。在这个巨大的灾难中没有人能够逃脱。有人逃进石头建筑的教堂躲藏，但教堂却倒塌；有人跳进莫斯科河逃跑，但有很多人被淹死；躲藏在地下室的人因窒息而死。人们纷纷逃出城池，鞑靼人见到一个就杀死一个，刀光剑影、尸横遍野，他们屠杀了几万平民，并掠走了相当数量的平民做奴隶。

另一场大火发生在1806年。当拿破仑的法国军队进攻莫斯科时，一心想称霸欧洲的拿破仑率领六十万大军占领了莫斯科，却发现是一座空城。几天之后的夜里，莫斯科着火，风助火势，很快全城都燃烧起来。当他们想要救火时，却发现莫斯科城内所有能灭火的工具全部被破坏，甚至连个像样的水桶都找不到，法军只能眼睁睁地看着他们的大部分军用物资被漫天大火烧为灰烬。拿破仑的法国军队以及其他欧洲各国的傀儡国士兵组成的史上最庞大的军队，损失惨重，不得不仓皇撤退，沿途大批士兵冻饿而死，法军大败而归。

瓦丁公司职员众生相

阿列克塞，俄罗斯人，瓦丁公司的一名男职员，他的工资是两千欧元。他三十多岁，大学所学专业是工程学，曾在法国巴黎为法国汽车厂商雷诺工作过一年，他在瓦丁的公司工作了大半年时间。他看上去沉稳、严肃，是这个讲座的项目负责人。他随我们一起去圣彼得堡，在从莫斯科开往圣彼得堡的火车上，我们攀谈起来。他已婚，有一个女儿，住在莫斯科市郊。他的母亲跟他们一家住在一起，帮助照看女儿并买菜做饭。他父亲独自住在二百多千米以外的另一个城市，在当地教堂做修缮工作。母亲隔一段时间去那里看望父亲一次。

弗拉基米尔，瓦丁公司的另一名男职员，大约四十岁，熟练掌握德语和英语，大学所学专业是德语。他曾是某公司的总经理，后来失业，在公司负责组织讲座项目，以及与供应商谈判业务，工资三千欧元。他较精通人情世故，八面玲珑，办事老练。

娜塔莎，瓦丁公司的女职员，二十三岁，大学刚毕业，专业是德语。不同于所有俄罗斯的年轻女人，她打扮得极其朴素大方，她把一头金发剪到齐耳，一件白上衣系在黑色长裤里，不施粉黛。她的五官并不逊色，皮肤白皙，可以想象精心打扮一番后的她一定是美丽时尚的，然而她却偏偏我行我素，着实与众不同，引起了我的关注。

在此次讲座项目中，她担任翻译，负责把我先生的德语讲座翻译成俄语。三天的讲座下来，她出色地完成了任务。

我找机会与她深聊。她告诉我，她母亲多年前病逝，她是跟着父亲长大的。她父亲曾经拥有一家小工厂，几年前卖了工厂，在家享受衣食无忧的退休生活。娜塔莎高中时学习成绩优异，被保送上大学并全免学费。大学期间她学了第二外语英语，上大三时她就选择了晚间的课时，并找了一份办公室的工作，白天上班，晚上上课，虽然工资并不高，但积累了经验。在她大学毕业时，她的一位老师推荐了现在这份工作，她被录用了。她的工作是在公司举办的讲座和培训中做翻译，包括将德语翻译成俄语，以及将英语翻译成俄语。一开始公司担心她的翻译能力，仅让她负责半场，没想到她毫无问题地应对下来了。于是他们就放手让她负责全场的翻译，她的工资也从六百欧元涨到一千五百欧元。

圣彼得堡

圣彼得堡，这座三百多年前彼得大帝在涅瓦河口大兴土木建造的新都，以土地奖励政策吸引了欧洲各国的建筑师、手工艺者、艺术家前来参与建设。他引进欧洲的文化、书籍和法律，雄心勃勃地要依照文艺复兴时期的欧洲打造这座城市。如今这座城市处处充满了欧洲的文化艺术气息，意大利、法国、德国式建筑随处可见，宫殿、广场、剧院、艺术馆、教堂遍布城市的每个角落，河流就在这些美妙的建筑中巧妙地穿行，构成了令人流连忘返的美丽场景。

奇遇之旅

作者在圣彼得堡涅瓦河畔留影

　　位于涅瓦河畔的冬宫博物馆、芬兰湾南岸静谧森林中富丽堂皇的夏宫、拥有"世界最美街道之一"美誉的涅瓦大街，汇聚了各种教堂、名人故居及历史遗迹，圣彼得堡真不愧是俄罗斯乃至欧洲的浪漫之都，其魅力远胜莫斯科。她就像一位典雅的贵妇，而莫斯科则像是一位威严古板的将军，这里的人们让人觉得亲切了许多，这里饭店的工作人员讲英语，饭店设施更加现代化，气氛也更加轻松。此外还有一点，就是在圣彼得堡的银行里，我们终于取出了现金，把向瓦丁借的钱还给了他。

　　圣彼得堡的历史悠久，文化底蕴深厚，还体现在无数文学经典、艺术创作诞生于此，城市中的大小剧院便是孕育文化的摇篮。来到圣彼得堡，就一定要看看美轮美奂的剧院。得知圣彼得堡大剧院正在上演莫扎特的经典歌剧《魔笛》，我们很兴奋，与一位朋友约好当晚一起去观看。晚上六点，我们三人在饭店门口搭了一辆出租车来到大剧院，那里已经聚集了很多人。因为朋友说得一口流利的俄语，自然是由他去买票。他去了一会儿后回来说演出票已售罄，于是他买了高价黄牛票，六十欧元一张。我们拿了票进剧院坐下来后才发现这不是我们要看的剧目，而是芭蕾舞剧《罗密欧与朱丽叶》。原来这个大剧院有两个剧场，在当晚同时上演不同剧目，我们阴差阳错地买错了票。

俄罗斯剧院之华美，在小时候看到苏联电影《列宁在1918》中有过朦胧的印象，而这一次更要好好领略一番。一进到剧院内，我立刻感到金碧辉煌，从一层往上还有四层包厢，而每层却只有三四排座位，因此整个剧院内部空间形成了一个立体感很强的圆球形，最靠近舞台两侧的包厢是豪华包厢，一般为皇家坐席。剧院内的圆顶在天蓝色的底色上绘制了无数飞翔的天使，墙壁在象牙色的底色上镶嵌了无数金色雕花，使得整体呈现出金色，周边墙壁上密布的蜡烛形壁灯，把剧院内部照得金光闪耀，使剧院看上去极具古典之美。

作者在圣彼得堡广场的圣以撒大教堂前

我曾在丹麦哥本哈根歌剧院观看过丹麦芭蕾舞团演出的《罗密欧与朱丽叶》，此次观看圣彼得堡大剧院芭蕾舞团的演出，我发现两个版本的《罗密欧与朱丽叶》在场景和编舞方面都有些不同。除此之外，还有很多意外的收获，就是有机会领略圣彼得堡大剧院的华贵之美。另外，我发现台下的戏一点也不比台上的逊色，观众上座率惊人地高，几乎座无虚席。观众不分男女老幼，不说盛装出席，至少也是着装隆重。这些如云的美女并不是一般意义上的好看或者打扮入时，其中不少简直就是绝色，堪比电影明星。

有一对青年男女，两人像是在赌气。女的烫了一个大弯儿的齐肩金发，穿一条咖啡色紧身半长裙，上身是一件燕形花纹紧身衬衫，美艳得像玛丽莲·梦露。另有一位身高一米九几的绅士，穿一身深色西服，挽着一位身高一米七五以上的苗条女郎，女郎脚蹬十厘米的一双细跟高跟鞋，穿一条紧身黑色毛料短裙，裙子下摆刚好遮住臀部，露出一双细长的大腿。

一位年轻母亲穿着一条鲜艳的绿色的毛料长裙，里面套一件奶油色长袖蕾丝花边衬衣，脚蹬一双高跟皮靴，齐腰的金色长发梳得一丝不苟，垂在背后。她的手上牵着一个如天使般的小女孩，她穿了一条花色连衣裙，头上扎着一个蝴蝶结。她们很高调地在大厅里走了一圈又一圈，吸引着人们的目光。我的眼睛也追随着她们，心想她们生得这样美丽，就是理所应当地被人们欣赏的吧。我们的目光还不时地被其他美丽女性所吸引，简直就是目不暇接。

在剧院的三层有一个大厅——可以开舞会那种，这里展出剧院史上有突出贡献的人物和重要演出剧目的照片、服装、道具。在演出的中场休息时间，我们也随着观众来到这里参观，了解了圣彼得堡大剧院的发展史。

牧师瓦尔德玛

在这次圣彼得堡的讲座上，我们结识了牧师瓦尔德玛。他有着多重身份，他是出生于哈萨克斯坦共和国的德国人，苏联解体后移居德国，现在是德国一家电脑公司的营销员，同时在社区任牧师。我了解到他的祖辈从德国移民到苏联定居，我很想详细了解这些故事，经他同意我采访了他。

我问瓦尔德玛移居德国之前在苏联的生活怎么样。他想了想说："那时我有房子、有车、有工作……"他停顿了一会儿，好像是在整理思路。然后他告诉我，他1954年出生在哈萨克斯坦共和国。苏联解体时，居住在这里的德国人大部分迁回德国。而那些娶了俄罗斯女人做妻子的德国人的后代已经融入了当地社会生活，甚至都不会讲德语，所以他们中选择留下来的人相对比较多。在谈话中我隐约感觉到瓦尔德玛似乎对以往在苏联的那段生活不太愿意深入多谈，只是点到为止。

他们初到德国时，以在哈萨克斯坦共和国的房产和汽车以及存款作抵押，向银行借贷盖起了一座房子。他现在每周三天驱车五十公里去上班，负责公司在俄罗斯的营销工作，因此他经常去俄罗斯出差。妻子米斯金娜曾是苏联时期哈萨克斯坦共和国音乐学院的小提琴教师，到德国以后，她在当地音乐学院担任小提琴教师。他们从苏联搬来此地，家境本来就不算殷实，加上两人的薪资都不很高，米斯金娜除了在学校里任教，还收了几名学生在家里授课，赚些外快贴补家用。

瓦尔德玛在大门外迎接了我们。寒暄过后，我环顾四周，看到他家车库的墙上爬满的葡萄藤上结出了成熟的葡萄，他主动提议带我们参观他的花园。我正求之不得，我向来喜欢参观别人家的花园。这是一个极小的花园，房子四周都算上，面积大约不到一百平方米。院子正面有棵不大的樱桃树，几乎占据了花园三分之一的面积，树枝已触碰到房屋的墙壁和玻璃。不同于大多数德国家庭花园的是，这里没有一株花，也没有一块草坪，每一寸土地都被用来种蔬菜和水果，有黄瓜、西红柿、生菜、油麦菜、红菜头、洋葱、青椒等。房后有十几棵小果树，也都结满了果实，包括梨子、两种不同的苹果、桃子、樱桃和李子，他顺手摘了几颗桃子递给我们，自己也摘了一颗吃起来，一边说着"已经熟了"。我们也跟着吃起来，那是一种很小的桃子，却很甜。我一边吃着一边看着他的院子，这些水果和蔬菜挤在一起，在狭小的空间里竞相生长，果树占据了上层空间，下面的土壤里种植蔬菜。这些果树枝繁叶茂，硕果累累，看来主人在耕作和管理上确实下了一番功夫。当我对主人的种菜技术赞不绝口时，瓦尔德玛笑着说："待会儿我请你们吃早午餐，全是家里自产的食物，鸡蛋也是。"我问道："没有看到鸡啊！"他说："我们在不远处还有一小块地，鸡就是在那里养的，还种了些果树。"

他引着我们进了屋子并指给我们看屋内各处的布局，这房子之小以及它内部的拥挤程度，是我在德国所见之最。一层是一间客厅加餐厅，面积不到三十平方米，正面是像组合柜那种家具，中间隔开一段距离刚好放下一架钢琴。在客厅的一角，摆了一张转角长排椅和一张很小的餐桌，另一边就是厨房了。没有电视、沙发和茶几，客厅已经拥挤不堪了。这一层还有两个小卧室，一个卫生间。二层住着他的大儿子一家四口人，地下一层住着他的二儿子一家四口人。简直难以想象这么一栋小房子，竟然住了十口人。

瓦尔德玛告诉我，他大儿子已经在附近物色好了一栋房子，不日将搬出这里迁入新居。可以预见，不久的将来二儿子一家也将迁离。几十年来他们含辛茹苦、兢兢业业、勤俭持家，在瓦尔德玛即将步入六十岁的时候，生活终见起色，可以安享轻松的生活了。

客厅的餐桌上已经满满地摆好了各种食物，有三种德国早餐面包、几块自制蓝莓蛋糕、两种芝士、黄油、自制酸黄瓜、蓝莓果酱、火腿肠、咖啡和茶，除此之外竟然还有鱼子酱。这一定是俄罗斯人的早餐习俗，因为德国人早餐是不吃鱼子酱的，倒是俄罗斯人酷爱吃这个。这东西通常是很昂贵的，多产于黑海，他们喜欢抹在面包上吃，同时饮酒。怎能辜负这么丰盛新鲜的食物呢？于是我们开始边吃边谈起来。

古典之华美与雄浑威严之气质相得益彰

当我们结束了在俄罗斯两周的旅行访问，飞机降落在北京首都国际机场时，我立刻感到从未有过的安全感。当我看到机场服务人员亲切的笑容时，心里感到无比温暖，感慨万分。这里的人们、这里的一切，都让我有一种无与伦比的归属感和亲切感——还是祖国好啊！

此次，带着深深的向往和崇敬，访问了俄罗斯两个最好的城市——莫斯科和圣彼得堡，所见、所闻、所历，令人感慨、终生难忘。俄罗斯，这个世界上地域最辽阔、自然资源丰富、工业基础深厚的国家，雄踞于欧亚大陆，其古典之华美与雄浑威严气质相得益彰，令人印象深刻。

第五章 德国奇趣

多瑙河奇遇

一

2012年8月，我同来德国访问的父母哥嫂一同登上多瑙河游船，那是我期待已久的旅程。

生平第一次听说多瑙河，还是年少时看的一部罗马尼亚黑白故事片《多瑙河之波》。富有爱国情怀的船长米哈依，为了从敌人手中搞到大批军火而假扮囚犯混到船上，以及当水手的地下党人托玛、美丽而善解人意的船长妻子安娜，他们演绎了一个环环相扣、紧凑惊险、极富艺术感染力的故事，给我留下了极为深刻的印象。而贯穿全片的多瑙河，以及罗马尼亚作曲家伊万诺维奇的那首家喻户晓、耳熟能详的圆舞曲《多瑙河之波》，也深深地印在了我的脑海中。

这次终于带着年少时对电影的记忆，带着对多瑙河的向往和憧憬，我登上了凤凰公司的四星级游船阿丽娜小姐号，开启了多瑙河之旅。

多瑙河是欧洲第二大河流，发源于德国西南部黑林山，全长两千八百五十千米，是世界上流经国家最多的河流，自西向东流经奥地利、斯洛伐克、匈牙利、克罗地亚、塞尔维亚、保加利亚、罗马尼亚、摩尔多瓦、乌克兰，注入黑海。游船从德国东南部城市帕绍起航，这个只有五万人的边境城市，与奥地利毗邻，与捷克边境相距不远。在这里，多瑙河与因河和伊尔茨河交汇，而夹在这三河之间的地域成就了这座小城。

当在码头上看到长约一百三十米、宽约四十米的游船时，我们都兴奋不已，这正是我们心仪的那种规模不大却异常舒适的游船类型。

我们被船员引领到酒廊坐下，等待全体人员登船。这天天气很热，服务员送上冰镇饮料，口感酸酸的，像酸梅汁的味道。老式爵士乐曲回响在酒廊。我循声望去，前方舞台上有一位乐师在演奏，钢琴声混合着乐队奏乐背景，演奏出爵士风格的舞曲，轻松、惬意、闲适，非常迎合此时的气氛。

第五章　德国奇趣

　　游客们在音乐声中喝着冷饮,我看着一拨儿新走进来的游客入座,观察着周围的人和物,一切都新鲜而陌生。

作者在多瑙河游船上

　　游客都到齐了,大约有一百五六十人。当听到有人通过麦克风在讲话时,我们都向台上望去,只见台上站着两位高大的胖男士。正在讲话的想必是客户经理,另一位我猜一定是船长,因为他的打扮很像船长的样子。他讲的是德语,我们都以为等一会儿他会用英语再讲一遍,可是没有。他显然是介绍了船长给大家,因为忽然间大家都开始鼓掌,紧接着像船长的那位开始讲话,游客都听得很专注,时不时地哄堂大笑,显然他还挺幽默吧。船长的讲话很简短,然后他就离开了,由那位经理继续讲话,想必是介绍船上的设施、服务、餐饮以及沿途的游览信息、日程安排等,总之都是非常重要的信息。我们开始还耐心地等着,渐渐地感到我们成了局外人,环顾四周,似乎只有我们五个人跟这环境毫不相干。一会儿哥哥说反正听不懂，索性去上层甲板看看，起身走了，接着爸爸也走了，剩下我、妈妈和嫂子三人面面相觑。我们觉得他们讲完后可能会过来找我们，并给我们再讲一遍，所以我们一直等到最后。

近一小时的介绍结束后，游客都起身走了，也没见有人过来找我们。而这时客户经理被一群游客围着，像是在解答他们的问题，于是我们去了前台，一位男士接待了我们。

"有什么可以帮忙的？"他说。

谢天谢地，这船上到底还有一个会讲英文的，于是我们三个接二连三地提出了问题。我说："请问你们难道不用英文做介绍吗？我们都不懂德语，所以……"

嫂子说："你们有没有中文的介绍资料？"

对方说没有。

妈妈说："英文的也可以，总之我们需要了解情况。"

正当他被我们三人问得回答不过来时，那位经理正好出现了。我们转而向他提出了一系列问题，语气中带着不满。

我说："您刚才讲的我们一点儿都没听懂，我相信这些都是非常重要的信息，我们理应同船上的其他客人享有同等的权利……"

妈妈说："我们需要信息，需要了解所有情况。"

嫂子说："是啊，我们还需要文字资料，英文的。"

他看看我们，伸出两只手，一边手心向下做按压空气状，一边彬彬有礼地说："我们为什么不坐下来，喝杯咖啡，慢慢说呢？我再给你们介绍一遍好吗？"看见他这样，这时我也缓和下来说："那当然好，我们感激不尽。"他看着我又说："你们有什么问题都可以问我，我会尽力解答的。"

这时候爸爸和哥哥也从上层甲板回来了，我们一起再次回到酒廊，在一组大沙发上围坐下来。

"我能否问一下你们是哪个国家来的吗？"他仍然是那样礼貌而谨慎地询问。当得知我们都是中国人时，他马上用普通话说："你好！"引得大家都笑了起来，他接着说："前不久有一个五十多人的中国团在我们船上，后来船上的船员都学会了这句中文。"

"既然你们接待过中国团，那么你们是不是有中文的文字资料啊？"嫂子有些迫不及待。"十分抱歉，我们没有中文的文字资料。请允许我先说明一下，阿丽娜小姐号游船是专门接待德国游客的游船，因此所有的服务项目、文字资料、录像和广播资料等都是德文的，包括沿途城市的导游解说和介绍资料都是德文的。我很抱歉，我们没有办法在一条船上提供双语解说。"他不卑不亢地说了这许多，直到此时我们才知道竟误打误撞地上了专门接待德国游客的游船，难怪人家只讲德语不讲英文呢。

"你们对那个中国团是怎么接待的呢？"妈妈问道。

他早有准备似的有条不紊地说："那个中国团，他们有自己的领队和导游负责翻译和准备中文资料。除此之外，我们船上偶尔也会有其他语系的小团体，都是他们自带翻译的。"

听到这儿，我们都有点儿泄气。我说："请问您的大名？"

"帕托克，请问您的名字呢？"

我报了名字。我们互相握了手之后，我说："帕托克先生，这是我的家人，我的父母哥嫂都是第一次来德国，我们全家都对深入了解德国及欧洲的历史文化和人文地理有着非常浓厚的兴趣，因此我们选择了这条船，原本以为这是接待国际游客的，会有英语服务，听您刚才的介绍，我们了解了在船上的解说是没有英语的。那么请问在沿途各个游览城市的导游，他们是不是应该说英语呢？"

他很耐心地听完了我的话之后说："坦白地说，这些导游中可能会有说英语的，但是我不能向你保证什么，他们将要解说的语言仍然是德语，而且他们不能提供双语解说，这是我刚才说过的，我们不提供双语服务，我们没有做这个准备。不过我现在倒是可以试着跟沿途各城市打个招呼，希望他们尽可能地安排能讲英语的导游，这样他们至少可以在给客人讲完后，把主要的内容简明扼要地给你们介绍一下。不过说实话，这个团在各地的导游很可能已经事先安排好了，我只能试一试，但是不能向你们保证什么。"

听了他这话，我们感觉似乎还有最后一点点希望，我们对他谢了又谢。他说："你们在船上期间有什么需要，或是有什么问题，服务员解决不了的，尽可以找我，我会尽可能帮你们解决的。"他说这番话时完全是一种职业的口吻，礼貌周到、滴水不漏，他还承诺会安排每天晚上将第二天的行程用英语打印出来送到我们的房间。我们尽管十分地失望，可也只能接受这个现实了。

在我们谈话的时候，游船已驶离了码头，在平静的河面上徐徐前行。此时大家都走上甲板，观赏两岸风光。正是夕阳西下，多瑙河在这一段河面比较狭窄，河道蜿蜒曲折，在绚烂的霞光里，映入眼帘的是两岸的旖旎风光和沿岸居民的日常生活场景，漂亮的房子错落有致地分布在绿茵上，围绕着房子的是色彩鲜艳的花朵。房子外面，主人在花园里忙碌，有人刚刚走出家门，骑上自行车外出。乡间小路上有几辆汽车在林间穿行，更远处是金黄色和翠绿色相间的田野，依稀可见黄牛在草地上吃草，马儿在马场里走来走去。在岸边游泳戏水的人们向我们招手，游艇、摩托艇不时地从船的两舷快速驶过，载着身穿泳裤或比基尼的青年男女。山崖上的城堡、宫殿、教堂、修道院、葡萄园以及城镇乡村，移步异景、风景如画、美不胜收，宛如一幅幅田园风景画卷在眼前缓缓展开。如诗如画的景象，沿岸居民的生活场景一幕幕映现在眼前，生动活现，好似一部永不完结的电影。

二

没费什么周折就找到了我的房间，放下行李后的第一件事就是找到最近的逃生通道，记住它的位置，然后回到房间开箱将衣物放好，把护照和贵重物品锁进保险箱。一切就绪后，我们就开始熟悉船上的设施。最上一层是甲板，大约长一百二十米、宽四十米，设有桌椅和躺椅，位于中间的部分有遮阳帐篷。船头是船长室，船尾是一个直径五米、齐膝深的迷你泳池。挨着泳池的是一个小型高尔夫球场，备有球杆，游客可以随意挥几杆而无须付费。再过去是一个小型游戏场，地上画着规则的图形，可我们并不懂这游戏。下一层是大堂，前台接待和经理室都设在这里，两边是档次较高的上层客房，每间客房都设有大型玻璃窗和阳台，躺在床上就可以看到岸上的景色。再下一层是下层客房，因为房间在水平面之下，所以只有一个长方形的窗户在墙面的上部，基本上看不到岸上的景色。在这一层的中间位置设有一个桑拿室和一个微型健身房。

晚餐时间到了，船上有两个餐厅供应晚餐，一个是自助餐，一个是零点。零点餐厅需要提前一天订位，所以我们选择了自助餐。因为来得早，我们选了一张靠窗的六人桌，整个餐厅都是大落地窗，客人可以一边就餐，一边观赏两岸风光。汤是奶油蘑菇浓汤和牛肉蔬菜汤，主菜是烤猪里脊、炸鳕鱼、奶油南瓜鸡肉、猪肉西兰花、芝士烤土豆，有五六个冷菜沙拉，配几种面包、火腿和芝士，水果是西瓜、伊丽莎白瓜、蜜瓜、葡萄等水果，甜点是提拉米苏和巧克力布丁——好丰盛啊！

船上的一日三餐都是自助餐，菜品全部是精致菜肴，每天变换菜式口味。此外每天下午四点，在酒廊有下午茶点，供应免费的咖啡、茶和蛋糕，有时有冰激凌。晚上十点半以后，在餐厅还备有小吃，对于早起的人们，每天早六点至七点开早餐之前，在酒廊有点心供应，真是贴心又周到，不愧为四星级游船。

晚餐过后，人们都来到上层甲板坐下来，边欣赏两岸风景边品酒。在暮色黄昏中，多瑙河静静地流淌，波光粼粼，显得格外温柔浪漫。微风拂面，一弯新月在天际显现，另一边夕阳如晖，几架飞机从高空划过，留下几条长长的彩云，景色如诗如画。多瑙河是浪漫之河，多少诗人、作曲家为其歌唱。此时从酒廊飘来阵阵音乐声，那是奥地利著名作曲家小约翰·施特劳斯的圆舞曲——《蓝色多瑙河》，那华丽、优美的旋律在夜空中回荡。

三

船上每日的生活是有一定规律的，船每天两次靠岸，游客们下船游览两三个小时。回来时，服务员用托盘端着冰镇果汁等候在大堂，暑热口渴的游客们拿起果汁一饮而尽。游船起航继续前行。那些腿脚不便的老年人索性不下船，因此每日三餐和茶点自然成为船上生活的重点，船上准备的每一餐都是丰盛而精致的。游客们除了早餐不喝酒，中餐、晚餐必定饮酒。除此以外，还有下午和晚间，客人们可以随时随地点酒水，因此船上酒的消费量惊人，给船舶公司带来丰厚的利润。午餐期间，男人们有的喝啤酒，有的喝葡萄酒，而女人们大都喝葡萄酒。晚餐时，大多数人喝葡萄酒，而且不止一杯。在吃过一顿丰盛的大餐后，他们常常还要再点冰激凌，然后再喝咖啡。

一般在午餐之后，游客们喜欢来到上层甲板，许多人喜欢换上泳装或比基尼，躺在太阳底下睡大觉，把自己一通暴晒；睡醒了，动也不动，原地点饮料、冰激凌、鸡尾酒。到了四点钟下午茶时间，大家来到酒廊，随意吃蛋糕、喝茶和咖啡。有时候是冰激凌派对，三种冰激凌搭配不同的维夫饼干，淋在冰激凌上面的配料也有好几种，自选任取，有的人一份没吃够，就要再来一份。六点半，晚餐开始，大家来到餐厅，找个靠近落地玻璃窗的位子坐下，点杯葡萄酒，然后吃自助餐。晚餐过后，大家又来到顶层甲板，有的散步，有的坐着，欣赏晚霞，享受日落时光。一小时以后，大家又开始点饮料了，服务生忙不迭地往各桌送酒水，上来的是葡萄酒、香槟、鸡尾酒。两小时以后，有些人已经喝得有点儿高了，迈着蹒跚的步子走回房间，上床睡觉。那些精力充沛的，则去酒廊接着喝，而此时喝的则是威士忌、白兰地一类的中度酒。舞台上乐师们在唱歌奏乐，因为酒廊在船的最前方，因此两岸景色尽收眼底。当进入大城市时，两岸灯火辉煌，传来岸上城市里的种种喧嚣。晚上十点半，早睡的人们已经上床歇息。而与此同时，夜生活才刚刚拉开序幕，餐厅里小食、点心开始供应，酒廊里音乐、歌声此起彼伏、不绝于耳，桌上烛光闪闪，人们推杯换盏。午夜，客房的灯一盏盏相继熄灭，船上各处的活动停止，一天结束。

船上的游客绝大多数是退休的老年人，他们的孩子已经长大成家，他们靠退休金生活，衣食无忧，有的是大把时间，像这样的游船游最适合他们。有一位老妇人带了一对十几岁的孙子孙女同游，可是第一天她就失足跌倒，伤及脸部，船方立即为她叫了急救车去了医院，之后的几天她都是瘀青着双眼。

一位三十来岁的孕妇，看样子已有五六个月身孕，和她丈夫无论到哪儿都是手牵着手，十分恩爱的样子。他们总是在甲板上晒太阳，傍晚的甲板上凉风习习，丈夫回房间拿来一件外衣给她披上，两人还是坐在凉风里。在维也纳市中心大花园里，我看到他们居然躺在草坪上休息，不怕地上的凉气。

有一对青年男女，在这群游客中非常打眼。第一天刚刚开船，他们就脱去衣服，穿着泳装在甲板上打高尔夫球。身着黄色比基尼的女人，虽然身材相貌平庸，神态气质却不同凡响。那男青年一条海滩花色短裤，露出一身古铜色线条分明的肌肉，他身材俊美、站姿挺拔，黑头发、黑眼睛，是那种让女人们一见倾心的俊朗模样，他看起来像是某个健身中心的形体教练。这两人在船上显得与众不同，他们不大跟游客们一同上岸游览，而是二人世界，独来独往。

一位六七十岁的单身女人，不同于大多数同年龄身材臃肿的妇女，她身材苗条、穿着讲究、妆容精致、举止优雅、客气有礼。在黄昏的甲板上，她披衣独自徘徊；在夜晚的酒廊里，她孤坐一旁，酌酒自饮，形单影只。从她的眼神中，我能感觉到她的孤独。

四

第二天，我们来到奥地利瓦豪省小镇迪恩施泰因（Durnstein）的一所修道院。

当我与众多游客一起跟随着导游游览时，身后忽然传来一个男士亲切的声音："你们听不懂，是吗？"待我回头一看，面前站着的是一位五十开外的高大男士，他身材匀称，颇具学者气质，面相随和。

"您说对了，确实听不懂。"我笑着摇摇头回答道，却仍然不明他的来意。

"如果您愿意的话，我可以为您翻译。"

他说的是标准的英语，说完就和蔼地看着我，等待我的回答。

"真的吗？可是这怎么好意思麻烦您呢……"

"助人为乐，在别人需要时给予帮助本是一件乐事，您不用客气。"

"那么我该怎么酬谢您？"

"区区小事，何足挂齿？您不必介怀，我叫哈德考恩。"他是那样诚恳，充满善意，消除了我的顾虑。他向我伸出了手，我握住了他的手，我们相视而笑。

之后的八天行程中，他一直不辞辛苦、尽心尽力地为我们一家做翻译。

他知识丰富，常常深入浅出地讲解一些相关的史实和背景知识，使我们受益匪浅。他的讲述充满真情实感，极富感染力，给我留下了深刻印象。

与哈德考恩一起上船的，还有他妻子、女儿以及妹妹和妹夫一家子。他妻子也说得一口流利的英语，她主动热情地为我母亲和嫂子翻译解说。我常常看到她和母亲互相挎着，边走边聊，好像很说得来的样子。我们两家结下了友谊。

哈德考恩在一个慈善基金会做总经理，手下有三十多名雇员。他们的基金旨在帮助东欧各国家贫困的残疾儿童和孤儿等。他们建学校，让孩子们受教育，给孩子们带去衣物，给他们治病，送去医药。而所有这些钱，都来自好心人的慷慨捐赠。

他讲了一件事情。一次在乌克兰他们有一项计划，要带孩子们到另一个地方去野营，需要购买帐篷和一些设备，需要两万零八十欧元，可是这时他们的账上已经没有钱了。正当他们到处想办法却毫无进展的时候，忽然账上收到了两万欧元。他们很兴奋，有了钱可以买帐篷、设备，实施他们的计划了。可是兴奋之余，他很纳闷，是什么人捐了这么一大笔款呢？一般人是不会一次性地捐这么大一笔款的，会不会搞错了呢？他通过银行查到是一位老妇人汇的款，他打电话过去询问。老妇人说，她有了这笔钱，但是她想她的两个女儿都有工作，并不需要这笔钱，还是把它捐给那些更需要钱的人吧，于是她就汇给了这个基金。多年来正是因为有很多这样的好心人持续慷慨捐赠，他们的基金才得以长期帮助那些需要帮助的孩子。

他们定期印制简报寄给捐款人，汇报这一个阶段都做了哪些项目以及各个项目的进展情况。他拿给我一份最近一期的简报，A4的版面，一共四页。

第一页是一张大幅黑白照片，上面有五个年轻的姑娘——年龄大约从十八九岁到二十一二岁的样子，穿着短裤或裙子，脸上绽放着笑容。他告诉我这些女孩都是吉卜赛人。

吉卜赛人还保留着传统的浪迹天涯、居无定所、无拘无束的生活方式，没有职业。他们的孩子们很多都失学，没有干净的衣服，这个基金经常派老师教她们读书、教她们清洁卫生，并送给她们干净、漂亮的衣服。其中一个女孩头上还顶着一副太阳镜,她们脸上的笑容都很甜美、灿烂。

第二页是一张十三岁的男孩子和他的男老师的照片,男孩子的父亲整天酗酒,对他拳脚相加。他曾经自暴自弃、离家出走、弃学、偷东西、被抓,在这个基金的帮助下,男孩子已经重归学校,学习成绩优异。

第四页是一张五个孩子的照片,年龄从六七岁到十一岁不等。他们手里分别拿着毛绒玩具、机器猫和娃娃,站在后排的是照顾他们的阿姨,阿姨手里捧着一个大蛋糕。哈德考恩告诉我,这些孩子分别来自暴力、酗酒、贫困和离异家庭,他们的身心都曾经受到创伤。

他们收容了这些孩子,并聘请了一位中年女性照顾他们的生活起居,另外还请了一位女教师教他们读书,并兼做心理咨询和辅导。他们的努力使这些孩子慢慢地走出心理阴影,感受到温暖与爱。

这些照片下面是报道文章,介绍照片背后的故事。很多人还会再捐款。

哈德考恩另外给我看了一本彩色小册子,是他们慈善基金会印发的宣传册。上面有几幅小照片,一幅是几个四五岁的孩子每人手举着一支挤上了牙膏的牙刷,冲着镜头大笑。另一幅是一个孩子手里抓着一个面包正在吃着,旁边一个孩子捧着一个硕大的塑料水桶在喝水。还有一幅是一位老妇人手里拿着一个大塑料袋,里面装满了面包。

这些照片明示了在基金的帮助下,这些贫困地区的人有了面包和清洁饮用水,以及懂得刷牙和讲究个人卫生。小册子下方有该基金会的地址、联系方式、银行账号等信息,会摆放在各社区的教堂里。类似这样的慈善基金会,在欧洲各国都有,无论你到哪个国家、哪个城市,甚至小镇,在教堂里都能找到类似的印刷宣传品——旨在呼吁人们捐款。

五

多瑙河仅次于俄罗斯的伏尔加河,是欧洲第二大河流,它流经众多城市,包括多国首都,比如奥地利首都维也纳、斯洛伐克首都布拉迪斯拉发、匈牙利首都布达佩斯、塞尔维亚首都贝尔格莱德。古往今来,国家兴亡、民族盛衰在两岸的土地上轮番上演,多少传奇故事在这里代代流传,在两岸留下一座又一座历史丰碑。多瑙河两岸峭壁上耸立的数不胜数的古城堡和军事防御工事、华丽的宫殿、一座座城池都在无声地述说着各自的故事。一路上我们遍访古城、村落、小镇、教堂、修道院、博物馆、街市，领略那历史的变迁、传统的沿袭、不同文化的交融，感受各地风土人情和当地人们的生活状态。沿途各地优美的自然风光和丰富的人文、地理、历史景观，令人叹为观止。我无法想象如果没有语言的沟通，我们将如何面对这一切。

不知从何时起，我发现哥哥嫂子身边也出现了一位自告奋勇的"翻译"，他是六十多岁的德国人尤若根。当他看到哥哥嫂子有时候走在后面与我们拉开了距离时，就主动上前为他们翻译。多亏了这些热心人一路上不辞辛苦地倾力帮助，我们才获得了各处的旅游知识和信息，使我们全家的这次多瑙河游船之旅得以圆满。我不能想象，如果没有他们的热心帮助，我们将会抱憾而归。每每想到此，我心中就会升起一股感激之情。也因为这种机缘，我与这两家人结下了友谊，并且将这种友谊延伸到了游船之外。

尤若根是与妻子芭芭拉一起上船的，他有自己的旅游公司，与美国公司合作接待美国游客。他不仅能讲很好的英语，并且为人非常幽默风趣。为了感谢他，哥嫂在布达佩斯一家小酒馆请尤若根夫妇喝啤酒，付账时他竟与哥哥抢着买单。船到了维也纳以后，尤若根邀请我与他们一起参加在市中心的家庭聚会。上船的第三天，芭芭拉唯一的墨镜螺丝脱落了，可她只带了这一副墨镜，父亲用牙签替代螺丝把墨镜修好。在之后的几天里，芭芭拉一直戴着它，使她在似火的骄阳中免受光线刺眼之苦。两年后当我第一次来到他们在慕尼黑的家拜访时，她拿出这副墨镜给我看，我惊讶地看到那小小的牙签仍然在上面，她让那副墨镜仍然保持着当时父亲修好时的样子，还给我讲述了当时的一些细节，让我非常感动。她真是个有心人。

芭芭拉是一位感情非常细腻、温柔的女人，她总是面带微笑、和蔼友善，说话慢条斯理，语调温柔至极。尤若根让我们猜她的年龄，我们猜她五六十岁，没想到她已经七十二岁了。一天傍晚，我们全家人与尤若根夫妇坐在酒廊的沙发上饮酒聊天，妈妈在与芭芭拉说话。聊着聊着，妈妈问："你们有几个孩子？"没想到芭芭拉顿时语塞，脸上的微笑凝固了，她转向尤若根无助地看着他，尤若根马上岔开了话题。大家并未在意，继续聊天。可是芭芭拉却神色异样，过了一会儿她竟流下泪来，尤若根赶忙向大家解释说今天她累了，起身陪芭芭拉回房休息。第二天尤若根找到我，对我说芭芭拉唯一的儿子死于一起车祸，她受到了巨大打击，悲伤过度。虽然那是多年前的事了，但只要一提起来她就会伤心落泪。原来是这样，我对他说我会告诉家人不要再提此事。

　　游船之旅结束回到家中后，尤若根发来邮件，热情洋溢地邀请我带父母去他们在慕尼黑的家。因担心打扰他们，我托词父母年事已高，刚刚结束游船之旅，需要休息一段时间，因此未成行。在此后的两三年中，我曾两次去德国南方顺便拜访他们，受到了他们夫妇的热情款待。那是一座带有泳池和花园的温馨漂亮的房子，尤若根带我们去看他的马，并讲述了他和芭芭拉的爱情故事。

　　他在三十多岁的时候，去一家有业务合作的公司拜访，这家公司的会计——一位风姿绰约的女士吸引了他的目光，他与她约会，她欣然接受。他了解到，她比自己大十岁，她经历过离婚、丧子的人生苦难，但是他越来越被她那成熟女人的独特风韵、气质修养以及人格魅力深深吸引，他为她着迷。交往一段时间以后，他毫不犹豫地向她求婚，此后他们携手走过了三十多个春秋冬夏。

六

　　一天晚餐过后，我独自坐在甲板上一边欣赏晚霞中两岸的景色，一边低头写东西。当天完全黑下来后，凉风习习，我感到有些冷，准备回客房。当我站起来转过身的时候，看到大堂经理帕托克就站在我身后不远处看着我，我微笑着跟他打招呼。

　　"晚上好！你在这里做什么？"他问。

　　"啊，看风景啊。"我笑着回答说。

　　"真的吗？你好像在黑暗中写什么东西。"他略带点儿神秘地问。

　　我笑了，他显然看到我写东西了："哦，没什么，随便写点儿东西而已。"

　　"噢，你的家人呢？"

"他们都在各自的房间里休息。"

听到这儿,他上前一步说:"可以请你喝一杯吗?"

我略微有点儿惊讶,但是马上反应过来:"当然可以,什么时候?"

"现在可以吗?"

"好的,我回房间拿件衣服,随后就来。"

"好,我们酒廊见。"

五分钟后我走进酒廊,见帕托克已经在一组沙发上就座,前面的圆桌上有一杯酒。我向他招招手走过去,在他对面的沙发上坐下来。我点了一杯白葡萄酒,之后我们聊起来。

他告诉我他来自斯洛伐克,曾在奥地利一所旅游学院学习饭店管理,毕业后就职于专门经营多瑙河游船业务的凤凰公司。他先后在不同的游船上工作过几年,去年阿丽娜号新游船下水,他被公司派到这里做大堂经理。我问他在船上工作这些年有什么感受,他说很有意思,在船上会碰到一些有趣的人,会发生许多有趣的事情,有时候他很想把这些都写下来。他的话使我想起,那部著名的英国电影《尼罗河上的惨案》就是记述了尼罗河游船上发生的离奇案件,故事情节非常引人入胜,想必他在游船上这些年也会积累下许多有趣的故事吧。我鼓励他写下来,他表示有机会一定动笔写作。我猜想帕托克的年龄大约在三十四五岁,他个子高大,但是过胖,他说他的爱好是吃。他聪明、巧言善辩、八面玲珑。他的德语和英语都极好,打起官腔来,滴水不漏,很难找出破绽。他跟船长的关系很好,在这船上似乎只有他跟船长说得上话,常常看到他单独跟船长一起吃饭,未来在业界他的前途也是不可限量。

船上的船员来自不同的国家,船长是奥地利人,几名厨师和乐师来自斯洛伐克,几名水手分别来自印度尼西亚、奥地利、土耳其和匈牙利。几次下船回来的时候,站在船舷边的两名水手都友好地跟我打招呼。我问他们是从哪儿来的,那个长相很像蒙古人的水手说是匈牙利,另一个说是土耳其,我跟他说很想去土耳其看看,他点点头说应该去的,土耳其是世界上最美的地方。这时候那个匈牙利水手显然对这种说法有异议,马上反驳说匈牙利才是世界上最美的地方。我笑着对他们说,我相信土耳其和匈牙利都是世界上最美的地方，我都很想去看看，他们听后都满意地点头。

<h2 style="text-align:center">七</h2>

随着时间的推移，我和哈德考恩也越来越熟悉，好感和信任也与日俱增。一天，我们像往常那样随着旅游团访问一座小城，虽然我们两人走在游客中间，但是我们谈话的内容却与旅游毫不相干。

他缓缓地告诉我说，在他年轻的时候曾经做过情报收集工作，也就是传说中的间谍。那时他二十七岁，为一家美国机构工作。

一次，他在执行任务中住在一家酒店里。他需要兑换三万美元的当地货币，他找到饭店外币兑换台的人，私底下跟他说了，一开始对方满口答应说没问题，他还以为是要兑换五十美元呢，当他听清楚是三万美元时，他开始浑身哆嗦起来，他怕被人发现，可是他还是很想赚这笔钱。他报了价，高于哈德考恩的心理价位，哈德考恩没有接受，双方经过一番讨价还价后，终于达成交易。他告诉哈德考恩饭店的地下一层是厨房，二层是空调和供暖设施，三层是仓库，交易地点就在地下四层。

当哈德考恩带着钱按照约定的时间来到地下四层时，只见那里站着七八个大汉，那个人马上解释说这些人是来保护他们的。他们来到卫生间，进来了一个大胖子，穿一件宽大的大衣，大衣里面、袖子里面藏着的全是钱，他们钻进相邻的两个单间，坐在马桶上开始交易，从中间的木隔板下面互相递钱，他递过去一千美元，那边就递过来相当于一千美元的当地货币，就这样交易顺利地完成了。

有一次他带着钱走在路上，发觉后面有几个人在跟踪，他们都身着黑色皮衣、戴墨镜，就像在间谍电影中常常看到的那样。他下了地铁，然后就像电影中那样在车厢门关闭的一瞬间跳下来，又蹿上了对面的一列车，向相反方向驶去，如此这般连续换了几次车，终于成功地甩掉了尾巴。当他确认没有人跟踪后，才去了目的地，把钱交给当事人，并带回了情报，完成了任务。

为了掩人耳目，他们经常要扮成游客，有时还要带上家人同往，他就曾带着妻子去执行过任务，当然也要装模作样地参加一些游览活动。

他讲这些故事的时候,我听呆了,很想了解更多,可我也知道像他们这样的人,警惕性高,不想说的你问也问不出,很多事情他们会一生守口如瓶,即使是对他们的妻子和孩子。

我问他当时压力大不大,他说当然,每次在接到任务的时候,都会感到巨大的压力,因为你完全不知道会发生什么意外状况,而无论发生什么,你都必须独自面对,找出解决的办法。我又问如果万一发生不测,他们会有什么样的危险?是否会有生命危险?他回答说不会有生命危险,如果被发现并且被捕,顶多蹲几周监狱,然后会被释放,但是会被在护照上盖上一个"不受欢迎的人"的戳,然后被驱逐出境,永远不许再入境。他说有一对夫妇就有过此经历。而他自己在大约二百五十次执行任务中,有一次因为车出故障,险些就被捕,最后有惊无险地躲过了。

八

在旅程结束的前一天下午,船方在酒廊组织了一次船员表演会。那是一次船员才艺表演,大多数是反串。几名男船员身着女孩衣裙唱歌跳舞,现场气氛活跃,笑声不断。节目表演持续了一小时,其间游客们消费的酒水不计其数,端着酒水的服务生不停地穿梭在人群中,想必今晚船方又大赚了一笔。晚间,船方又邀请了一个弦乐四重奏小组来表演,可惜前来捧场的人并不多,与上一场的船员才艺表演相比,观众少了太多,可见古典艺术曲高和寡。我坐在酒廊的最后一排,可以看到整个酒廊,我边观察边看演出,尽管观众不多,艺术工作者们仍然很尽心尽力。最后一曲是《蓝色多瑙河》,这是我第一次听到弦乐四重奏演奏的这首乐曲,别有一番韵味。演出结束时,我给了他们由衷的掌声。

最后一天晚上,船方为游客们精心准备了一场告别晚宴。船方提前发出通知,要求所有客人着正装出席。我们穿上行李中最正式的服装步入宴会厅,看到人们都盛装打扮。女士们身着晚装,佩戴着讲究的首饰,化着精致的妆容;男士们则都身着西服,里面是配搭的衬衫和领带,有的还在西服口袋里放上装饰手帕。他们都是有备而来的。

乐师演奏乐曲等待着游客们陆续就座,服务生穿梭在桌椅之间,为游客们斟酒。音乐声停止之时是船长讲话，虽然听不懂，猜也能猜出他在讲什么，无非是感谢各位乘客一路上的大力配合，此次游船之旅圆满成功之类。忽然音乐响起，厨师们鱼贯而入。掌声四起，送给这些辛苦了一路的厨师，后面紧跟着的是所有船员、服务生和水手，他们在掌声中鱼贯穿过宴会厅。然后大家跟着船长举起香槟酒杯，接着经理帕托克讲话。在他讲话的时候，服务生忙着给各桌上了第一道冷菜虾仁沙拉；第二道是汤，第三道是主菜——上好的牛肋眼配上撒了松露的鹅肝和焦糖洋葱。

每道菜的间隔很长，桌上的游客们慢慢地吃着喝着，互相攀谈着。我们这一桌只有一位男士会说一点儿英语，谈话很费劲，但是大家都客客气气，非常友好。那位优雅的妇人也坐在我们这一桌，今晚她身着一件灰色的无袖长裙，外面披一件非常讲究的黑色蕾丝短衣，颈上戴一条珍珠项链，耳朵上佩戴着配套的珍珠耳坠。这时两杯红葡萄酒下肚的她，眼神略显呆滞，坐在旁边的妈妈跟她说话时，她已经反应迟钝了。当上第五道甜点的时候，厨师长带领五个人的队伍在游客们惊异的目光注视中步入宴会厅，他们手里捧着大大的蛋糕，蛋糕上燃放着小型礼花，一边走礼花一边燃放着，五光十色、流光溢彩，掌声雷动，游客们异口同声地称赞船方独具匠心，精心准备了今晚的告别大餐。游客们不仅享受了精美的盛宴，同时也获得了极大的愉悦。蛋糕之后是冰激凌，然后是咖啡和精致的巧克力点心，大家都直呼没有肚子吃点心了，看得出游客们都非常满意和尽兴。

九

多瑙河游船的八天很快就过去了，我和家人度过了美好的时光。此时我们和哈德考恩一家坐在了一起，我们为哈德考恩和夫人准备了两份从中国带来的礼物，并请他们全家喝酒。而哈德考恩给我讲的故事，我对谁也没有说。次日，早餐后我们分别与哈德考恩一家以及尤若根和芭芭拉夫妇告别，大家各奔东西。至此，多瑙河之旅圆满结束。

时光荏苒，这一段发生在几年前的故事，至今每每忆起都感到有些不可思议。是什么原因使得哈德考恩告诉了我他那一段鲜为人知的间谍生涯，我仍不得而知。

黑雨河漂流记

漂流是一种具有一定危险性的户外活动，而我们在德国巴伐利亚州黑雨河上的漂流经历，不仅具有挑战性和刺激性，而且具有与友人同游的趣味性，以及那种与大自然相融的奇妙与美好。

六月的黑雨河流域骄阳似火，这一带地处巴伐利亚阿巴山麓，最高峰海拔虽然只有一千三百多米，却是整个德国仅有的两个山区之一。周围丘陵起伏，高低错落，翠绿色的田野绵延无尽，山上是深绿色的茂密的树林。在这翠绿和深绿色之间的，是一座座红色瓦顶的房舍，它们仿佛是这巨大绿色地毯上的点缀，时而被掩映在绿荫中，时而暴露在山坡之上，时而出现在小溪边。公路围绕着丘陵蜿蜒迂回，穿梭在密林、村庄和田野之间。山坡上、田野间，一群群黄牛闲适地低头吃草，偶尔还有羊群，马儿在不大的马场中踱步。

在这一处妙不可言之地，我们与友人一行六人相约。他们是洛塔和兹尔维亚，以及兹尔维亚的女儿玛丽亚和她的男朋友丹尼尔。他们住在慕尼黑，两年前的同一时间我们六人就在此地一起度过了几天美好的假期。

洛塔和我先生是多年好友。中学时代，他们常常代表不同学校的手球队一同参加校际比赛。这一对赛场上的对手，场外成了好朋友。高中毕业后，他们不约而同地考入了柏林科技大学并进入同一专业。我先生毕业后就职于德国航空航天研究中心，从事宇宙空间领域的科学研究，洛塔则应聘于一家企业专注于导弹领域。在德国，所有的高端军工科技研发都必须与美国合作，特别是在导弹和光学领域。十几年前，洛塔被派往美国佛罗里达州工作数年，前几年退休时，他已经是德国地空导弹领域的专家了。

事业上一帆风顺的他，在生活上却经历了波折。他与前妻相识相恋时，她是一位未婚母亲，孩子的父亲是阿尔及利亚人，孩子生下时父亲却不知所踪。她不仅抽烟，还欠下四万多马克的债务。她答应戒烟，洛塔毅然决然地娶了她。婚后他帮她还债，鼓励她戒烟。他们育有两个孩子，她在一家眼科诊所工作。然而婚后她非但没有戒烟，反而开始酗酒，几乎每天都要喝酒，常常一天喝掉两瓶葡萄酒。十五年后，洛塔终于忍无可忍，提出与她离婚，而她却用洛塔的信用卡疯狂消费取现，又欠下大笔银行债务。之后，她在法庭上又提出天价抚养费要求，她制造的麻烦让洛塔苦不堪言。

离婚后，洛塔在羽毛球俱乐部结识了离婚的单身母亲兹尔维亚。两人的感情发展得很顺利，顺理成章地结了婚。兹尔维亚在一家高尔夫球俱乐部做主管，于是妇唱夫随，洛塔也开始学习高尔夫球。从此，高尔夫球成了两人生活的重心，除了每周几次练习，遇到重要比赛他们都会前往观摩，他们的生活幸福美满。

然而，几年前兹尔维亚被查出患了乳腺癌，他们的生活骤然起了风云。经历了最初的打击和失落，手术切除和艰难的三个半月的化疗期，她的头发全部脱落，浑身不适，人瘦了十几千克，最后她终于挺了过来。现在她在积极地恢复中，人看起来挺精神。我们分处德国南北部，每年都要聚一次。自从兹尔维亚患癌症后，我们已经两年没见面了，如今再次相聚来到黑雨河做一次漂流。

今天大家全部是一色的短裤、运动鞋、遮阳帽、太阳镜打扮。在这群人中我是最小巧玲珑的那个，其他人都在一米八以上，丹尼尔更是有一米九七的身高。我们来到黑雨河畔，事先约好的教练兼租船人已经在那里等候。他开了一辆载客车，后面的拖车上载了三条小船。我们上了他的车，车子一路沿着盘山公路，弯弯曲曲地行驶了一段时间，来到一处停下，我们都下了车。

只见这一段的黑雨河，河面宽阔，水流平缓，水面是如此平静，以至于岸边的绿树和教堂那尖尖的塔顶都倒映在湖水中，映在湖中的绿树将湖水染得更加翠绿。岸上芳草青青，红顶白墙的房舍像散落在绿色海洋上的红珊瑚。不远处是绿色的山坡，远山是朦胧的淡绿色，这绿色由近至远，一层层延展开来，直至天边。满眼的郁郁葱葱，令人心旷神怡。具有一定挑战性和危险性的漂流，竟是从这种仙境般的地方开始。

租船人开始给我们仔细地讲解注意事项，他讲解着基本的划船技术要领，小船分一人乘、两人乘和三人乘的，我们选择了两人乘的。两人分坐前后，一个划右边，一个划左边，两个人的力量要均衡，否则船会跑偏。

在右边划水，船则转向左边。再者，前后两个人坐的位置也有讲究，如果都靠船的一边坐，那么船很容易失去平衡而倾覆。一般男的坐在后边，把握和指挥船行驶的方向。这个角色很重要，需要头脑冷静、处乱不惊，在遇到激流险滩、艰难险阻时，能够临危不乱、冷静指挥。还有，遇激流时，坐在前边的人可以跪到船板上降低重心，使船更稳定。

  他告诉我们黑雨河这段流域中有水流平缓的水域和水流较急的水域，有很多岩石、激流、浅滩；一般在水流湍急的水域，翻船的可能性是百分之二十，在哪一段水域开始漂流任由我们选择。这时候洛塔和兹尔维亚选择了水流平缓的水域，玛丽亚和丹尼尔立刻选择了水流湍急的水域，他们难以掩饰兴奋的心情，显得跃跃欲试，到底是年轻人啊！我和先生商量了一下，觉得虽然不能跟年轻人比，不过我们两人状态都不错，可以尝试挑战一下自己的体能，即使翻了船，我们也都会游泳，不会有什么危险，因此我们也选择了水流湍急的水域。于是我们六个人分开来，此处就是那段水流平缓的开始地点，我们看着洛塔和兹尔维亚坐上了小船，两人你一桨我一桨悠哉地划起来。然后我们四个人又跟着教练上了车继续往上游行驶。

  我们四人中间只有我先生有一点儿经验。他在中学时是划船队的成员，当时一条船上有四名水手划桨，分坐在小船两侧。队长坐在最后面指挥，一声号令下达，众人一起划桨，这时划桨的节奏要保持一致，即众人一起出桨、入水、划水，否则不但速度不快，两支桨还有可能搅在一起。他们在一次比赛中就发生了一场意外。他坐在最前面的位置，在比赛刚刚开始时，他跟随队长的号令奋力划水，正当他把桨放入水中时，他的桨却被后面队员的桨挡在了水面上，而他此时身体已经大幅度前躬，正全力以赴用力向后划去，好似满弓的箭来不及收回，而此时桨被挡在水面上没有了水的阻力，再向后划只划到了空气，失去重心的他一个趔趄险些掉入水中，小船受此震动也前后左右地摇摆。待他们重整旗鼓再出发时，已经落在别人后面七八米远了。他们输在了起跑线上。这完全是由于坐在后面的队员没有跟准队长的号令，慢了半拍。可见每个人跟准队长的节奏，整齐划一地划桨是多么重要。好在我们今天每条船上只有两个人，而且一左一右地划水，简单了许多。

车开了十几分钟后停下来。"就是这里，"他指着那段水花翻滚的河段对我们说，"今天的水位高，水流急，翻船的可能性是百分之四十，你们确定要选择这里吗？"只见这里河面宽约几十米，大约只有两米多深，水下岩石密布，水流湍急，泛起白色的浪花。"没问题！"我们四个人几乎异口同声地说。大家都兴奋起来了，有些冒险才更有意思嘛！两个年轻人看起来好开心啊，玛丽亚有水下救生的金牌执照，她现在是慕尼黑大学生物化学博士生。丹尼尔曾在德国军队服役，一年前退役，现在在德国大众汽车集团旗下一家卡车厂工作。经历过数年军队严格训练的他，这点儿小险情完全不在话下。

　　车继续往前开，来到一处水流较为平缓的水域，在这里我们要先练习，熟悉和适应一下划桨的方法，以及两个人之间的配合。下河之前我们穿好救生衣，教练从拖车上扛起小船放到河里，我们四人分乘两条小船出发了。我们先演练两人一左一右地划水，找找用桨划水的感觉——似乎没什么难的。而比较有挑战性的是坐在后面的人，他好比舵手，不但要观察水流情况，指挥前面的人，同时自己也要划水，向左转是在右边划水，向右转是在左边划水，停止是向后划水。这些说起来简单，而在变幻莫测的激流险滩中，当面对迎面而来的礁石时，就要考验舵手的应变能力和指挥能力了。

　　此时在明媚的阳光下，河水悠悠，清风拂面，我们轻松惬意地划着小船，欣赏着两岸风光。不知不觉中，看到前方水面泛起一朵朵白色的小浪花。"注意啦！"听到先生的喊声，我意识到水流开始加速了。"左边""右边"，这是我们约定的指令。"左边""右边"分别表示我在船的左侧和右侧划水，我跟随着指令用力地划着。后面河道变得更窄，水面上出现了大大小小的礁石，水面上像开了锅一样浪花翻腾，我的衣服已经被打湿了，小船随着水浪上下颠簸起伏。我开始感觉重心不稳，便本能地双膝跪下去抵在船底部，同时加快了划桨的节奏。我全神贯注、睁大双眼、高度紧张，不时地用船桨抵住迎面扑来的大石块儿，将小船移开。就这样，我招架着向我扑来的大石头，同时听从指令左右开弓地用力划水。我知道此时在后面的他一定也是不住地应付着身边不断出现的礁石和浅滩，与此同时还要观察和判断前方的情况指挥我划水。

奇遇之旅

"左""右""左""右",他大喊着。指令更简短了,我不折不扣地执行着,迅速地把握着桨的双手举起,在船的两侧转换,奋力地划着水。我们躲过了一个又一个礁石、一处又一处险滩,颇有点儿惊心动魄的感觉。我们一前一后,配合默契,直到水流再次平缓下来。渐渐地,风平浪静了,我们才长舒了一口气。天高水长,阳光普照,微风徐徐,四面丛林环绕,漂流其间,多么美好啊!

作者在巴伐利亚州的村庄

只见河水中有几只鸳鸯游过,岸边一位母亲正带着几个孩子在戏水。河岸一处平缓的山坡上,几只黄牛在低头摇尾吃草。几只帐篷搭建在树荫下,一只大锅已经支起在柴火上,人们正在忙着准备野炊,炊烟袅袅升起,几百米外有一群人刚刚到达此地,正从车上往下搬长条桌椅,准备烧烤。再往前是一处房车露营地,停放了几十辆大大小小、各式各样的房车。人们正享受着周末的阳光,有人正围坐在房车外餐桌旁吃午餐,有人躺在躺椅上晒太阳,有人在看书,有人在练习射箭,有人在打羽毛球,有的孩子骑车玩耍,还有人向我们挥手打招呼。在这里,我们与洛塔和兹尔维亚又相遇了。至此,我们的黑雨河漂流完美收官。在巴伐利亚黑雨河这段美丽的自然景观中,我们进行了一次有点儿刺激的漂流,那感受非常奇妙和美好。

漂流，原本是人类一种原始的涉水方式，最初起源于爱斯基摩人的皮船，还有中国的竹木筏，现今已然演变为一项与自然环境交融的真正的户外运动。一条蜿蜒流动的河，延伸在峡谷坚硬的腹地，驾着无动力小舟，用船桨掌握方向，在时而湍急时而平缓的水流中顺流而下，在与激流的抗争中演绎精彩的瞬间，这就是漂流。它是对体能和胆量的挑战，是一项勇敢的运动。

邂逅维斯提尔堡

造访维斯提尔堡纯属偶然，一个早春的周日，在路上不经意间看到"维斯提尔堡环水城堡"的路标。先生说他在这一带居住了几十年，从未听说有个环水城堡。一时兴起，我们决定去看个究竟，于是立即掉头拐进小路，向着城堡方向驶去。

路上没有车辆，一条柏油马路直通远方的天际，路两旁是大片黄灿灿的油菜花，大地时而被翠绿色的谷物间隔开来，时而又被鲜艳的黄色覆盖，鲜黄与翠绿的色彩就这样在道路两旁交相辉映，在远近的田野和山坡上绵延，红瓦白墙的村庄就点缀其间。再往上是像海浪一样翻卷的白色云朵，映衬在蔚蓝色的天空中，道路边是两排开满粉色鲜花的苹果树，一直延伸到道路的尽头。此情此景，令人感到像是身处世外桃源、人间仙境一般。

在这如梦如幻的景象中，车子开到了路的尽头，一座被水环绕的城堡的外围门楼赫然映入眼帘。这里四处静悄悄的，不见人影，只听见枝头的鸟儿在歌唱。停车场上只停着两辆车，可见没多少人知道这地方。一种得意正悄然地在心里滋长，因为我最爱探古寻幽。

走进这座古堡，它的神秘面纱也一点一点地被揭开。只见一条护城河环绕着一座城堡，河岸上密布的丛林挡住了视线和去路，一座两层高的门楼是唯一的去路，门楼上面挂着几个牌子，其中一个是四星级饭店的标牌，原来现在这里是一家饭店。进了门楼，看到一座环形楼宇，楼宇围绕着一个院落，地面和楼宇的墙壁用碎石砌成，院落中间有一口石井。环形楼宇与一座高耸的防卫性圆锥形城堡相连，城堡的另一边则与一座方形的宫殿相接。整座建筑物由三个不同几何形状的建筑组合而成，方形的宫殿是历代维斯提尔堡的主人——王公贵族的住所，圆环形的楼宇是仓库及供佣人住宿和供圈养牲畜之用，圆锥体城堡是防御工事。整座建筑物的形式非常独特，三栋建筑功能迥异，却非常完美而和谐地连为一体，浑然天成，整体显得古朴而优美。

作者在瓦特堡

维斯提尔堡地处德国萨克森-安哈特州中北部，是一座古老的、保存完好的环水城堡，已有近一千三百年的历史。它始建于公元780年，当时这里是沼泽地带，隶属于哈兹行政区。第一次有文献记载维斯提尔堡是在1052年，当时的帝国皇帝亨利三世，把这个城堡赠给了哈尔伯施塔特市的主教。接下来这座城堡几经易主，不同的主人对城堡进行了改造和扩建，1618年至1648年的三十年宗教战争期间，城堡被瑞典人攻击，但并未损坏。1631

年，维斯提尔堡又卷入战争，天主教帝国军队占领了城堡。同年，瑞典军团上校安德烈亚斯古斯率部队围攻，维斯提尔堡竟幸免于难。1701 年，它归属于普鲁士国王。1807 年，拿破仑占领德国后，城堡归于拿破仑的姐姐，直至拿破仑战败，城堡重新归于普鲁士国王，一直到二战结束。

1945 年 4 月，维斯提尔堡被美国和英国军队占领，7 月又被苏联军队占领。在二战结束初期，这座城堡便用于安置大批在德国东部地区被驱赶而丧失家园的民众，之后这里归于东德，被用于幼儿园、学校、医院、人民公社办公室、农夫居住以及牲畜圈养等。LERCHE 家族于 2000 年买下了城堡，并重新修缮，将其改造成饭店和 SPA 疗养中心。这里有巨大的泳池和 SPA 池，人们慕名来这里疗养身心。

维斯提尔堡俯瞰图

经过历史的洗礼和岁月的沉淀，维斯提尔堡已经演变为一个纯粹的休闲、度假、娱乐的去处。这里经常组织各种富有特色的活动，如中世纪晚餐会，宾客身着中世纪服饰，在拱形屋顶的餐厅里点燃蜡烛，喝着中世纪时期的饮料，吃着中世纪特色的菜肴。席间人们也尽量模仿那个时期人们的行为举止，餐具只有刀具和勺子而没有叉子，肉食是大块的，食客可以自己动手从大块的肉上面切下小块食用，还有人弹奏中世纪的乐曲娱乐众人。这一切仿佛要把人们带回到几百年前的中世纪时期。

穿越时空旅行，人们身着往年战争时期的服装，表演当时的生活场景，以及当时的德国军队和瑞典军队演习的场景，展示当时的军队服装以及射击表演。

除此之外，周末还安排有交谊舞会，有南美的萨尔萨舞、拉丁舞、阿根廷探戈、舞厅舞等。爱好交谊舞的人们从德国各地聚集到这里，尽情地享乐。

夏季则是文化活动最为丰富多彩的季节，这里会安排室外音乐会及戏剧表演。有北方哈兹山戏剧团演出的《罗密欧与朱丽叶》，"音乐历史之旅——穿越时空的长笛演奏"，邀请当地交响乐团演出夏季音乐会，演奏著名音乐家的古典乐曲，包括莫扎特、施特劳斯、柴可夫斯基、爱德华·埃尔加、马克斯·布鲁赫、德彪西的曲目，还有歌剧演出以及"莫扎特之夜""意大利之夜"等专题音乐会。我想象着，在环形楼宇围绕的庭院里，在夏季的夜空中，回荡着普契尼歌剧中《托斯卡》的咏叹调，抑或是德彪西的钢琴曲《月光》，那该是怎样美妙啊！

傍晚，我们来到维斯提尔堡的餐厅准备享用晚餐。餐厅的布局很特别，墙壁开了很多拱形门洞，门洞外又套着门洞，拱形屋顶纵横交错。餐厅里不点大灯，而是在墙上挂满烛火一般的小灯。室内光线昏暗，而那互相交错的拱形门洞里，透出点点烛火，好似中世纪时期烛光摇曳的景象。墙上的画像是中世纪的妇人，这里的一切布置都充满了浓郁的中世纪的神秘感。

至此，我们的维斯提尔堡探古寻幽之旅完美收官，真是意犹未尽，他日定会择机重游。那或许是一个夏日的室外古典音乐会之夜，再续与维斯提尔堡之约。

第五章　德国奇趣

兵马俑奇缘

中国的秦陵兵马俑以"世界第八大奇迹"之美誉蜚声中外，不过恐怕鲜有人知道中国在海外唯一的兵马俑复制品永久陈列展是在德国图林根州瑙姆堡附近的一座小城威尔。那么中国的兵马俑复制品何以会落户在这样一个名不见经传的德国小城呢？这背后有一段引人入胜的故事。

2015年春季的一天，正在走访瑙姆堡的我听说有一个著名的火车模型展在威尔，便特地安排了时间去了四十千米以外的小城威尔。模型展虽然是在一个私人展馆，却号称是世界上最大的火车模型展，占地一万两千平方米。从外面看去其规模好似一座工厂，却不似厂房那般简陋。忽然，"兵马俑"几个大字出现在展馆外墙上，吸引了我的注意。咦？在这个籍籍无名之处怎么会有中国的兵马俑呢？

花了十欧元买了门票后就进入了第一展厅，只见半个足球场大的展厅里，满满地布置了山川、河流、城市、田野和村庄的仿真模型，小小蒸汽火车冒着白色蒸汽，鸣响着长长的汽笛，一路驰骋在仿真模型所营造的景物之中，奔驰在道路、桥梁、盘山路上，穿行在隧道里。火车的每节车厢里竟然还亮着灯，还有像子弹头形状的高速火车。在城市景观里，火车站、商业区、居民住宅区、教堂、学校、城堡，应有尽有，足以以假乱真。随着行驶的火车，我走过一个又一个展厅，也走过世界各地的知名景观景物，纽约的自由女神像、伦敦的大本钟、巴黎的埃菲尔铁塔、洛杉矶的好莱坞、英国和法国的港口城市多佛和加来，还有柏林、布达佩斯、伊斯坦布尔、维也纳以及图林根火车站，等等。行驶的火车模型将这些分布在世界各地的景观和城市串联起来，蔚为壮观，而每一个景观又是如此惟妙惟肖，令人叹为观止。据说这就是这个展馆与柏林和汉堡的火车模型展的不同之处。这里不愧是车模爱好者和发烧友的世界，他们从德国各地来到这里，专门为了来看他们为之着迷的各类火车和铁路模型，还能买到心仪的各款产品。

我一路寻找着兵马俑的踪迹，来到第五展厅。门口几个显眼的汉字映入我的眼帘——"兵马俑"，我快步上前准备走进去。正在此时，一位六十多岁、骑在一辆三轮车上的男子，不断回头向我张望，我向他点头微笑，心想一定是馆里的工作人员，少见亚洲面孔而感到新奇吧。

走进展厅，发现这是一个复合展厅，里面完全是中国风的装潢。墙面和屋顶、屋檐都是绛红色的，中间有一个六角亭，亭子里一条栩栩如生的蛟龙雄踞于高台之上。正面黄色背景墙前竖立着一座真人般高的秦始皇塑像，左边两座秦俑竖立在打了灯光的玻璃展柜内，前面有一排雕刻精美的木质护栏，旁边立着两扇木雕屏风。右边绛红色背景墙前立着一尊彩陶俑，一座蹲姿的陶俑展列于高台上，旁边是一扇雕花板中间镶嵌刺绣的屏风。屋顶上挂着几个中式灯笼，角落里一个柜台上售卖来自中国的工艺品，后面的货架上，摆放着各种尺寸、各种姿势的小兵马俑塑像。最里面是设有几排座椅的放映区，电视里滚动播放着一部译制纪录片——《秦始皇》，眼前的这一切景象顿时使我感到格外亲切。

在小城威尔火车模型馆中的兵马俑展

进入主厅，果然看到了一大片兵马俑，密密麻麻地布满了巨大的长形展厅。我走上前仔细观看，只见一行行、一列列整齐排列的秦兵马俑，还有著名的驷马铜车。那一瞬间我的眼眶湿润了，透过模糊的视线，我看到那些身着盔甲、表情严肃、神态各异的陶俑列队而立，构成了规模宏伟的阵容，这分明是西安秦兵马俑的缩小复制版，虽然无法与原版媲美，但依然不失其壮观与震撼之势。作为来自兵马俑故乡的中国人，不期然地在异国他乡见到此情景时，还是不能不为之动容。感动之余，我心中不免疑惑，中国的兵马俑如何会现身于一座私人展馆呢？正想着，忽然发现刚才那位骑三轮车的男子不知何时已经出现在了我身后，他好像静静地观察我许久了。我们攀谈起来，发现他原来是展馆的主人——斯迪克勒先生，他告诉了我下面的故事。

斯迪克勒先生原来经营一家汽车商行，专营沃尔沃和福特轿车。退休后他卖了车行，由于热爱车模，他投资建设了这座火车模型馆，之后数年里不断增添内容和扩大完善。

2007年的一天，馆里来了一位亚洲面孔的男士，他在这里逗留了几小时，在各厅转来转去，反反复复地观看，其认真劲儿引起了斯迪克勒先生的注意。他上前询问，得知这位先生是中国人，说一口流利的德语。使斯迪克勒先生感到费解的是，他似乎对展馆中的一切都很感兴趣，一一询问打听，而问得最多的是"您有什么发展计划吗""您不想在今后几年里再扩大吗"。

斯迪克勒先生当然想扩大自己心爱的展馆，他希望它更具特色，内容更丰富。他有一系列想法，然而有些想法他自知不现实，因为资金和条件有限，要等待合适的时机，因此他还没有具体的发展规划。而此刻，他却被眼前这位中国人"纠缠"着，非要弄清他的发展规划不可。他有些不耐烦了，于是随口说出："如果可能的话，我倒是希望能有像中国的兵马俑那样规模宏大的展品。"说完这话后，他自己也觉得不可思议，本以为会吓着这位中国人，可没想到他却无比兴奋地上前一步说："您想有中国的兵马俑，是这样吗？"斯迪克勒先生看他这样子，又听了他的问话，感到哭笑不得："我是说……中国的兵马俑……当然，可是那怎么可能……"这位男士却兴奋度不减，他掏出一张名片递给斯迪克勒先生，郑重地说："有志者事竟成啊！我会联系您的，您等着。"说完转身大步流星地走了。斯迪克勒先生看着他的背影感到莫名其妙，再低头细看名片时，才知道此人是中国驻德国大使馆文化官员G先生。

两周后，斯迪克勒先生收到了G先生的邮件。他写道："关于兵马俑事宜,我已与中国有关部门取得了联系,我们很钦佩您对于中国历史和文化的了解与热情,对于您希望展出中国秦兵马俑的愿望,我们很感兴趣,为了商谈有关事宜,我谨代表中国文化部诚挚地邀请您访问中国北京和西安……"读过邮件后,他感到既兴奋又意外,仿佛在梦中一般,对于这突如其来的、从天而降的惊喜毫无准备。因为对文物的爱好,他关注了中国的秦兵马俑,他看过关于兵马俑的纪录片和图片介绍,还专门去图书馆查阅过相关资料,深深地为两千多年前中国古人的这一恢宏浩大的工程和艺术造诣所折服和震撼。想不到自己竟然也与这个举世无双的历史文物产生关系,但接下来将是怎样的情形,他不得而知,他又感到有些忐忑不安。之后他与G先生多次沟通,在G先生的帮助下很快取得了中国签证,一个月后启程飞往中国北京。

在北京首都机场,一个举着写有他姓名牌子的年轻人迎接了他,然后开车载上他驶离了机场。一路上他新奇地向车窗外张望,看到宽阔的公路、车水马龙的街市、高楼大厦和一张张生机勃勃的面孔。其实他对现代中国的了解,仅限于二十世纪七十年代观看过的一部关于中国的纪录片以及新闻报道。车窗外的一幅幅画面一闪即过,斯迪克勒先生的脑海中有关中国的印象也像过电影一样快速闪过,两者交替,使他有些时空错乱之感。

入住酒店后,他来到街上信步徜徉。在一个热闹的步行商业街,他看到商店林立,店里各色商品琳琅满目,街上熙熙攘攘,年轻人朝气蓬勃,人们脸上洋溢着欢乐,看上去生活得很富足。他不曾想到中国竟然这般繁华、发达,这里的人民生活得这般幸福,一派欣欣向荣的景象,这一切彻底颠覆了他脑海中对中国的印象。

第二天早餐后,那个年轻人来饭店接上他开往一座漂亮的办公大楼,他被引进一间宽敞明亮的会议室,紧接着七八位西服革履的中国政府代表鱼贯而入。一位领导模样的人上前与他亲切握手,翻译说这是中国文化部的领导。之后其他代表跟随其后,一一与他握手,并整齐地坐在了一张长长的会议桌一侧,长桌的另一侧只有他一个人。

会议开始,领导讲话,对他的到访表示欢迎。斯迪克勒先生也感谢了中方的邀请,他说道:"感谢你们让我看到了一个完全不同的中国,说实话，中国的变化和发展太让我吃惊了。"

中方领导说："这都是几十年来改革开放的成就啊。"接着他说中国对中外文化交流非常重视，有关部门对他的火车车模展馆很感兴趣，了解到他有意引进中国的兵马俑在其展馆展出，他们很重视。

接着他对兵马俑做了一番介绍，然后他们对他的展馆提出了一系列问题，被问到最多的问题是：他为什么想要展出中国的兵马俑。

他回答说，他对兵马俑的了解并不很深入。他讲了十几年前自己是如何偶然看到画报上的兵马俑图片和介绍的，第一次知道了兵马俑，就对它产生了极大的好奇和兴趣，后来又观看了兵马俑的纪录片，阅读了有关资料。这些都使他感受到兵马俑的神奇伟大，作为两千多年前的历史文物，秦兵马俑承载了中国深厚的历史文化，是世界上罕见的文化奇观。他热爱中国，也热爱这一中国文物，如果能在他的展馆展出兵马俑，不仅可以传播中国文化，也会增进中德文化的交流与合作。

会议结束后，斯迪克勒先生被邀请与这一队中国代表共进午餐，可惜从未吃过中餐的他有点儿吃不惯。当天下午，一名翻译带着他游览了长城。之后的两天，几乎同样的安排每天重演一遍，上午是他与一队中国文化官员的会议，下午分别游览故宫、天坛、颐和园。

第四天，斯迪克勒先生被那个年轻人开车送到机场，登上了前往西安的飞机。在那里，他由当地中国方面的接待人员带领着参观了秦兵马俑。尽管他在此前阅读了很多有关文章，看过很多图片和纪录片，可当他亲身站在一号坑高台上，俯身向下看到那阵容庞大、规模宏伟、气势恢宏的秦兵马俑时，还是被深深地震撼了。他仔细地观看，认真地聆听了所有的介绍，他对兵马俑有了更全面深入的了解。

第六天，回到北京继续开会。在会上，斯迪克勒先生率先发言说："先生们，我很感激你们邀请我来北京和西安访问，在西安我亲眼看到了秦兵马俑，给我的震撼和感受是我一辈子也不会忘记的。我对中国历史和文化也有了更多的认识，很钦佩你们为保护文物所作的努力。我感到我的展馆现在规模和资历都还不够，对于陈列和展出兵马俑，我不抱希望，不过我还是非常感谢你们。"

接着，中国的领导发言："这些天来，我们已经研究过您以及您展馆的情况，我们认为您的展馆很适合展出我们的兵马俑，我们已经决定在您的展馆展出秦兵马俑复制展品。恭喜您！"这时的斯迪克勒先生，有点儿摸不着头脑，他不相信自己的耳朵——难道这是真的吗？领导接着说："说实话，我们作出这个决定是非常慎重的，您可能也已经感觉到了，我们经过反复考察、推敲、筛选才作出了这个决定。对于展出兵马俑的展馆，我们有一系列的要求，而最重要的是我们感到您对兵马俑的热爱和关注，以及您展馆的知名度，您在这两点上都达到了我们的要求，其他方面也都符合要求，所以我们认为您的展馆最适合永久展出秦兵马俑复制品。后面还有一系列工作，希望我们双方密切合作，把工作做细做好。预祝您成功展出兵马俑！"

听了领导的这一番话，斯迪克勒先生终于长舒了一口气，这场谈判终于落下帷幕，他曾一度丧失了信心。

接下来双方就所议事宜达成意向，签订了合约。他了解到作为一项文化交流项目，这是秦兵马俑复制品首次在中国以外永久性展出。直到现在他似乎才明白为什么当初中国驻德国大使馆的G先生在他的展馆流连忘返，又为什么在与他的谈话中屡屡问起他是否有进一步的发展计划，以及这次在北京连续几天的会议中，为什么中国官员总是反复在问同一个问题——"为什么您想要展出中国秦兵马俑"。所有这些，现在都有了答案。

斯迪克勒先生在中国访问期间，一直不适应中餐，以至于他竟然患了胃病住进医院，出院后他立刻返回了德国。在之后的时间里，双方就各种相关技术问题进行了反复沟通和磋商，兵马俑复制品的制作需要三个多月，其间他筹措资金、扩建展厅，为即将到来的展品做准备。半年后，来自中国西安的几个集装箱运抵了德国码头，又经过陆路运输后，这些中国的兵马俑复制品来到了小城威尔。经过三个多月的拆装、整理、就位、布置等一系列工作，这些来自中国的秦兵马俑复制品终于在这里展出了，包括七百八十个为原比例2.5倍的兵马俑及驷马战车，六个与原版比例一致的将军俑，一个与原版比例一致的秦始皇塑像。

这些形神兼备、神态各异的陶俑，构成了一个整体静态的军事阵地，车兵俑、步兵俑、骑兵俑还有驾车的御手俑排列成各种阵势，武士俑们昂眉张目、肃然而立，神态坚定而勇敢。有冲锋陷阵的锐士，有手持弓弩的弓箭手，有短兵相接的甲士，有一手牵马一手提弓的骑士，还有身材魁梧、气度非凡的将军。那一匹匹曳车的陶马，两耳竖立、双目圆睁、张鼻嘶鸣、跃跃欲试。这几百个栩栩如生的陶俑官兵，好似整装待发，又好似临战之前，目视前方、待命而发、昂首挺胸、巍然伫立，再现了两千多年前秦军气吞山河的磅礴气势。

兵马俑展出后，在当地引起了强烈的反响。许多人慕名而来，他们中不仅有普通民众，还有一些知名人士。中国驻德大使夫妇曾以普通人的身份造访，智利驻德国大使和夫人专程前来参观，其中要数美国大使的来访最为声势浩大。美国大使来馆参观之前，先来了一众保安人员，带着猎犬在馆内外进行了一番地毯式搜查，检查是否有可疑爆炸物，然后清馆。一日，斯迪克勒先生在展馆里看到一位有着亚洲面孔和玲珑身材的女子，她久久地在兵马俑馆里流连忘返。他走过来询问时，她脸上挂着泪痕，原来这是一位在德国居住了十几年的中国女孩，兵马俑激起了她对家乡的思念之情。

斯迪克勒先生不无自豪地告诉我："你知道吗？这可是在中国以外唯一的兵马俑复制品永久性陈列啊！"据我所知，在美国休斯敦郊区的一个名为"紫金苑"的中国主题公园，曾经陈列了六千个为原版比例三倍的兵马俑复制品，但后来因修建高速路公园关闭，该公园就地甩卖了所有的兵马俑复制品，还曾经引发附近的人们排队购买的狂潮。至今，兵马俑复制品在海外永久性陈列展出的，这里是独一家。

事在人为，莫道万般皆是命。斯迪克勒先生在回忆往事时感慨地说，若不是他对中国文化的热爱和了解，当初在受到G先生的"纠缠"时，就不会脱口说出希望展示中国兵马俑的话，自然也就不会有后来的故事和今天的兵马俑陈列。因此，每当人们问起他怎么会想起要展出中国兵马俑时，他会神秘地笑着回答说，这是源于他与兵马俑前世今生的奇缘。

第六章 美国奇葩房东与房客

二十世纪九十年代，在美国芝加哥生活的我，因为厌烦了那里的寒冷，决定要到一个四季如春的地方生活。于是，1999年4月，我便在佛罗里达州为自己找好了工作和住处，然后就迫不及待地飞去了那里。

我下飞机后按地址找到所租的房子。开门的是一个四十开外的中年女人，她叫甄妮，中等身材、短发、微胖，有些跛脚。她先带我看了院子，并告诉我这房子里已经有三位房客了，并且都是男士，他们在上周已经陆续入住了，我是第四位房客。我听了很惊讶，这房子只有三间半卧室，怎么能住下四位房客呢？她自己住哪里呢？

"哦，那半间房半价租给乔治了，还有一位住在客厅里。"甄妮看出我的狐疑，马上解释道。"来，我带你看看所有房间，"她指着房子一侧的房间说，"那是主卧室，迪米住那里，他是一个非常温文尔雅的男孩儿。我喜欢他，你也会喜欢他的。他的工作也不错，在一个科技公司上班。西客房是为你预备的。你的隔壁是乔治，就是那个半间房，他在一个物流公司工作。我住东客房。"然后她指着客厅里的一张大床说："贾森住这里，他是年龄最大的，是运输公司的卡车司机。"

本就来美国时间不长、没有根基的我，初来乍到，人生地疏，囊中羞涩，重要的是尽快找个妥当的地方安顿下来，再从长计议，所以我并没有太多挑剔的资本。这虽然是一座只有一层的普通房子，却很温馨，尤其是那个栽满花花草草的院子，让我那在芝加哥的高楼公寓里被禁锢久了、渴望被释放的身心，一下子感到分外温暖和亲切。那几棵柚子树、橙子树和苹果树，最让热爱水果的我动心。我看着树上结满了尚小的果实，想象着那丰收时节满院果香的情景，心中十分欢喜。那把摆在院子角落里花坛前的卧式藤椅，将是我闲暇时读书和遐想的一隅。房子里的客厅很大，贾森的大床只占一个角落，我的房间虽然家居陈设简单却也够用。房东也很温和，我将在这里开始新的生活。

于是我告诉甄妮，我准备租下西客房。"那太好了，我真高兴有你这位女房客，不然一屋子男人怪没趣儿的，不过我可警告你，跟他们熟络以后不能给他们做饭，不然他们会被惯坏的。希望你们几个能相处融洽，如果有什么问题就告诉我。"甄妮显得非常兴奋。

作者在华盛顿国会山前

当天，我见到了乔治和贾森，他们看起来都很普通。我一直没有见到迪米，甄妮说迪米可能在他的朋友家住了，直到第三天才见到了他——瘦高个儿，褐色的卷发配上白皮肤，鼻梁上架一副深边眼镜，话不多，文质彬彬。他开一辆湖蓝色敞篷福特，看来经济状况是我们四个房客中最好的。至此，我总算见到了在这所房子里的所有人。于是，一个房东和四个房客就这样在这所房子里开启了新生活。

两周过去了，这所房子里的一切显得井然有序。房客们各忙各的，少有交集。甄妮像个快乐的主妇那样，扮演着"一家之主"的角色，上上下下、里里外外、迎来送往、嘘寒问暖，一切看似如意。

然而，谁也没有想到，在这平静和谐的表面之下，却正在酝酿着一出又一出闹剧。

甄妮并不是一个矜持的人，我抽空和她聊了几句，便了解了她的简单身世。她单身，不工作，靠领取政府残疾金过活，从休斯敦搬来这里不久，买下了这栋房子，盘算着出租给几个可心的人，租金加残疾金可以使她过得相当不错。从这两周来的情况看，事情正朝着甄妮设计的方向发展，因而她笑逐颜开。

第四周的一天，贾森没有回来住，第二天也没有回来，之后一连很多天都没有回来。一天，我正在房间里看书，忽然听到警笛大作，一路响着竟然来到了我们的院子外面。碰巧大家都在，我们几个都从各自的房间出来，从客厅的大玻璃窗向院子里张望，只见三个穿制服的警察走进来，这时候甄妮已经跑到院子里了。

"请问，贾森是住这里吗？"其中一名警察率先问道。

"是，是的，怎么啦？"甄妮紧张地问道。

"我们找他。"

"他已经好几天没回来了。"

"让所有人都到院子里去，我们要搜查这房子。"说着，他从衣袋里拿出了一张纸在甄妮眼前亮了一下，"这是搜查证。"甄妮愣了一下，似乎还想再多看几眼那张搜查证，可是警察已经把它收回了，在手里折叠好又放回衣袋里。

"让他们都立刻出来！"警察指着窗子里向外张望的我们对着甄妮命令道，我们几个赶紧走出房子，站在院子里观望着。警察们正往屋里走，甄妮在后面追着问："你们找什么？"其中一位警察回过身来轻描淡写地答道："找我们感兴趣的东西。"然后又冲着我们大声说："为了万无一失，我们也要进你们的房间查看一下。不过请放心，不会动你们的东西的。"说罢，又对着甄妮说：

"您最好还是在院子里面等待为好。"说完他就转身走进房子,没再搭理甄妮。她僵在那里,本想跟进房子里面却又停住了脚步。她转过身来看着我们,摊开双手无奈地耸耸肩膀。

"你们有谁这几天见过贾森?"她向我们问道,大家都摇头。

"说实话,我已经一周没见到他了。"乔治说。我和迪米都使劲儿摇头表示根本没见过他。"这人到底犯什么事儿了,让警察这么找他?"甄妮小声嘀咕着。

警察们在房子里搜查了一遍,又在院子各处也查看了一番后,两位走到大门外去抽烟,另一位走到甄妮面前。

"到底发生什么事儿了?"甄妮迫不及待地问道。

"贾森在这里住多久了?"警察问道。

"嗯,一个月了。他怎么了?"甄妮答道。

"他在你这儿居住期间有什么可疑举止吗?"警察又问甄妮。

"没有啊,到底发生了什么事?"

"有没有其他可疑人来找过他?"

"这个,好像没有过,可不可以请你告诉我他到底犯什么事儿了?"

"他贩毒!我们正在找他,他可能是提前听到什么消息跑了。"

"啊!他贩毒?"甄妮吃惊不小,我们几个也都惊讶地互相看了看。

"对,我们抓到了他的同伙,供出了他,所以我们现在得找到他,这是刚才在他的床垫底下找到的。"警察亮出手里拿的两个透明小塑料袋,果然里面是白色粉末,"如果你们之后在房里发现这样的东西,请马上报告我们。"

看来事情非常严重,此时甄妮被吓得脸色灰白。警察指着我们几个说:"你们都去房间里看看有没有丢什么东西,他走之前也许会顺手偷点儿东西也说不定。"听警察这么一说,我们几个似乎刚刚从梦中醒过来一样,拔腿就往各自的房间跑。没过一会儿,甄妮手里拿着几个首饰盒跑到警察面前,哭丧着脸说:"这几个首饰盒里的首饰都没了,一定是贾森拿了,这该死的东西!"

"都是什么首饰?价值高吗?"警察问。

"一条钻石项链,一串珍珠项链,还有一个蓝宝石戒指是我在泰国买的。哎呀,我损失太大了,你们抓到贾森可一定要他赔我啊!"

"这些首饰上保险了吗？"警察问道。

"没，没有，本来是想……"

"留照片了吗？"

"照片？没有。谁能想到会被偷啊！"甄妮哭丧着脸回答道。

"就这些吗？"警察问。

"这些还不够啊？"甄妮抢白道。我们几个都没发现丢什么东西，估计大家也都没什么值钱的物件吧。

"带着这些盒子，跟我们去警署登记。"

警察一行带着甄妮走了。临走前警察告诫大家，如果他回来了不要让他进屋，立刻报告。

作者在旧金山

此后连续几天，大家都战战兢兢的。特别是甄妮，怕贾森回来闹事，嘱咐大家一定要锁好房门，如果他回来了，千万别让他进屋子，马上报警，等等。那段时间大家都好紧张。然而，贾森并没有再回来。大家的神经慢慢松弛下来，这事总算过去了。

第六章　美国奇葩房东与房客

贾森不在了，甄妮把原来他睡觉的大床换成了一套沙发，她对我们几个说："现在只剩下你们三个了。这样好，人少一点儿更好，你们大家生活也更方便些。咱们就这样一直下去，我也不再请租客了，就咱们几个住这房子，咱们都好好的，像一家人那样啊！"听甄妮这样讲，我们三个自然没理由不高兴。这段时间大家各忙各的，少有交集，总算消停了一阵子。

一天下午，迪米被朋友搀扶着步履蹒跚地回来了，头上裹满了白色绷带。"啊呀，这是怎么了？"甄妮忙不迭地上前询问。原来当天早上他驾车上班的路上，经过一个岔路口时，竟然忽略了"停止"信号继续前行进入主干道，此时正在主干道上正常行驶的一辆皮卡躲闪不及与其撞个正着，把迪米的车撞得打转，造成他重度脑震荡，需要休息静养一段时间。心爱的蓝色福特也报废了，他极其沮丧。

两周后的一天，甄妮下午出门回来，忽然在厨房的台面上看到了一封信。打开一看，那是迪米留给她的，上面写道："甄妮，我已经搬出了这所房子，不再租住。该付的房租都已支付了，我只带了自己的东西。谢谢，再见！"甄妮拿着信，怅然若失。

迪米走了以后，甄妮有好几天像丢了魂似的，有几次我看到她坐在院子里那张藤椅上发呆。就剩下我和乔治两个房客了，我发现甄妮忽然对乔治格外热情起来。她对我一向很好，但是对乔治从来都不在意。乔治是那种在人群中不起眼的人，中规中矩，十分努力，除了在物流公司送货，周末还在餐馆打一份工，所以早出晚归，勤勤恳恳地挣钱。

在迪米走了两周后的一天，乔治来向甄妮退租。原因是他的女友在拉斯维加斯找到了工作，要他一起去。甄妮先是愣了一会儿，然后马上不自然地笑了说："好啊好啊，去吧去吧，希望你走大运啊！保重吧！"

在两个多月里，原本的四个房客，走的走，逃的逃，撤的撤，如今只剩下了我一个。虽说天下没有不散的筵席，可这筵席也散得太快了点儿，甄妮曾经的如意打算和规划，被无情地打破了。"唉，人算不如天算啊，他们都走了，就剩我们俩了，你不会哪天也丢下我一走了之吧？"她用茫然的眼神望向我。我摇摇头，无语。那一刻，我感受到她的失落，心里很是同情她。

两个女人的日子，简单、平静多了。我上班，甄妮在家，她上网聊天交友，出去买东西，高兴了给我做顿饭，我也常常做中餐给她吃。有时候，兴之所至，她会开车拉上我去一家新奥尔良辣鸡翅店痛痛快快地吃一顿。有时候，周末心情好的话，我们会一起开车去保龄球馆打一场保龄球。甄妮允许我用她的台式电脑，她给我讲她在交友网站上认识的那些男人。有时候，她去赴网友的约，回来会唠叨几句约会的情况。

一次去约会回来，甄妮一屁股坐在沙发上。我看她脸色不好，就问："怎么，不顺利吗？"她看了我一眼："这个人网上职业一栏写其他，网聊时我问他做什么，他说是制造业的，我想无非就是工厂呗。今天见面我又问他是做什么的，谁知他说原来是做食品的。我问现在呢，他犹豫了一会儿说失业了，在领失业救济金。我问他领多久了，他说很久了。这不是开玩笑嘛，我怎么能跟一个领失业救济金的人好呢！唉，算了算了，可惜了，他还挺幽默有趣的。"

另一次，她准备去赴约，精心打扮了一番，临走前还兴致勃勃地对我说自己预感这回靠谱。待她回来，我问"怎么样"，她没好气地说："真没想到他居然是个残疾人，戴着一副助听器。在谈话间，我委婉地问他戴几年了，谁知他说上小学的时候，一场大病后就丧失了大部分听力。这个我可受不了，他怎么能不事先在个人简介中说清楚呢，视频的时候我也没看出来啊。唉，可惜了，年龄和长相都是我中意的。唉，浪费了那么多时间跟他网聊还约会，真是的。"之后，她赴约不那么频繁了，似乎经过这几次打击，变得更实际了些。

夏季来了，黄昏落日之时，甄妮会坐在电脑前与她那些网友网聊。此时，我常常会半躺在院子里的那张藤椅上。白天的炎热已然散去，微风和煦，漫天彩霞，我在这里享受这份惬意，或是静心读书，或是欣赏满院的缤纷花木，心满意足。

夏去秋来，甄妮告诉我，她已经买好了飞往德国的机票，后天将启程去看望儿子一个月，她说她放心把家交给我。

甄妮走后，我一个人守着偌大的院子和房子，既悠闲又舒畅。初秋时节，院子里的几棵果树挂满了果实，柚子树上硕大的柚子把树枝压弯，满院果香沁人心脾。我每天早上起床的第一件事，就是去果树下捡拾掉在地上的果子，然后美美地享用。我常常幻想，如果我有这么一处院落，关起门来过日子，世间的明争暗斗、尔虞我诈与我何干？与世无争地守着它，岁月静好，颐养身心，又不由得想起李白的那句"桃花流水窅然去,别有天地非人间"。

然而,神仙般的日子转瞬即逝。一个月过去了,甄妮风尘仆仆地回来了,还给我带来了一个小礼物。我们的关系越来越近。一天傍晚,我给甄妮做了中式炒面。她说从来没吃过这么好吃的炒面,还心血来潮地开了瓶红酒。饭后,我们一起坐在院子里,看着夕阳西下,她给我讲起她的过去。

作者在北卡罗来纳州访问 CFT 公司

二十世纪七十年代她从德国移民到美国,后来嫁给了一个美国人,生了一个儿子。一次意外的交通事故使她的一条腿残疾。从那以后,她便靠领取残疾金生活,一家三口过着平静的日子。后来她发现丈夫不知从什么时候开始有了怪癖——喜欢穿女人的衣服,喜欢涂脂抹粉搽口红,打扮成女人的样子。他白天看似正常人一样地去上班,下班回来后,常常打扮成女人的样子去酒吧、舞厅等娱乐场所鬼混,很晚才回来。她觉得不可理喻,问他为什么这样。丈夫叫她别管,她生气、吵闹,但是无济于事,丈夫仍然我行我素。她感到屈辱和不解,在邻居面前也颜面尽失,可她除了忍气吞声别无他法——这个家靠丈夫支撑啊!

几年之后，丈夫的怪癖越发走火入魔。终于有一天他对甄妮说，自己觉得生活太压抑，他讨厌自己男人的身份，再也忍受不了了。他说他们的婚姻是个错误，他很对不起她，但是这种生活他再也不能继续下去了。他说这些年他不得不在生活中扮演两种完全不同的角色，心灵因压抑而备受煎熬。他说他的内心快要崩溃了，他再也不能这样下去了，他决定离家出走，去找寻自己心灵的自由和幸福。最后他对甄妮说："我很抱歉，但是我只有这一条路了，请你理解我。"

此时甄妮看着他，心如死灰。丈夫走了，这一走就是十几年，杳无音信。他的出走对甄妮来说与其说是灾难不如说是解脱，使她从过去那种畸形的、压抑的夫妻关系中解脱了出来，使她重又燃起对未来的希望。

一年以后，我离开了佛罗里达州，而甄妮仍是孑然一身。

第七章 没落帝国葡萄牙

葡萄牙，地处欧洲西南部伊比利亚半岛，曾经是发达的资本主义国家，曾经拥有过辉煌的往昔，而今沦落为欧盟各国中一个不很发达的国家。历史在这块土地上留下了无以计数的遗迹。温暖的气候，充足的阳光，多元的文化，多样的美食，使葡萄牙成为旅游胜地。我对葡萄牙也向往已久，2018年夏，我们从德国启程飞抵里斯本。

作者在里斯本

我满心期待着阳光、温暖、舒适的气候，不承想到了这里却是阴云密布、冷风习习、阴雨绵绵。而此时的德国，却意外地阳光明媚，像是老天爷跟我们开了个玩笑。虽已是六月，里斯本的气温却仅比全年平均气温高不了多少。就在这种反常的天气里，我们开启了葡萄牙之旅。

魅力十足的里斯本、中世纪小城埃武拉、没落的历史名城贝雅、袖珍村庄梦撒阿什，这一切都让人流连忘返。还有另一种风景，不得不说精彩纷呈，那便是那些一路上所遇到的人和事。

里斯本

这个地处欧洲最西端的城市，充满了活力和异国风情。里斯本所拥有的历史古迹之丰富，足以让其他城市艳羡不已。修道院、教堂、宫殿、城堡、博物馆、中世纪的街景、老城区的狭窄街道和爬山缆车、河岸长廊、翠绿的公园，还有那热闹的罗西欧广场、阿尔法玛区、科梅西奥广场，以及奇妙浪漫的辛特拉镇，都散发着无穷的魅力。

来自罗马尼亚的出租车司机

下了飞机，我们在机场排队后上了一辆出租车。刚驶离机场，在一个并道转弯处，我们的车与另一辆车发生了点儿小矛盾，无非是谁先走谁后走的问题。我们的司机按了喇叭，比画着向对方司机表示不满，之后那辆车就不依不饶地尾随在我们车后。

那辆车的司机瞅准机会超车，开到我们前面，强行挡住我们的去路，然后他从窗户伸出胳膊比画着那个尽人皆知的最无耻的手势，向我们的司机示威。这边也不含糊，同样的手势带着表情、口型一起回过去。就这样你来我往地持续了几分钟之久。然后那司机大概是骂够了过了瘾，才一踩油门扬长而去。

这时候我们的司机才腾出工夫来搭理我们。他很健谈，你问一句，他答十句，滔滔不绝，向我们介绍葡萄牙。他像是见过一些世面的，讲起来头头是道，想必接待了不知道多少世界各地的游客，见多识广，英语也流利。他说自己是罗马尼亚人，已经在葡萄牙生活了二十多年，他每天上的是夜班，从下午四点多开始，工作到凌晨四点钟。

为了答谢他的服务，在到达目的地后，我们加倍付给了他小费。

民宿租赁代理商尤塔

来之前，我们从网上租了一处民宿公寓，按地址找到了那个街道，却发现怎么也找不到那栋楼。打电话给预留的号码，把街道名称、旁边景物都描述了一遍之后，对方很抱歉地告诉我们这是完全错误的地点。原来在里斯本有两个同样名字的街区，彼此差了好几千米。他让我们在原地等候，他开车来接我们。他叫尤塔。

此时已是晚上七点多，由于阴天，天黑得早，凉风习习。小巷尽头有一家小酒馆，我们决定去那里消磨等候的时间。走进小酒馆，我们吃惊地发现，这里竟然小到不可思议，原本是一间大约六七平方米的小房间，被一个吧台在房间的一侧隔开，在一个角落放置了一张小得不能再小的桌子，剩下的空间就只能容两三个人前胸贴后背地站在吧台前了。夜才刚刚开始，在里斯本的市中心，游客们三三两两地在街上游逛，寻找合意的餐馆吃晚餐。而酒吧对于他们来说尚早，所以这里空无一人。

我们刚踌躇了一下，就从吧台后面站起一个人。定睛一看，原来是一个浓妆艳抹、身材丰满的年轻姑娘，她用下巴指向角落里的桌子示意我们坐下。然后她问喝什么，我先生要了一杯马蒂尼，我要了橙汁。

这一天的旅途劳顿，还没有找到住处呢，我可不想先把自己喝晕了。姑娘拿完了喝的就再也不搭理我们了，让我们自娱自乐，她自顾自地在吧台里面忙碌着。不一会儿，就听见外面有几个男人大声说话唱歌，伴着声音走进来三个小伙子，他们一起挤在狭小的吧台前，大声地跟姑娘打情骂俏。

我们完全不懂葡萄牙语，但姑娘和小伙子们之间你一言我一语地来来往往，那眼神、那声调、那肢体语言，明里的和暗里的勾勾搭搭、眉来眼去，我们还是看得懂的。这时，先生的手机响了起来，尤塔到了，原来时间也可以过得这么快啊！

尤塔看起来三四十岁，一米八的身高，留有少许胡须，穿着深蓝色的旧西装，头发理得短，显得干净利索。他开一辆破旧的雷诺，车顶外部和车身两边的油漆都掉了，原本黑色的地方泛着白。

我们坐进了他的车才看到，车里还有一个人，他说是他的妻子。车里乱七八糟的，还有很多东西。尤塔把我们拉到民宿公寓，跟我们交代了公寓内家居设施的用法和注意事项。他的英语很流畅，人很热情、友好，而且成熟稳健，待人接物通达事理，服务也很周到。

他告诉我们，他替房主管理着很多民宿公寓。像里斯本这样有着得天独厚地理气候条件的旅游城市，基本上全年都没有什么淡季。近年来民宿发展得如火如荼，想必尤塔靠此营生养家糊口是不会有问题的。据他说，他整天迎来送往忙个不停，常常一天要接待三四拨儿游客。

第二天下起雨来，忘记带雨伞的我们在公寓里找不到雨伞，打电话向他询问，他说没有备伞。但没想到他说他马上过来送伞，一会儿他真的又冒雨开车跑来送了一把雨伞，让我们很感动。

这雨下了整整一天，如果没有伞，我们就只能待在房间里荒废宝贵的时间了。

简朴温馨的民宿公寓

我们租住的是一处在居民区中的公寓，这栋公寓楼坐落在一条单向行驶的胡同里。从外观看，它是一座干净漂亮的小楼，进入楼内，发现更加干净，一尘不染。据说这栋楼至少有一百多年了。楼门有锁，只有住户才有钥匙，外人无法进入。楼高四层，每层有两户，可是却有四个户门，每户有一扇门是封死的假门，让人以为每层有四户人家，不知是何种用意。我们的公寓户型是两居两卫，里面装修得崭新，客厅外有一个小阳台，大约长两米，宽不足一米，刚刚好放下两张小靠背椅和一张小桌。阳台边上放着一盆开着玫瑰色小花的绿植，绿植爬上墙，玫瑰色的小花沿枝头蔓延在墙上，在杏黄色的墙上格外醒目。从楼下仰头一望，便知那个阳台的位置是我们的公寓。

公寓里各处摆着七八盆大大小小的绿植，就连并不宽敞的浴室里，浴盆一角上方也见缝插针地挂着两盆，看得出主人热爱植物。

公寓内的家居布置极其简单。卧室靠墙摆放着一个老旧粗木的长木条，刷了蓝色油漆，上面摆了一幅油画、一面镜子和一些装饰品。靠墙是一个衣柜，床两边各有一个刷了黄白油漆的高脚木凳，上面刚好能放下一盏台灯，算是床头柜了。

客厅里有一张圆木桌和四张藤椅，一张很小的折叠桌支起一台小电视机，也是公寓内唯一的电视机；沙发前摆着一张很小的简易圆桌，算是茶几吧。这些甚至都不能被称为家具，只不过是些简单的物件。只有一件很特别的家具，那便是客厅一角摆放着的一个中国民间的老式彩色木柜，不知房主人与中国有着怎样的渊源。

这座小公寓，以其简朴的家居装饰，配合无处不在的绿植，营造出温馨、舒适的氛围，给我们在里斯本一周的旅行，提供了一个远比大饭店更令人感到惬意和踏实的住处。

而这公寓更大的妙处是它的景色。从公寓正面的窗户和阳台望出去就是特霍河，可称之为名副其实的河景房。特霍河一望无际，从这里向西两三千米就是大西洋的入海口。河上时而有货轮和小型游轮驶过，偶尔也有灰色的挂国旗的小型军舰驶过，东边这一岸停泊着两艘大型游轮。周末，河上白帆点点。天气晴朗时，河水是蔚蓝色的，像是大海。

在阳光明媚的好天气里，坐在阳台上的小桌旁，看着这景色，喝茶吃点心或看一本书，是件绝顶惬意的事。

从我们的公寓楼到特霍河之间有一大片中间地带，那是一个警察营。从这里望过去，警察营里的一切一览无余。

警察营外围有五角形的高墙，每个围墙角有一个带多个射击孔的瞭望塔。院内沿墙一圈是红瓦屋顶的营房，南边一角有一个篮球场。西边角上是一座小教堂，想不到警营内还建有教堂。东边院角是有卫兵把守的出入口，中间开阔的广场上停放着很多车辆。除轿车外，还有一些吉普车和巡逻车，时常有巡逻车从外面开进来停在广场上，从车上走下来几名身着浅蓝色短袖上衣和深蓝色长裤的男女警察。他们走回营房，然后马上又有换班的警察将车开走。每天早上有操练，队伍中有男有女。

社区生活一瞥

我们这座公寓楼的背面有几个各自独立的小院子，都是属于这座楼一层住户的。各个小院中常常上演日常生活中的各种场景，俯瞰这一切煞是有趣。院子后面是另一座居民楼，楼上的一扇窗户里常常有一男一女轮流探出头来，边抽烟边欣赏河上的风景，不时窥探下面几个小院的情景。

胡同里来来往往的大都是在这条胡同里居住的居民。每日清晨，大爷大妈提着篮子、布兜去买菜，碰面后彼此寒暄，充满了浓郁的社区和市井生活气息。

胡同里有一家小面包店，这几日我常常去买面包点心，比德国便宜很多。还有一家超市，里面日常生活所需的蔬菜、瓜果、肉类应有尽有，价格也更便宜一些。有意思的是，一次，我们在超市购物，结账时因为没有零钱给了一百欧元的钞票。收银员一看就摇头，说找不开，他还抱怨说谁出门拿这么大的钞票购物啊，找不开给人添麻烦。我们只好改日带了零钱再来。

可以看出，当地人日常购物不会太大手笔——一次性花几十欧元，所以百元大钞在日常生活中是罕见之物。

沙丁鱼节

作者在里斯本罗西欧广场

从周四开始，在这条胡同里的人们就忙着在胡同中心的社区广场搭台子，布置音响设备，挂彩条，挂灯笼。周五上午十点钟，社区广场的舞台上就开始演出了。首先登场的是一位女歌手和她的乐队，她热情地演出持续了两个多小时。接着又换了一位男歌手，边弹吉他边演唱。就这样演出持续了一天，直到晚八点以后，庆典进入高潮。一位男歌手和乐队热情四射的表演，吸引了越来越多的人聚集到这里。人们跟着音乐跳起来，一位老祖母和孙女也搭着肩跳起舞来。整条胡同里设了很多小吃摊位。人们拖家带口、络绎不绝，男女老幼尽情地吃喝玩乐。这场庆典一直持续到凌晨一点多。

第二天，我们在胡同口看到了一个宣传广告板，上面写着"沙丁鱼节"，方才知道这场庆典是因沙丁鱼而起的。多么有趣啊！这显然是沿海城市的一个特色，更有趣的是这场庆典仅限于这一条胡同，而我们则从阳台上见证了整个过程。

兵营重地不得久留

一日我从一座兵营大门前经过时，看到有一位年轻女孩坐在马路对面的地上，她靠着墙坐在树荫里，旁边是她的一条狗。可能是她坐在那里太久的原因，引起了守门警卫的注意。警卫过去询问，女孩大概说她的狗狗累了，在这里歇一会儿喝口水，不可以吗？警卫说，这里是兵营重地，不可久留，歇完了赶紧走啊。说完他又走回兵营大门口接着站岗，不过这是我看他们的对话情景和肢体语言猜测的。

里斯本的繁华与萧条

葡萄牙一向是受人喜爱的旅游胜地，尤其受欧洲人的青睐，国际游客中百分之八十以上来自西班牙、英国、德国、法国等欧洲国家。葡萄牙旅游产业位居全球第十八位。悠久的历史，多元的文化，丰富的旅游资源，美食，风格各异的自然、人文景观，宜人的气候，所有这些都足以使游客心向往之。而作为首都的里斯本，更是游客的首选。在里斯本，我们看到游客充斥着市区的大街小巷，有的旅游景点甚至需要排队进入。街头巷尾的餐馆、酒吧、冰激凌店、面包甜品店都塞满了游客，源源不断的客流给葡萄牙的旅游业带来了丰厚的收入。

第七章　没落帝国葡萄牙

然而奇怪的是，我们在里斯本各处都看到很多废弃的楼房，即便是在城里非常好的地段，废弃的无人居住的小房子、小院子比比皆是，那些整栋的商业楼人去楼空。一座很大的院子，里面有一座办公楼像是一所学校或政府机关，整个院子空空荡荡，人去楼空，杂草丛生，这种萧条景象即便是繁华与喧嚣也掩盖不住。

蛋挞还是"糖挞"

相信几乎所有来里斯本旅游的游客都会像我一样渴望品尝正宗的葡萄牙蛋挞。蛋挞是我的最爱，无论走到哪里，看到蛋挞我都会情不自禁地买来大饱口福。在尝了世界各地的许多蛋挞后，来到里斯本的这个正宗蛋挞店，自然是要尽情品尝了。在街头蛋挞店看到表皮烤得焦黄的蛋挞，买来满心期待地咬一口。嗯，怎么没有鸡蛋的醇香味，取而代之的却是甜丝丝的糖味，令人大失所望。是不是各家糕点店配方有差别？但是我尝试了几家，全是同一种味道，我再也提不起兴致。失望之余禁不住在心中自问，这到底是蛋挞还是"糖挞"？

铺天盖地的涂鸦

里斯本有一件事情使我喜欢不起来，那就是遍地都是涂鸦。这使我想起了美国，在那里我曾第一次看到如此泛滥的涂鸦。建筑物外墙、玻璃、商店橱窗、地铁、火车站沿途各站内外、广告牌、过街天桥、高速路边等，涂鸦无处不在，非常"猖獗"，这不但粗暴地污染了公共环境和市容市貌，也粗暴地践踏了私人财产和私人领地。

你可能会想，里斯本游客众多，会不会是游客所为？非也，涂鸦是需要预先策划和准备的。就看这些涂鸦的所在位置，大部分都是需要攀爬的地方，而且涂鸦往往是多种颜色的，因此需要提前买好各种颜料，备好攀爬所需的绳索和梯子。拿这么多材料、物件也非一个人可以做到，需要有帮手，所以还要团队合作。除此之外，还需在夜深人静时操作。如此看来，涂鸦是一件颇费周折并且很破费的事情。

令人遗憾的是，一些国家的大城市涂鸦猖獗、屡禁不止。无论如何，城市里的涂鸦就像人身上的牛皮癣，虽非大毛病，却极其令人讨厌而且难以摆脱。

种族大熔炉

在里斯本有一个很有趣的现象，就是当地人的千人千面、多种多样。

我指的不是来自世界各地的游客，而是里斯本当地人。当地人从相貌到体形，从肤色到头发都千差万别、五花八门。肤色由白到黑、由浅变深，演变出千差万别的肤色来，仿佛是由画家的调色板随意调出的各种不同色彩，各种可以想象的和不能想象的颜色大全，人种也是集各类人种之大全。他们的体形也是千姿百态，有的年轻女孩的体形如枣核，可以想见若干年前各种族是怎样在这块土地上大融合的。

历史上葡萄牙人经历了两三千年的民族混杂和融合的过程。公元前1000年，腓尼基人、希腊人和迦太基人就先后来到伊比利亚半岛，对当地的利比里亚人进行殖民并与之混居。公元前二世纪至公元四世纪，这些混合居民在罗马帝国的统治下，又与罗马人发生混合。从公元八世纪起，阿拉伯人对这里侵占和统治了四百多年。外来民族在葡萄牙人的血统、文化、建筑和语言中留下了痕迹。十五世纪和十六世纪，随着航海业的发展，由于新航路的开辟和新大陆的发现，葡萄牙逐渐发展成为海上强国和殖民帝国，在非洲、美洲和亚洲建立了许多殖民地。同时葡萄牙又是欧洲最早从事奴隶贸易的国家，除将大批黑奴运往美洲以外，也运入国内，这对葡萄牙本身的民族构成有一定的影响。

可以说，葡萄牙是一个不折不扣的种族大熔炉。

美丽小城埃武拉

翌日，我们前往老城阿尔法玛区。里斯本最古老的城堡之一——圣若热城堡，是市内的制高点。站在城堡的围墙上，俯瞰整个里斯本，左边是一望无际的蔚蓝色的大西洋，右边是老城区高低错落有致的红顶白墙的房子。在温暖的阳光下，这座古城尽显其美丽妖娆。

第七章　没落帝国葡萄牙

下来的途中，听到教堂管风琴的奏乐声。我们忽然看到前方有很多人聚集在一起，走近才知道这里戒严了，因为前面的教堂里正在举行婚礼。我们向教堂走去，到处都是警车和警察，拉起的警戒线把人群挡在教堂外面几十米处。是什么显赫人物的婚礼这般兴师动众？我们正在纳闷时，从人群头顶看到一对新人正在音乐声中走向教堂入口处的背影。新郎身着黑色礼服，手挽着头披长头纱、身穿白色婚纱的新娘，正一步步走上教堂台阶，走得那么缓慢，仿佛每一步都要好好考虑斟酌，又走得那么郑重，毕竟一旦走入这扇大门就意味着一生的承诺。当他们的身影消失在教堂里时，教堂的大门也随即缓缓关闭。

转过身来，我们惊异地看到在教堂下面的坡道上停放着一长排豪华古董敞篷老爷车，足有十几辆颜色、牌子各异的我从未见过的老爷车。人们新奇而兴奋地围观、拍照、评头论足，有的人甚至坐进车里过瘾，我也在福特和凯迪拉克车前拍了照。警察在旁边看着，确保秩序井然。原来此时在教堂中有十二对新人正在举行集体婚礼，这些车辆有的是他们自己的，有的是朋友的。十几辆老爷车排成一列，阵势颇为壮观。

教堂前有一个小广场，此时各条小路都被警车封堵，不得通过，就连公交、缆车也在这一段停运了。旁边还停着三辆摩托警车，每辆上面有两名警察全副武装。如此兴师动众，令人揣测这十二对新人和嘉宾一定非富即贵，身份显赫。

没有田园风光的高速路

结束了在里斯本一周的游览，我们从里斯本国际机场租了一辆车开往埃武拉。从里斯本到埃武拉的距离大约为一百五十千米。行驶在高速路上，我方才体会到国内高速路的好来，那一水儿高质量的柏油公路，一马平川，行驶在上面四平八稳，感觉不到一点儿颠簸，彼时彼刻却丝毫没有感觉有什么新奇，反而觉得理所当然。而此时此刻行驶在葡萄牙里斯本的高速路上方才幡然醒悟，原来那并非理所当然。这段高速路只有一小段是高质量的，大部分是老旧的、低质量的，有的路段坑坑洼洼的。路上限速每小时一百二十千米，整条高速路上没有什么车辆，这恐怕与葡萄牙人口密度低、汽油价格高以及经济萧条不无关系。

一路上，我所期待的高速路两旁美丽的田园风光并没有出现，像在德国、法国、意大利、比利时、瑞士、丹麦、荷兰等发达西欧国家高速路两旁，令人心旷神怡的如画的风景，恬静的田园风光——田野、村庄、房舍、牛羊、马群，这一切都没有出现，取而代之的是很少的农田，而大部分是稀疏的草地和稀松的树木，没有村庄，没有房舍，像是进入了无人区。只在一处看到了几十头牛。这大概是葡萄牙人口密度低的缘故，葡萄牙人口为一千一百万，里斯本人口不到三百万。

房东

抵达小城埃武拉，当我们找到预订的租住屋时，比预约的时间早了一小时。我们在狭窄的单行石子小路边停好车后，一眼看到路边有一个很小的咖啡馆，两张小圆桌摆在咖啡馆外只有一米多宽的步行道上，其中一张圆桌上已经坐了两名青年男子，在遮阳伞下边吃东西边谈话。不同于里斯本，这里阳光非常强烈，气温二十六摄氏度，湛蓝的天空上没有一朵云彩，午后炙热的阳光洒在石子小路上。小路的另一侧是一排排摩尔风格的住宅小巷，清一色的白房子在强烈阳光的反射和折射中呈现出极具艺术美感的画面，不由令人联想起现代派油画。

我们在另一张圆桌上坐下来，点了两杯卡布奇诺。女店主是一个个子只有一米五的中年妇人，正在忙着制作咖啡，这时候男店主马上从店里搬出来遮阳伞，并打开支在我们身后，替我们挡住了强烈的阳光。此时是下午两点半，店里都是年轻人在吃东西、聊天。今天是工作日，大城市里的工薪族年轻人此时大都在工作，而这里让人感受到有别于大城市的慢生活。卡布奇诺味道不错，结账时两杯卡布奇诺只要1.5欧元——好便宜啊！

当我们再次回到租住的房子前等候房东时，只见一名青年男子从远处向我们走来。此时巷子里空无一人，我们猜测他就是我们的房东。他步态轻盈，越走越近，穿一件白色麻质衬衫。一阵清风吹来，他齐肩长的卷发随风飘舞，他偏过头来举止优雅地撩开额前的卷发，脸上的神情是那样温柔、娴静。他走近我身边开口说"嗨，我是戛布芮尔"，并伸出手来与我

第七章　没落帝国葡萄牙

相握。

这所房子位于埃武拉老城街区附近，距离老城中心只有几百米，却闹中取静。这是一片富有浓郁摩尔建筑风格的住宅街区，房子位于一条石子小巷里。小巷两侧的房子和墙面全部被刷成了白色，房子高不过两层，院落接着院落，由白墙彼此相连。他迈着轻盈的步子带我们走进他的房子，打开那扇小门，窄窄的楼梯，拾级而上来到二层。这里是房子的第二道门，进得门来则是一间二十多平方米的宽敞客厅。一个传统的炉台设在厅的一侧，两间卧室，一个带浴室的卫生间，主卧室的窗户外面是另一条石子小巷。推开窗户，对面人家小院里结满果实的橙子树和柠檬树几乎触手可及。虽然家具和陈设非常简单，却可以满足周围游客的基本生活之需。

戛布芮尔领着我们察看房子各处，极其细致地介绍房内各处设施的功能和使用方法，并回答我们的问题。

"可以拍照吗？"我问道。

"拍什么？"没想到他很警觉地问。

"哦，只是随便拍张你们两个谈话的照片。"

"为什么？"他问。

我笑着说："中国人很爱拍照片的，走到哪儿拍到哪儿。呵呵，可以吗？"

"如果你不介意的话，我还是希望不要拍照为好。"他很婉转地说。

"哦，当然，我不介意，那就不拍了。"我收起手机，又一次意识到东西方对于隐私的范畴有不同的理解。

据他介绍，这所房子是他祖父母留下的，至少有一百年了，进行过整体修缮和装修。他自己曾经在这里居住过，如今他搬到另一座小镇，这里就短租给游客。最后他说："噢，差点儿忘记了，这栋房子有一个很美丽的阳台。在这里，请跟我来。"

他打开客厅边上的一扇门，走出去真是豁然开朗。这是一个很大的露台，大约不到二十平方米，下面显然是一层邻家的房顶。露台上有张大红油漆的长方桌，配着两把椅子，沿墙摆放了一地的各种绿植。从露台一侧的围栏望下去便是后面的小巷，能听到有人在石子小路上走路的脚步声、邻居开门互相问候的声音。一位拄着拐杖的老婆婆正与一位带着一对男孩女孩的妇人说话，开着的门里还站着一个五六岁的男童，另一家门前晾晒着刚洗好的衣服和床单，这些构成了一幅典型的市井生活画面。白色的围墙和黄瓦的屋顶与湛蓝的天空形成鲜明的色彩反差。再往远处看，可以看到另一个小巷里的房子和十字路口的街景。

我喜欢这所老房子，喜欢这里的环境和氛围，可以观察和品味小城当地人们的生活，尤其喜欢这个露台，无论是用餐、喝下午茶、看日出、观夕阳、赏星望月，还是听晨鸟欢歌、望雨后彩虹，都是绝妙的所在。

这时候他又说："啊，对了，如果你们觉得枕头不舒服的话，这里有备用的。"他指给我们看主卧室墙角背后一处空间，那里有卫生纸、毯子、枕头、电扇和其他杂物。"噢，还有，如果你们觉得午后的阳光太强烈可以关上这扇窗"。他演示给我们看。那是一扇木窗，许多欧洲老式建筑都有。"嗯，你们要不要我指给你们看在哪里可以免费停车？"他非常详尽体贴地介绍了房子里所有的设施，还在努力地想还有什么遗漏的地方。

离开时，他忽然用中文说："欢迎！"

着实让我吃惊不小，我欣喜地问："你能说中文？"

"只能说一点点。"他笑着说。

我问是什么样的原因让他能说一点儿中文，他解释道他只是在某个阶段学过一点点中文而已，并没有坚持学下去。

我告诉他我来自北京，又问他是否去过中国。他回答说还没有，不过他很想有机会去那里看看。我说任何时候去中国旅游都非常欢迎，听了这话他很认真地看看我，显得若有所思。

此后的几天，我在这栋房子里看到了几样跟中国有关的物件：一张挂在客厅墙上的"2018年狗年大吉"的中国日历，卧室床头柜上一盏印有"吉祥"字样的台灯，厨房橱柜里的一盒产于安徽的中国绿茶。卧室墙壁上有两幅画，一幅是日本古代仕女图，另一幅是中国云南水乡竹楼的生活画。我又在客厅书架上看到一张介绍印度古老的医学和哲学的光盘。不知这家人与中国有着怎样的渊源，或许他们对遥远神秘的东方有一种好奇或兴趣。

第七章 没落帝国葡萄牙

我们无比愉快地在埃武拉小城游览了一周，离开那天，本不必前来的戛布芮尔特地又跑来带给我一个惊喜。他送给我一个礼物，这是一种我从未见过也没听说过的工艺品——菩提纱画。在半面A4尺寸的印有墨绿色花纹的硬卡片上，贴敷了一层暗红色的毛毡，毛毡上粘贴着一片巨大的树叶。那不是一片普通的树叶，而是一片精心制作的菩提树叶，经过特殊的沤制工艺，洗去了叶子上的其他成分而只留下细密的经纬，叶片上所有的脉络和纹理都清晰可见、缜密而精细。更加令人叫绝的是又在那上面作了一幅画，画面上是中国古代百媚之一的秦若兰。只见她霓裳羽衣、云发高盘、怀抱琵琶、轻弹浅唱、婀娜多姿、妩媚动人，一个美丽的古代女子跃然纸上。落款还有一个极小的图章，卡片上印有几个繁体字"广州菩提纱画"。虽然岁月抹去了艳丽的色彩，但画面却依然生动，制作可谓异常精美。

这是一件满是岁月痕迹的物品，从中国辗转来到葡萄牙，背后一定有着一段不平凡的故事。手捧着它，我心中很是感动。

戛布芮尔告诉我们这是他祖父的遗物，祖父年轻时曾经去过当时的澳门，并经由澳门到访中国南方。祖父生前曾经梦想再次去中国北方游览，却因身体原因未能成行，成为他晚年心中的一桩憾事。

那日，我的到来以及我们的一次谈话，使他忆起了祖父，忆起了祖父曾经对他讲起的那些关于中国的故事。如今老人家已仙逝，他想把这件来自中国的特殊礼物赠给我这个目前为止他的小屋里唯一的中国客人，他觉得这样更加有意义。

戛布芮尔轻声慢语，娓娓道来，他的真诚和一番话语令我深受感动。回到家，我把这件年代久远的珍贵的菩提纱画镶入相框摆上案头，一有空就会细细地观看。它是那么精巧、雅致，令我百看不厌、爱不释手。

菩提纱画是广州民间传统工艺品，已有一千年的历史。菩提树是佛家的"神圣之树"，传说释迦牟尼在菩提树下得道。菩提树随佛教在六朝时传入中国，始种植于广州光孝寺，后经寺僧取叶沤制，民间画工、艺匠以中国画技法精绘而成菩提纱画。

这一个珍贵的、承载了岁月沧桑和深厚文化内涵的菩提纱画，由戛布芮尔的祖父从中国带到葡萄牙，又机缘巧合地转到了我的手上，赋予了它不凡的传奇色彩，它将伴随我的余生。每每看到它，我都会常常忆起那个葡萄牙房东。

保存最完好的中世纪小城

埃武拉是葡萄牙最美、保存最完好的中世纪小城之一。这里在十五世纪曾是葡萄牙首都和皇室所在地，历经罗马人和摩尔人的统治。这里的建筑留下了历史的烙印，建筑和城市风貌形成了特有的艺术风格。1986年，埃武拉被列为世界文化遗产。

作者在中世纪小城埃武拉

作为历史上葡萄牙的首都，这里曾经地位显赫，宗教势力强大，教堂比比皆是，大小广场分布在小城各处，还有修道院。每走一段路就会出现一座教堂，颇似意大利的佛罗伦萨。城中地势最高处有一座中世纪主教堂和回廊，周边分布着罗马神庙遗址、罗马城墙遗址、温泉浴池、唐娜·依萨贝尔拱门以及古罗马引水渠，这些都是公元三世纪罗马帝国统治时期的遗迹。

罗马帝国灭亡后，埃武拉先是被西哥特人侵占，随后又在715年被阿拉伯人占领，直到1165年才回归了葡萄牙，因此小城在建筑风格上体现出哥特式和阿拉伯特色并存的特点。城中随处可见摩尔风格的小广场、门楼和民居。

埃武拉小城位于阿兰特茹平原，沿着一座小山丘顺势建成，以山丘的最高点为中心，向四周辐射散发开来。中心处是希拉尔多广场，教堂、民居、街道、商铺向四周辐射散发开来。街道地面为卵石铺就，而民居则分布在一条条狭长的巷子里，有点儿像北京南锣鼓巷和大栅栏的狭窄胡同。

如今在这些窄巷里布满了大大小小的餐馆，餐馆因地制宜，把餐桌摆在露天街道上，空间狭小得只能摆两张小桌子。在好天气里，游客们最爱坐在露天餐桌边享受好天气和美食。游客们都分布在老城中心一带的商业街上和附近的酒吧及餐馆里。尤其到了晚上，他们会在露天座位上待一个晚上，享受闲适时光。在夏季三十摄氏度的天气里，小城的居民区几乎看不见人影，人们都聚集在了老城区中心地带。

埃武拉有一座用人骨建造的教堂——圣弗朗西斯科教堂，在教堂的进门处雕刻着葡文"我们躺在这里，等着你们来加入"，教堂内从墙壁到柱子都由人骨叠筑而成。昏黄的灯光打在墙壁上，尽是整齐排列的人骨，令人有些毛骨悚然。这是十七世纪初由三位天主教教士将全城大约五千多具人骨收集起来，亲手建造的。那时正值葡萄牙强盛期，三位教士希望他们的小教堂能让当时的人们觉醒，不要再沉沦于物欲，明白一切荣华富贵不过是过眼烟云。真是用心良苦啊！

偶遇中餐馆

这天是先生的生日，我们走遍了小镇各处物色心仪的餐馆吃晚餐，最后终于找到一家菜品和位置都合意的餐馆。我们选了临街露台一张桌子边坐下来。我转身看到一位亚洲面孔的男士坐在旁边的位子，面前摆着一杯啤酒在看手机。我在想，若是大厨的话，不应该这样大摇大摆地坐在餐厅里喝啤酒吧。我看着他，他抬起头来看看我，忽然说"你好"。"是中国人？"我欣喜地问。这里遇到的亚洲面孔，有日本人、韩国人等，所以不敢贸然相认。我们攀谈起来，他是浙江青田人，来葡萄牙很多年了。他和妻子在埃武拉郊外还经营着一家中餐馆，接待到此一游的中国团，但是据他讲旅游团支付的餐费很低，利润很薄。于是两年前他将这里买下来，专门做游客的生意，每年春夏秋三季生意不错，但是冬季就没什么生意了，因为本地人不太会来餐馆吃饭。我问他埃武拉大概有多少中国人，他说有十几家中国人经营的餐馆和小商店，他妻子每年春节会组织一场中国人参加的联谊会，邀请当地的演出团体和使馆官员出席。当他知道我住在民宿时，询问住房条件和价格，随后他说他们也在考虑买下几套房子做民宿。我说那应该是不错的投资，应该会有稳定的收益。我们聊了一会儿后，他接了个电话，然后说要出去办事就先离开了，临走时还交代服务生送我们两杯饮料。

我对我所点的香煎三文鱼配蔬菜土豆很满意，问厨师是哪里人，回答说餐馆一共有三位厨师，其中两位是尼泊尔人，另一位是葡萄牙人。

我们的服务生是个黑瘦的小男生，从他的英语口音及外貌，我猜他可能是摩洛哥人，没想到他是尼泊尔人。他告诉我们他来葡萄牙已经两年了，我问他拿的是什么签证，他说是旅游签证来的，现在拿到了一年的居住许可，若一切正常的话，之后将会获得两次两年的居住许可，然后就可以获得永久居住许可。他说现在他可以去欧洲的任何地方。

我问他来了两年想不想家、他父母有没有来这里看望他。他回答说当然想家，但是葡萄牙可以挣钱，父母还没有来过，不过他明年一月份淡季时会回尼泊尔探亲。

我问他在这里住在什么样的地方，他说他与一对尼泊尔夫妇合住一所公寓。

世界杯在葡萄牙

我们在埃武拉时刚好赶上 2018 年足球世界杯，我们明显能感受到这里的人们对于世界杯的热情以及对葡萄牙队夺冠的期待。

一天，我们正走在老城中心的希拉尔多广场上，忽然一个看上去五十多岁的当地男人迎面走过来跟我们讲话。他比画着说了一堆我们听不懂的葡萄牙语。问他是否说英语，他说："英语？你知道为什么葡萄牙人会说所有的语言吗？因为我们从小上学就要学五种语言——英语、法语、德语、西班牙语和葡萄牙语。"我先生马上说："那么我们说德语吧。""德语啊，已经忘记了，只学了一点点，哈哈哈！"说完他朗声大笑起来。原来他是在开玩笑，他的英语说得磕磕绊绊、句子不全，却不妨碍他与我们交流。他说今天是葡萄牙队与西班牙队比赛。他说着开心地大笑起来，然后说："很高兴跟你们说话，祝你们旅途愉快！"我们也祝他有愉快的一天。

这一天晚上七点，我们在埃武拉街上看到每一家餐馆、咖啡厅、青年旅舍的公共休息室里，人们都聚集在电视机前，观看葡萄牙队与西班牙队的对决。当开赛四分钟葡萄牙队首进一球时，我们正在餐厅就餐，这时餐馆里的人、街上的人以及其他餐厅里的人不约而同地高声欢呼起来。此时有人开车送来了新买的葡萄牙国旗，人们立刻就在餐厅外面挂了起来。当我们吃完晚餐走回住处时，一路上不断地传来进球后的欢呼声，不断地看到有年轻人肩上搭着崭新的巨大葡萄牙国旗，只等着胜利的那一刻，展开国旗尽情狂欢。

远近闻名的葡萄酒

我们在埃武拉周边看到了大片大片的葡萄园。据说这里盛产葡萄，不同的是别处的葡萄园都是沿山坡种植的，而这里是一片平原，葡萄就种植在平原上。这里的日照时间长，气候干燥少雨，利于葡萄生长。

我们来到的第一天就迫不及待地品尝，果然比在里斯本的葡萄酒更合我的口味。葡萄牙虽然只有不足十万平方千米的土地，但是不同的气候类型遍布，使得不同地区的土壤成分有差异性。从北部和内陆的花岗岩、板岩以及页岩，到南部及沿海地区的砂岩和石灰岩，各种成分都有，这也造就了葡萄牙的葡萄酒不同的风格和口味。

这里出产葡萄酒的历史要追溯到罗马人统治之前，据说历史上曾有两次中断了葡萄酒的生产，其中一次是在阿拉伯人占领时期，中断了四百多年,直到把阿拉伯人赶走,才又恢复了葡萄酒的生产,直到如今。

梦撒阿什村

梦撒阿什村坐落在埃武拉东面六十多千米处的一座小山丘上,四周是一片大小湖泊,村庄建在山丘的顶部,四周有石板垒砌的围墙。这是我到访过的最为袖珍的村庄,它建筑在山丘顶部长大约一百六十米、宽约六十米的一个长方形的开阔地带内。村里只有一条主街道,两边是住户、小商店、咖啡馆和小饭馆。估计这里的住户只有几十家,人口大约一百二十人。

主街道的中央位置有两座小教堂,教堂旁边有一座很小的博物馆,门票三欧元,只有一间小展厅和极少的几件展品,这里对梦撒阿什建村的历史记载几乎没有,只提到这个博物馆在1420年是村政府的办公厅。村的最北端有座门,最南端是一座带有防御功能的古堡,中间别出心裁地辟出一个圆形剧场,有石砌的由低至高的观众座位,中间开阔场地很像斗牛场,也可以用作剧场,大概是当时重要的娱乐场所。

我猜想大概是中世纪某个部族逃难至此,依仗易守难攻的地形建起了这座小村,从此落户于此。而南端城堡中的圆形剧场,颇有些罗马建筑的风格。现在这里的人们主要以旅游业为生。

午后三点,气温达到三十九摄氏度,烈日当头,酷暑难耐,几位游客坐在古堡边卖饮料的小亭子前的遮阳伞下乘凉,吃着刚买的冰棍、冰激凌,或饮着啤酒消暑。小村很幽静,青石板铺成的小路上和窄巷里空荡荡的,结满果实的柠檬树、橙子树从人家院墙里探出头来,时不时有果子掉落在院外的青石板小路上,传来啪啪的声响。

梦撒阿什村由于地理位置的原因,与外界唯一的联系就是游客。除此之外,没有人会路过此地,这里的人们还部分地保留着传统的生活方式,在唯一的主街道两旁,有几家手工艺品小店,售卖此地出产的手工艺品。

小城贝雅

小城贝雅距埃武拉大约五十多千米,这是一座古老的小城,却少见游客。石子铺就的街道上常常空无一人,整条街的商铺都关着门。从店铺的

第七章　没落帝国葡萄牙

玻璃窗往里看，店里的家具物品上落满灰尘，看情况已经长久没有人光顾了。只有中心街区的一两个小咖啡馆和甜品饮料冰激凌店开着，街面上现出十分萧条的景象。

作者在历史名城贝雅

　　坐落在山坡高处的城堡城墙高耸、坚实，从远处看非常壮观。当我们来到城堡入口处时，城堡大门却紧闭着。我们正在纳闷，旁边走过的一位男士操着流利的德语告诉我们："城堡两点钟开门，大门在右边，往那边走是市中心。你们可以先去那边看看，两点再回来。"问他何以说得一口流利的德语，他说自己在瑞士生活了十六年，还有一年就拿到永久居留许可了，可是因为家庭的原因不得不回来。他说："现在我只能生活在这么一个倒霉的地方。唉，如果您愿意的话可以给我一点儿钱，或者给我买点儿食物也可以。"我们赶紧掏出钱包来翻找零钱。这时候他在那边又说："啊，要是太麻烦的话就算了。"但是他仍然站在那里，我们给了他两欧元。他双手抱在胸前，嘴里不停地说着感谢的话。看着他的背影，我心里很是难过，他看起来是一个体面的人，现在却沦落至如此境地，可见这里经济萧条，民众生活艰辛。

我们在参观一处教堂和博物馆的时候，被告知博物馆今天关门，只能从大门口往里看看教堂。大门很宽，于是我们便从敞开的大门向教堂里面张望。只见并不很大的教堂里面全部是金色的墙面和金色的雕像，连顶部也是金色的，那金色已经显出很陈旧的样子。我从未在欧洲见到过内部是金色的教堂，很好奇。在门口站着的两位工作人员很客气地道歉，说我们可以明天再来。见他们能说英语，我就开口问道："请问，教堂里面的金色是真的黄金吗？"女士点头说："是的，都是黄金贴金，在葡萄牙，如果是金色的，都是黄金贴金的。"她说话的时候带着很骄傲的神情，旁边她的男同事接着说："那时候葡萄牙确实很富有，我们有很多殖民地，从这些殖民地我们得到了很多黄金，然后我们做成了金币，但是之后都被荷兰人拿走了，而现在我们这里很穷。"我问小镇人口是多少，他们摇着头说："二十年前大概是两万多人，但是太多人离开了，特别是年轻人。现在可能只有一万人了，都是中老年人。"我说："刚才在街上我还是看到了几个年轻人啊。"她说："那是学生。我们镇上有几所大学，有很多外地来的学生。这里的大学在农业、科技、医药等方面是很强的。"

我问为什么现在很穷呢？他们回答说因为近年来经济很不景气，比如在这座小城里没有工业，也没有商业，因此人们找不到工作，年轻人都离开去了大城市谋生了。我问："刚才从城堡塔顶，我们看到市内有一个已经关闭的老工厂，在城市边上好像还有一些新的工厂，那里在生产什么？"他说："一个工厂刚刚破产关闭了，这里只有生产橄榄油的工厂，只是那种小瓶装的。"我说："可是你们有那么多葡萄园呀，应该有很多葡萄酒厂才对啊！"他们说："是啊，现在橄榄油和葡萄酒是这里仅有的产品。但是这还远远不够啊。最近二十年来，这里的经济严重萧条，所以小镇人口流失严重。" 我又问道："我看到店铺都关门，这里又没有工业和商业，那么这里的人们靠什么生活呢？"男同事答说："政府机关工作人员有工资，也就只有如此了，其他人能做点儿小生意的就做点儿。"他很无奈地摇头。临走时我对他们说："我知道情况不会很快有转变，但还是祝愿你们一切都好。"

回望历史,从十五世纪起,葡萄牙人怀着对财富的渴望,从罗卡角出发,他们的足迹遍布了欧洲、亚洲、美洲、非洲,葡萄牙一直扮演着活跃的角色,成为重要的海上强国。全盛时期的葡萄牙,甚至意图和西班牙一起瓜分世界。现存的欧洲国家中,葡萄牙是殖民历史最长的一国——殖民活动长达近六百年。昔日庞大的殖民帝国,曾包括世界五十三个国家的部分领土,也使官方语言葡萄牙语成为世界上两亿四千万人的共同母语,是世界第六大语言,而葡萄牙本土只有一千一百多万人口。

作者在小城贝雅街边的冰激凌店

公元1500年,葡萄牙航海家抵达当时印第安人的居住地巴西,变巴西为葡萄牙殖民地。葡萄牙人逐渐在此定居,并大量砍伐红木,运回欧洲。后来在巴西发现金矿,将大量黄金从巴西运到里斯本。随着十五世纪后期通往印度的新航线被发现,大量的黄金、白银、宝石、丝绸、香料、珍奇植物和诸如活犀牛等动物源源不断地被运到里斯本,使得里斯本成为欧洲富甲一方的商业中心，变成欧洲最富裕的城市之一。但从十九世纪开始，随着最大殖民地巴西的独立，葡萄牙的国势快速地衰落。到二十一世纪的今天，这个老牌殖民主义国家竟然没落到如此地步，历史的演变是如此不以人的意志为转移。

从教堂出来后，心里沉甸甸的，我们走进街边开着的一家甜点冷饮小店，一位六十多岁的老婆婆一人在店里照应。我们买了冰激凌、甜点，坐在座位上吃起来。这些年来我从来不在街上买冰激凌和甜点吃，而现在只想着帮衬他们一点点，于是付钱时多给了老婆婆一些零钱，她很感激地连声道谢。这时我问她可否请她给我的水瓶加一点儿水，她马上接过水瓶，加完水她还从冰箱里拿了些冰块儿放到里面。我们在她店门外的座位上吃完了冰激凌，又进入隔壁冰激凌店买了两个冰激凌，心里才稍微好过了一点点。

返回途中，当我们走在空无一人的小巷中时，一老一少两个穿黑色长袍的女人向我们走来。走到近处时，她们俩忽然对着我们大声说话，还伸出手来向着我们嚷嚷。一开始我们没明白她们是什么意思，不过马上就明白了她们是要钱，原来她们是吉卜赛人。我故意拿着手中的冰激凌向她们比画，她们摆手表示不要，还继续伸手要钱。此时迎面走来两位游客，她们又转向他们伸手嚷嚷，无果后又转向我们。我拿出手机准备拍照，立刻就遭到她们的强烈阻止，同时她们马上就快速走开了。

葡萄牙印象

葡萄牙，以其温暖宜人的气候、丰富的历史人文地理景观闻名遐迩，是一个不折不扣的旅游国家。由于历史的原因，多元文化并存和多种族融合成为葡萄牙的一大特色。

在葡萄牙各地旅游两周，从里斯本到小城埃武拉以及周边各城市，葡萄牙所拥有的如此丰富的历史和文化宝藏，给我留下深刻的印象，其全盛时代的繁荣与辉煌，可见一斑。而与此形成鲜明对比的是，这个昔日称霸一方、不可一世的葡萄牙帝国，几百年后的衰败和没落，令人唏嘘慨叹。

《奇遇之旅》读后感

文/计红芳

当有限的生命面对无边的时空，人类总会觉得自己万分渺小。如何让有限的生命活出精彩和意义，哪怕遭遇各种困难与挫折，这是每个人都会思考的命题。

子初的《奇遇之旅》就是她独特而又精彩的生命之旅。作者用饱含深情的笔触娓娓叙说着她在世界各地旅游时遇到的奇人、奇事、奇情，不由让人惊叹她天涯羁旅时战胜各种困难的勇气以及遭遇险情时的智慧与冷静。用女性的魅力和聪颖征服了一个个觊觎美色的异国男子，最后化尴尬为友情，在生命的长河中彼此成就了对方。这是一位成熟女性的奇遇之旅，该书最令读者无法忘怀的就是旅途中作者与形形色色的、不同肤色的人之间的各种插曲，让人顿悟旅行不仅仅是享用一场场美景的盛宴，更重要的是美景背后的历史文化、人文情怀，还有那旅途中遇到的各色人物的悲欢离合。子初的《奇遇之旅》的妙处即在于此。

子初的《奇遇之旅》是按照每个地方她的所看、所遇、所思的线索行文的，读者跟随她的描述好像也经历了一场场奇遇，随着她的心情或惊奇、或赞叹、或感慨、或遗憾、或欣赏、或无奈……这也是读者喜欢看子初游记的重要原因。

然而，当生命中的点滴进入文学场域的时候，非虚构确实很重要，但并不是说不需要巧妙构思和素材的剪裁与凝练。如果这些真实的奇遇、奇情、奇思适当加以文学化的操作，再加上作者清新自然的语言表达，其呈现出来的美学效果将会翻倍。

作者简介：计红芳，江苏常熟人，文学博士，常熟理工学院教授，优秀中青年学术带头人。

见闻与邂逅
——评《奇遇之旅》

文/安静

摆在读者面前的这本旅行文集,一部分为散文,一部分为札记,讲述了一个勇敢聪慧的中国女子环游世界的见闻和经历。其中,有历史追溯,有怀旧,有抒情,有故事,犹如广角镜折射出各国名胜古迹的迷人风光、人与人之间的世俗友情和作者通透达观的生活态度。埃及机场的一路狂奔,多瑙河游轮的徐徐微风,米兰街头的浪漫邂逅,宝莱坞剧场的惊鸿一瞥,莫斯科银行的官僚做派……在花前月下之时,在推杯换盏之间,在离别重逢之际,在折腾抱怨之中,勾连起各个旅游胜地、世界名城的过去时与现在时,展现出不同民族的性格、风土人情和社会状况,临摹出流动的时代性。那一段段激情燃烧的时光,那一帧帧杂驳多彩的文化碰撞记忆,构成作者精神情感世界成长的底色,以及人生意义的发现之旅。

作者开宗明义:"生活好似一扇紧闭的大门,只有奋力打开它,才可能窥见那些灵魂的密室和那些丰饶的景象。人在旅途,不仅是看到了风景,更重要的是遇到了哪些人,听到了哪些故事,悟出了哪些人生哲理。"而全书最引人入胜之处,就在于各种戏剧化的"艳遇"故事,这与众不同的趣味性和可读性,使之有别于其他类型的行旅叙事。

在自由如风、不倦的游历中,获得爱、友谊、尊重和文史知识,获得不同的情感方式和价值观,这是作者独有的自我经验、自我路线。生命的价值不仅在于要"奋力打开生活的大门",还要能够从庸常中出逃,将触角延伸到多彩多姿的异质文化中,拓宽自己的生命航道,找回被遮蔽和遗忘的自我。

作者具有不错的写作潜力和天分,文字流畅优美,态度真诚,风格明丽活泼,如果在叙事技巧上再"狡猾"一点,在结构设计上再精致一点,在文本视角上再丰富多元一点，在选稿上再"挑剔"一点，则完成度会更高，离纯文学境界不远矣。

不论是喃喃自语还是引吭高歌，不论是潜踪蹑行还是逆风飞扬，《奇遇之旅》都是献给行走在世界的你我、献给于命运拐弯处等待相逢的陌生人、更是献给作者本人的一份生命礼物。

作者简介：安静，欧洲华文笔会副会长、《欧华文学选刊》总编辑、国家社科基金欧洲华文文学及其重要作家研究项目组成员。

读《奇遇之旅》，开启你的环球之旅吧

文/毛信礼

欣闻子初新作《奇遇之旅》问世，匆匆读过，有些感受愿与各位分享。

常言道，"读万卷书不如行万里路"。子初是否读书万卷，不得而知。但她在世界各地穿梭式地旅游，"万里"一词恐怕已挡不住了。简单罗列一下她涉足的国家和地区吧，美国、加拿大、印度、泰国、日本、新加坡、俄罗斯、德国、法国、意大利、丹麦、西班牙、葡萄牙、澳大利亚、瑞士，等等，而且这些是在十几二十年前完成的。

正如作者在书中所说："人在旅途，不仅是看到了风景，更重要的是遇到了哪些人，听到了哪些故事，悟出了哪些人生哲理。"

旅途中的风景是必须要看的。埃及的狮身人面像、印度的泰姬陵、意大利的教堂、俄罗斯的宫殿、法国的卢浮宫等诸多不应错过的风景建筑，真可谓举不胜举。当你徜徉在万花筒般不同景致的山山水水，不同风格的新老地标之间的时候，你定会感叹造物主的神奇，人类的勤勉和智慧。出发前，你定会拿出地图，看看你欲去的国家或城市的位置，还会对当地的历史和特色做些了解，于是无形中增加了你的地理和历史知识。抵达目的地后，你会接触到当地民众，体会当地的风俗习惯，品尝地方特色饮食。还可以在参观游览过程当中，听到各种各样的故事，有历史，有传说，有评论。

作者在书中对她的所见所闻，做了细致详尽的描述。对人的体貌特征，穿戴打扮；对建筑的外观，从色彩到风格，也常有精准的描述；对人物的心理，把握准确；对各类故事细节的叙述，也常有引人入胜之处。

旅途中的所见所闻，值得一读。书面文字的背后，传递的信息，更引起了我的思索。你看作者走南闯北，去了这许多国家，见了众多普通百姓。他们操不同语言，有不同的文化传承和生活习惯，但他们对这位来自异国他乡的外来客基本都是以礼相待。怠慢之处也有，但总体上看，都是友好和善的。我们的先人早就指出"性相近，习相远"。啥意思？人与人之间，秉性是相近的，生活习惯则千差万别。人的秉性是善良的，人与人之间，不同国家不同种族的人与人之间，都有友善的因子，都有善待彼此的可能。

读读子初的《奇遇之旅》吧！看她在埃及、在佛罗伦萨、在米兰、在威尼斯、在多瑙河游船上，遇到多少好人。看看善待彼此多么美好，多么令人陶醉吧！

子初是位背起行囊可以走遍天下的侠女。真可谓"敢上九天揽月，敢下五洋捉鳖"。她能在夜间漫步尼罗河，她面对佛罗伦萨城堡主人的追求，偶遇威尼斯迷恋东方姑娘的年轻人马修，都能从容应对。

拿起《奇遇之旅》，开启你的环球之旅吧！去看风景，听故事，体验各种经历。但不要奢望那些浪漫故事，温煦、心动、脉脉深情。恰恰相反，要警惕上当、受骗、落入虎口，毁了一生！

作者简介：毛信礼，作家，获英国埃塞克斯大学美国文学硕士学位，曾任中国驻美国旧金山总领事馆文化领事、中国驻澳大利亚大使馆文化参赞、北京第二外国语学院旅游系主任、中国对外艺术展览公司副总经理等职务。著有自传《叶落无声》和长篇纪实小说《问世间，情为何物》。

跨域旅游中的文本记忆的意义
——读《奇遇之旅》

文/冀贞

不论是欧洲人还是亚洲人，对于异域的感受最初都属于观念和神话的范围。换句话说，一开始人们总是从文本性的东西中获取有关异域的知识。这些东西可以是游记故事、历史传记、神话寓言、小说或者是音乐歌谣。这些充满了刺激、新奇、浪漫想象的文学记忆知识激发了我们对于异域的憧憬和冲动，于是介入真实世界的旅游计划诞生了。

子初的《奇遇之旅》给我们留下的最深刻的印象，实际上就是丰富的文学知识对于她在跨域旅游中认识和理解事物的重要意义。

在《奇遇之旅》中，子初讲述了自己二十多年在世界各地的游历过程。在二十年前，通信、交通和网络都不太普及的情况下，她怀着一颗孜孜不息的好奇心和强烈的求知欲，独自一人拖着行李去埃及、意大利、印度、俄罗斯、德国、美国和葡萄牙旅游。踏上这些散落在地球上的遥远国度之前，文本所构筑的这些异域形象早已存在她的心灵中并且激起了她对实地强烈的向往之情。对她来说，静谧壮美的尼罗河、沿岸气势雄伟的神庙、林立着的高耸的尖碑神柱、风沙中静卧的金字塔和神秘莫测的狮身人面像。这些形象印刻在她青年时期的脑海中，她一直感到"仿佛有一条神秘的纽带将我和埃及连在一起"，这种神秘的情感纽带一头连接着对于异域的想象，一头则是导向了一趟飞往埃及的航班。子初写道，在出发前她自知对于真实的埃及的了解十分有限，便带了一本余秋雨的《千年一叹》，因为书中有关于埃及的内容。借助于这种文本记忆的指引，子初迅速地获得了关于埃及的有用的信息。

当然文本记忆与子初的实践经验也会出现背离的情况。子初在意大利有过一次奇妙的邂逅。她走在罗马纳沃纳广场的海神喷泉旁，看到一排穿西装、戴墨镜的保镖站在车旁有说有笑。最为奇异的是，这些男子还主动赠予子初一些巧克力糖果。子初感叹，自己在意大利实地碰到的保镖并不与她通过文学作品和电影获得的历史文化知识经验相一致。

如果说，关于意大利的这种文本记忆与实践经验产生的偏差是令人舒心的，那么，关于俄罗斯的这种文本记忆与实践经验产生的偏差却有些失望。除了圣彼得堡还能让子初唤起她阅读果戈里小说时的美好记忆以外，子初发现，现实中的俄罗斯绝大部分地方都不像自己记忆中的文本所描写的那样。作为一个有着深厚的俄罗斯文学修养的人，子初对于俄罗斯的文学巨匠及其作品可谓是如数家珍：托尔斯泰、陀思妥耶夫斯基、果戈里、普希金、高尔基……他们陪伴着子初度过了自己的青少年时代，这些文学作品构建的文本空间使得子初自然地对这些文学大师的故乡俄罗斯产生了一种向往。但是子初在俄罗斯的实际情况却又是不一样的情况。

文本将个人和外部世界连接了起来，它不仅仅是一些孤零零的材料，而是与现实的世界构成了一种自然衍生的同源诠释关系。子初凭借着自我丰富的知识结构，在全球各地游览珍贵的文化古迹，让世界上各个地区的文化在她的脑海中"活"起来。可以说，《奇遇之旅》中的旅行之所以是奇特、浪漫的，这既得益于子初具有丰富的文本知识储备，也得益于她灵动的知识经验调度和凝练能力。她不仅是一个在旅行路上的"探险者"，也是一个在旅行路上的"思索者"。而她的《奇遇之旅》既是她的文学记忆与旅游实践的一种特殊载体，也是她对文学记忆的反省、修正和补充。

作者简介： 冀贞，武汉大学文学院研究生，主要从事比较文学与世界文学研究。

《奇遇之旅》是作者痴心探求认知世界的笔迹

文/汪昌琦

作为九旬老者，我已有数年不曾读书了，平日仅翻翻《老年文摘》月刊。拿到《奇遇之旅》这本书，原本只想简单翻读几页，然后就像近年来手头的许多书籍一样使其束之高阁。不料翻开书本一下子就被它的章节标题所吸引，不觉间竟被作者牵引着，逐章逐节地读起来。

书中一幕幕情节衔接流畅、引人入胜，使人犹如耳闻目睹、身临其境一般，渐渐地读者被引进一个个纷繁、多彩、陌生的世界角落，感受着作者作为一个单身女性，满怀着强烈的探索和求知的欲望和热情，怀着对陌生世界的向往和好奇，一往直前地闯入了这个纷繁的未知世界。面对种种不期而遇的人和事、幸遇和险境、欺蒙和爱慕，作者以一个成熟女性的凝练的心智，从容以对，坚韧委婉，涉险滩激流而不湿足，实实令人钦敬和感动。

作者敞开心扉地投入，对人、对景、对事物真实细腻、入微入境的笔触，筑成全书各章节叙事散文的风格，使其虽非轶事小说却胜似长篇小说般地吸引着读者，卒读为快。

《奇遇之旅》还是作者痴心探求认知世界的笔迹，她对所记述的国家、地域、城镇的历史、人文地理、社会生活以及风俗文化都做了认真的观察、了解和介绍，从而丰富和拓展了读者的阅读感受和认知视野。

深深地感谢作者辛勤的耕耘和孜孜以求探知大千世界的实践。

作者简介： 汪昌琦，大学教授，曾任北京第二外国语学院英语系主任、外语培训中心主任、联合国开发计划署（UNDP）英语培训中心主任。毕业于美国华盛顿乔治城大学语言及语言学研究院，获英语教学硕士学位。